बहिष्कृत भारत का वर्तमान
बयान करने वाला उपन्यास

गर्व से कहो

बहिष्कृत भारत का वर्तमान बयान करने वाला उपन्यास

शरणकुमार लिंबाले

हिन्दी अनुवाद

पद्मजा घोरपड़े

वाणी प्रकाशन

वाणी प्रकाशन

4695, 21-ए, दरियागंज, नयी दिल्ली 110 002

फ़ोन : +91 11 23273167 फ़ैक्स : +91 11 23275710

शाखाएँ

अशोक राजपथ, पटना 800 004, बिहार

कॉफ़ी हाउस कैम्पस, महात्मा गांधी मार्ग, इलाहाबाद 211 001, उत्तर प्रदेश

महात्मा गांधी अन्तरराष्ट्रीय हिन्दी विश्वविद्यालय, वर्धा 442 001, महाराष्ट्र

सुल्तानिया रोड, मोतिया पार्क, भोपाल 462 001, मध्य प्रदेश

www.vaniprakashan.com
marketing@vaniprakashan.in
sales@vaniprakashan.in

GARV SE KAHO
by Sharankumar Limbale
Translated by Padmaja Ghorpade

ISBN : 978-93-89563-72-6
Novel

प्रथम संस्करण 2020

मूल्य : ₹ 350

सिटी प्रेस, दिल्ली-110 095 में मुद्रित

वाणी प्रकाशन का लोगो मक़बूल फ़िदा हुसेन की कूची से

हत्यारों के नाम...

सुनो ऐ आम आदमी—
हो सकता है कि तुम
अज्ञानी हो, पढ़े-लिखे न हो
तुम मेहनतकश या आदिवासी या मज़दूर हो
हो सकता है आत्महत्या करने वाला किसान
तुम ही हो!
सोनाई, खर्ड़ा, खैरलांजी में मारा गया दलित हो...
बेरोज़गार, लावारिस, बेसहारा...
इनमें से कुछ भी हो सकते हो...
पर क्या तुम गूँगे भी हो?
सुनो तुम!
तुम बोलो! कह भी दो! बोलते क्यों नहीं?
रूठे हो? गुस्सा हो?
कुछ नहीं तो कम-से-कम गाली ही दो!
तुम्हारा मौन ज़ेड सिक्युरिटी की तामझाम में जा रहा है...
तुम्हारी अपनी आख़िरी चीज़ भी छीनी जा रही है...
ऐ आम आदमी!
तुम बोलो
तुम्हारे बोलने से दुनिया के सभी अणुबम फूल बन जायेंगे
चाँद सूरज धरती पर उतर आयेंगे...
तुमसे रोशनी माँगेंगे!
बोलो तो!
देखो दुनियाभर की किताबें तुम्हारा शब्द सुनने को व्याकुल हुई हैं
हज़ारों माताओं के गर्भ में पले शिशुओं के कान खड़े हुए हैं!
सुनो ऐ आम आदमी...
अब तो बोलो!
तेरी आवाज़ सुनने को मेरे शब्द रुके हैं! बोलो तो सही!!

भूमिका

हमारा देश महान है। हिन्दू समाज सहिष्णुतावादी है। दया, क्षमा, शान्ति जैसे महान मूल्यों पर हमारी परम्परा हज़ारों वर्षों से टिकी हुई है। यदि हिन्दू समाज जात्यन्ध होता और तब से ही दलितों पर उसने अन्याय किया होता तो दलित समाज आज जिस सूरत में है वैसा दिखा न होता, मुट्ठीभर का यह समाज कब का अशेष हो जाता। यहाँ की मुख्य विचारधारा का मानना है कि हर युग में हर जगह अन्याय-अत्याचार की ऐसी मामूली वारदातें होती रहती हैं। इतने महाकाय देश में ऐसा होते रहना स्वाभाविक है। इसे एक झटके में रोका नहीं जा सकता। इस विचारधारा को दलितों का होना, बोलना रास नहीं आता। मुझे कभी-कभी लगता है कि दलित समाज संघर्ष करता है, दलित लेखक लिखता है, यानी यह मानव समूह एक तरह से देश पर उपकार ही करता है।

इस देश में की भेदाभेद पर आश्रित जाति-व्यवस्था समाप्त करना मात्र दलित समाज का काम नहीं है। युगों से यहाँ जाति-व्यवस्था की दलदल में सब कुछ गहरा धँसा हुआ है। ऐसी अनिष्ट जाति-व्यवस्था समाप्त कर एक सुन्दर राष्ट्र का निर्माण करना हर भारतीय का कर्तव्य है। यह कर्तव्य मात्र दलित निभाते हुए दिखते हैं। जाति-व्यवस्था के कारण जिन्हें लाभ प्राप्त होता है वे चुप्पी साधे बैठे हैं। दलित लेखक समूचे भारतीय समाज का प्रतिनिधि बन बोलता है। जाति-व्यवस्था के समाप्त होने से लाभ समूचे भारतीय समाज को मिलने वाला है न कि मात्र दलितों को। देश की अधिकांश जनता को गुलामी में जकड़कर रखने से इस महान देश का अत्याधिक नुक़सान हुआ है। यदि हम चाहते हैं कि महासत्ता के रूप में हम प्रतिष्ठित हों तो हमारे देश का हर व्यक्ति सक्षम बनना चाहिए। यह दूसरी विचारधारा है।

यहाँ की प्रमुख धारा मानकर चली है कि जब हमारी संस्कृति महान है तो 'यहाँ के अस्पृश्यों का अवमूल्यांकन किया जाता है' ऐसा कुछ लिखना यानी परम्परा के विरोध में बोलना है। मालिक होने में सवर्णों का हित हुआ है लेकिन सवर्णों का गुलाम होने में दलितों का कौन-सा हित है? इस प्रश्न का उत्तर यह है कि हम जैसे स्वयं को गुलामी से मुक्त करना चाहते हैं और सवर्णों को भी। हमें गुलामी का जो अर्थ ज्ञात हुआ है वह यह है। मैं सवर्णों को भी प्रेम करता हूँ। सवर्णों को मेरा प्यार समझ नहीं आता यही इसका मतलब हुआ।

प्रश्न उपस्थित किये जाते हैं कि कहाँ है जातिवाद? अस्पृश्यता का पालन कौन करता है? अब समाज परिवर्तित हुआ है। किसी देहात में कभी कुछ हुआ तो उसको इतना उछालना?...आदि-आदि। हिन्दू समाज के हज़ारों वर्षों की महान परम्परा में एक अमंगल, घिनौना कलंक है सो है। और जिनकी समझ में यह नहीं आता उनको मेरा लेखन झूठा मनगढ़न्त लगने वाला है। लेकिन शोषण के तहत जो अनेक वर्षों से पीसे जा रहे हैं उनकी वेदना का सत्य कभी तो परखना पड़ेगा। अस्पृश्यों की उपेक्षा-अवमानना, उनकी स्त्रियों पर किये जाने वाले अत्याचार समझने के लिए कभी तो परम्परा-संस्कृति का पर्दा हटाकर देखना होगा। छुआछूत का मुखौटा उतारकर अन्यायग्रस्त-पीड़ित की पुकार सुननी होगी। यह उपन्यास एक पुकार है। और यह किसी आम बटोही की पुकार है इसलिए इसे नज़रअन्दाज़ तो किया जा सकता है लेकिन इसे रोका नहीं जा सकता। इसका मुँह बन्द नहीं किया जा सकता, क्योंकि अब सब में सजगता आयी है।

इस उपन्यास के पात्र काल्पनिक हैं। यहाँ चित्रित अन्याय-अत्याचार झूठा है। अपने प्रगतिशील राज्य में ऐसा कभी कुछ हुआ था यह भी झूठ है। ऐसा कुछ कभी होगा भी नहीं। ये साहित्य का कल्पना विलास है। अपना समाज कितना उदार-अच्छा है इसका अहसास दिलाने भर के लिए यह काल्पनिक चित्र खींचा गया है। यहाँ जातिवादी दुत्कार सुनने को मिलेंगी। अन्याय में झुलसते हुओं की चीख़-पुकार सुनने में आयेगी। और यह सब झूठा लगने की सम्भावना भी है। मैं खुद ही कहता हूँ कि यह सब काल्पनिक है। समाज का अनिष्ट ख़त्म हो, इस उद्देश्य से मेरा रचा हुआ यह षड्यन्त्र है। किसे पसन्द आये या न आये।

'मनुष्य से स्नेह' मेरे लेखन की प्रेरणा है। आप इसे पढ़कर सामाजिक कार्य

ही सम्पन्न कर रहे हैं। पढ़ते समय यदि कहीं खरोंच आयी तो उदारता से इसे भूल जाइए। पढ़ते समय अन्याय के प्रति मन में आक्रोश उभरा तो अपने मन में न्याय जागा है, का सन्तोष पाइए। आपके संवेदनशील मन का मैं आदर ही करता हूँ और यही मेरा सम्बल है–

शरणकुमार लिंबाले

1 जुलाई 2015, लन्दन

एक

'इसका ख़ून कर देना चाहिए। वरना हम सब मारे जायेंगे।'

'एक ग़लती हुई। अब दूसरी ग़लती क्यों करे?'

'जो ग़लती की गयी उसे दुरुस्त करने के लिए इसका मर्डर करना ही चाहिए।'

दो-तीन घण्टों से वह मौत से बदतर यातनाओं से गुज़र रही थी। उसका कुँवारापन तहस-नहस हो चुका था। उन्होंने उसके शरीर को नोचा था। वह सिर से पाँव तक डर के मारे काँप रही थी। उन्होंने उसे शिकार समझकर चाहे जैसा नोचा था। वह डर गयी थी। कँपकँपी में उसका शरीर बेंत-सा हिल रहा था। चेहरा लाश जैसा और आँखों में पानी। उसकी कुछ समझ में नहीं आ रहा था। अगले पल क्या होगा इसका कोई भरोसा न था। बदन में टीस थी। सिर भारी हो गया था। मन तो भँवर में फँसे पत्तों-सा बेजान हो गया था। वे खूँखार जानवरों की तरह उसे घेरे हुए खड़े थे। उनकी वहशत भरी नज़रें उस पर गढ़ी थीं। पलकें न झपकाते हुए वह उनकी ओर देख रही थी। उनके अंगार जैसे चेहरे और खूँखार बनने गये थे। वे पशु से भी गये गुज़रे हुए थे। उसकी विनती, उसकी चीख़ें, उसकी बेबसी असहायता... किसी का भी उन पर कोई असर नहीं हुआ था। वासना ने उन्हें पागल कर दिया था। उन्हें अपना शरीर ख़ाली करना था और इसीलिए उन्होंने उसके शरीर पर क़ब्जा किया था। उसका इस्तेमाल किया था।

'इसे मारना ही चाहिए क्या?'

'इसे मारकर क्या फ़ायदा? एक बार भोगा है और दूसरी बार भी काम आयेगी! कहाँ जायेगी? अपनी हो गयी है!'

'इसने मुँह खोला तो...?'

'अब तक तो यह जान गयी होगी कि इसे पूछने वाला कोई नहीं है अब! यदि इसने घर में बता दिया तो झोंपड़ी जला देंगे इसकी! हमसे पाला पड़ा है इसका।'

'मैं यह ख़तरा नहीं उठा सकता। जो हुआ सो हुआ। अब इसको ख़त्म करना ही होगा। अब यही एक रास्ता है। आग से खेलने में कोई तुक नहीं।'

'मैं लेकर जाता हूँ इसे। एक और चान्स।'

श्रीरंग ने उसके बाल नोचे और बाल पकड़कर उसे अपनी ओर खींचा। उसके कन्धे पर का स्कूल बक्सा नीचे गिरा। उसका चेहरा बर्फ़ बना। आँसू सूख गये। उसके मुँह में ज़बरदस्ती रूमाल ठूँसने से चेहरा-होंठ फूल गये थे। उसके गालों पर उँगलियों के निशान थे। न वह रो पा रही थी, न ही खड़ी। वह टेढ़ी-मेढ़ी खड़ी थी।

'छोड़ दो उसे!' गुरुनाथ वाकडे श्रीरंग पर आगबबूला हुआ था। वह लीडर था। उसके बगल में धर्म्या और बापू देसाई खड़े थे। श्रीरंग ने उसके बाल छोड़े। वह डर गयी। उसकी आँखें पत्थर-सी बनीं।

'मुझे छोड़ दो...घर में मेरी राह देख रहे होंगे...मैं तुम्हारे पाँव पड़ती हूँ...मुझे जाने दो...' वह विनती कर रही थी। उसका शरीर उन लोगों के किये अत्याचार का जीता-जागता सबूत था। उन्होंने उस पर सामूहिक बलात्कार किया था। कोई भी इस बात को जान सकता था। वह विस्फोट हुई जगह-सी ध्वस्त थी। इसी से गुरु डर गया था। वह टूट चुकी थी। उसका चेहरा सफ़ेद पड़ा हुआ था।

किरण कांबले!...सदबा महार की बेटी। उन्होंने बीच रास्ते उसे रोका था। वह साइकिल से घर जा रही थी। श्रीरंग ने उसकी साइकिल पकड़ी थी। उसे साइकिल से नीचे उतरने ही नहीं दिया। हैण्डल घुमाकर वे उसको साइकिल के साथ बापू देसाई के खेत में ले गये। धर्म्या ने पीछे से साइकिल धकेली। गुरु ने उसका स्कूल बक्सा उठाया। वह चीख़ रही थी। 'पाँच मिनट में छोड़ देंगे। गड़बड़ मत कर।' श्रीरंग उसे समझा रहा था। वे तीनों उसे जानवरों के गोष्ठ में ले गये! गाय जुगाली कर रही थी। वह साइकिल से उतर गयी थी और भागने की कोशिश कर रही थी। धर्म्या ने उसका हाथ पकड़ लिया था। वह अपना हाथ छुड़ाने में लगी थी। श्रीरंग हँस रहा था। वह गुस्सा हुई थी। 'तुम लोगों के माँ-बहनें नहीं हैं क्या?' उसने रोते-रोते कहा। धर्म्या ने उसी से उलटा सवाल किया, 'महार औरत माँ-बहन कैसे होगी? तू ही बता।' श्रीरंग ने उसे पीछे से पकड़ा। उसने चीख़ा। धर्म्या ने उसके मुँह पर तमाचा जड़ दिया। उसकी आँखों के सामने अँधेरा छाया। वह सिसकने लगी। गुरु ने उसके मुँह में अपना रूमाल ठूँस दिया।

खेत में काम करने वाला बापू देसाई दौड़ता हुआ आया। 'अरे यहाँ से हट

जाओ' वह चीख़ा। 'तू चुप रह' श्रीरंग ने उसकी गर्दन पकड़कर कहा। बापू चुप हुआ और उनके साथ खड़ा हो गया। 'अरे यह मेरी जगह है। मुझे भी करने दो।' बापू ने भी उसके शरीर की माँग की। 'ख़ामोश हो जाओ' गुरु ने हाथ से ही इशारा किया। श्रीरंग उसके कपड़ों से खेल रहा था। वह प्रतिकार कर रही थी। बापू उसकी ओर देख रहा था। गुरु ने उसकी चुनरी हटायी।

वह याचना कर रही थी।

गाय जुगाली कर रही थी। गोष्ठ में गोबर मूत्र की गन्ध फैली थी। छप्पर के छेदों में से धूप के चकत्ते झाँक रहे थे। चूहों की दौड़धूप जारी थी। ताक में भँवरा चक्कर काट रहा था। उसके तीव्र गुंजारव की ध्वनि फैल रही थी। बाँसे में से सड़न के मारे फक्की गिर रही थी। गोष्ठ के दरवाज़े में कुत्ता आकर खड़ा था। 'यहाँ से जल्दी खिसको' बापू जल्दी कर रहा था। उसकी ओर किसी का ध्यान नहीं था। खेत में नीरव शान्ति फैली थी। आम के पेड़ पर कौआ बोल रहा था। उन्होंने उसे घेर लिया था।

□□□

उनकी स्थिति बाँध फूटने जैसी हुई थी और वह उजड़े हुए आँगन-सी। बापू बाहर चला गया। खेत उजड़ा हुआ लग रहा था। भामरागड रोड सुनसान था। 'मुझे छोड़ दो' वह जी-जान से कह रही थी...। धर्म्या ने उसे लात मारकर नीचे गिरा दिया था। वह उठने की नाक़ामयाब कोशिश कर रही थी। धर्म्या उसके सीने पर बैठ गया। गुरु धर्म्या के पीछे उसकी गोद में बैठा। श्रीरंग ने उसका दायाँ हाथ पकड़ रखा था। बापू भीतर आया था। उसने उसका बायाँ हाथ जकड़ लिया। उसकी चीख़ को दबोचते हुए धर्म्या ने उसका गला कसकर मरोड़ा। गाय के कान खड़े हुए। चूहों की आवाज़ बन्द हुई। भँवरा उड़कर चला गया।

'तुम लोगों के जाने पर मैं अकेला इस लाश का क्या करूँगा,'—बापू।

'लाश कुएँ में फेंक देंगे!'—धर्म्या।

'नहीं हम इस कुएँ का पानी पीते हैं। कुएँ में नहीं कहीं और फेंक दो!'—बापू।

'और कहाँ? कोई देखेगा?—श्रीरंग।

'लाश पेड़ पर टाँग दो। लोग समझेंगे लटक गयी।'—गुरु।

'हमारे खेत में नहीं।'—बापू।

'तूने ज़्यादा बकबक की तो तुझे ही घसीटकर गाँव में ले जायेंगे और कहेंगे कि तूने ही बलात्कार किया। समझे?'—धर्म्या।

'ऐसा कैसे?'—बापू।

'तुम फ़िक्र मत करो। गुरु है अपने साथ। तू घर जाकर आराम कर। सो जा। हम देखते हैं क्या करना है।'—श्रीरंग।

'इससे झगड़ते मत बैठो! लाश लटका दो।'—गुरु।

बापू के लिए अब कोई चारा न था। वह मड़ैया से रस्सी ले आया। धर्म्या ने फन्दा बनाया और लाश के गले में फन्दा डाला। श्रीरंग पेड़ पर चढ़ा। बापू कहता रहा, 'इस डाली पर नहीं, उस टहनी पर नहीं।' गुरु उस पर गुस्सा हो गया। श्रीरंग टहनी पर पैर लटकाते बैठ गया। टहनी हिलने लगी। पेड़ पर की चिड़ियों ने चहचहाना आरम्भ किया। कौआ बोला और उड़ गया। कुत्ता लाश के नज़दीक खड़ा था। गाय की जुगाली चल रही थी। पेड़-पौधे ख़ामोश हो गये थे। जैसे कि मृतात्मा को श्रद्धांजलि अर्पित कर रहे हों। गुरु और धर्म्या ने लाश उठायी। बापू ने श्रीरंग की ओर फन्दे की रस्सी उछाली। 'पकड़ो' कहते हुए चिल्लाया। श्रीरंग ने रस्सी हवा में ही पकड़ी थी। पेड़ के पत्ते हिले। टहनी थरथरायी। कौआ फिर से पेड़ पर आकर बैठा था।

श्रीरंग ने फन्दा कसा और टहनी से बाँध दिया। वह छलाँग लगाकर पेड़ से कूद पड़ा। पेड़ की टहनी हिलने लगी थी। बारह बरसों बाद आम का पेड़ बौराया था। पिछले सालों में आम लगे ही न थे।

सुनीता मौसी को बौराया पेड़ दिख पड़ा। पेड़ में आम की जगह लाश जड़ी थी। ज़मीन की ओर टकटकी लगाये उसके दो गोरे पैर... नंगे पैर... नाखूनों पर लगा नेल पॉलिश...और पायल...लाश बन्दूक की तरह लटकी थी। देखा न गया उससे यह। पेड़ के नीचे कुत्ता आकर बैठा था। वह लाश की ओर टकटकी लगाकर देख रहा था।

धर्म्या, श्रीरंग, गुरु फ़सल में से होते हुए मेंड़ से ग़ायब हो गये। बापू उनके पीछे दौड़ा। गोष्ठ में उसका स्कूल बक्सा पड़ा था। चप्पलें पड़ी थीं। साइकिल लुढ़क गयी थी। उसके मुँह में ठूँसा हुआ रूमाल पड़ा था।

बापू घर नहीं गया था। दिनभर वह भैरवनाथ के मन्दिर के सामने वाले बरगद के पेड़ तले बैठा रहा। मन्दिर पर जंगली कबूतर बैठे थे। वह कुएँ के पास गया। कुएँ में झाँककर देखने लगा। पानी में कछुआ और उसके बच्चे तैर रहे थे। काफ़ी देर तक वह कुएँ के गहरे ठण्डे पानी की ओर देखता रहा। दो

मेढक उछल रहे थे। मछलियाँ तैर रही थीं। पानी पर पत्ते गिरे थे। कुएँ की दीवार में कबूतरों ने घोंसले बाँधे थे। दिन गुज़र नहीं रहा था और वह दिन ढलने की राह देख रहा था।

□□□

'दलित लड़की पर बलात्कार और उसका ख़ून' इस समाचार को समाचार-पत्रों में काफ़ी जगह मिली थी। इससे पळसदेव गाँव की काफ़ी बदनामी हुई थी। पळसदेव गाँव भुदरगड ज़िले का एक महत्त्वपूर्ण गाँव था। वाकडे परिवार के कारण पळसदेव गाँव राजनीति में मशहूर हुआ था। वाकडे की तीन पीढ़ियों ने ज़िले का नेतृत्व सँभाला था। उत्तर भुदरगड तहसील उनका परम्परागत चुनाव क्षेत्र था। पिछले चुनाव से यह चुनाव क्षेत्र आरक्षित घोषित हुआ था। इसकी पुनर्रचना हुई थी। उत्तर भुदरगड चुनाव क्षेत्र से शिवाजी इरवाडकर विधायक बने थे। वे चर्मकार समाज के थे। इससे वाकडे को काफ़ी परेशानी हुई थी। वह विधान परिषद् में जाने की चेष्टा कर रहा था, लेकिन किरण कांबळे प्रकरण से उसकी मुश्किलें और बढ़ गयी थीं। विरोधी पार्टियों ने इस प्रकरण को काफ़ी उछाला था।

पळसदेव को कई दलित नेताओं ने चक्कर लगाने शुरू किये। गुनहगारों को फ़ौरन जेल भेजने की माँग होने लगी थी। पुलिस चौकन्नी हो गयी थी। दलितों में आक्रोश उभरा था। तर्क-चर्चाओं का कोई ठिकाना न था। संदेह की उँगली वाकडे हवेली की ओर मुड़ी थी। इससे रमेश वाकडे बेचैन हुआ था। पळसदेव गाँव शोक में डूबा था।

वाकडे और एडवोकेट गोपाल पुरोहित 'मंगल विविध कार्यकारी सहकारी सोसायटी' के कार्यालय में गुफ़्तगू कर रहे थे। एडवोकेट पुरोहित सुबह ही भुदरगड से आया था। वह वाकडे की वकालत करता था। उसने वाकडे के कई केसेस सफलता से 'छुड़ाए' थे। शिवानन्द ऑफ़िस के दरवाज़े पर बैठा पहरा दे रहा था। भीतर जाने की किसी को इजाज़त न थी। इसलिए वह अधिक सजगता से अपनी ड्यूटी निभा रहा था। वाकडे और पुरोहित के ड्राइवर गाड़ियों के पास खड़े गप्पें लड़ा रहे थे।

वायरमन ताटे वाकडे से मिलने आया था। शिवानन्द ने उसे रफा-दफा कर दिया। सीता महार औरत रास्ता बुहार रही थी। कचरा बोरे में भर रही थी। आने-जाने वाले महार गर्दन कर ऑफ़िस की ओर देख रहे थे। शिवानन्द

सब पर नज़र रखे हुआ था। गाँव में समाचार फैल गया था कि वाकडे भुदरगड से एडवोकेट पुरोहित को बुला लाया है। महार बस्ती खाली थी। हर ढेढ़ जहाँ काम मिले वहाँ निकल गया था। वाकडे हवेली किरण कांबळे प्रकरण से पिसी जा रही थी। वाकडे के दादा ने दिन-दहाड़े किसी महार को गोली से उड़ा दिया था। तब भी वाकडे हवेली का कुछ न बिगड़ा था। अब समय बदल गया था। दलितों पर अन्याय करना आसान न था। बाबा साहब अम्बेडकर के कारण दलितों में जागृति आ गयी थी। लोग रास्ते पर उतर रहे थे। दलित संगठन आक्रामक हो गये थे।

'पुलिस जिस तरह से जाँच कर रही है उससे मुश्किलें बढ़ सकती हैं।' रमेश वाकड़े गुस्से में बोला।

'सबूत ही मिल रहे हैं न! लड़की के मुँह में ठूँसा रूमाल पुलिस को मिल गया है। रूमाल पर लांड्रीवाले के लिखे अक्षर हैं। तो रूमाल का मालिक कौन? पुलिस उसकी तलाश कर रही है। डेड बॉडी पर मारपीट के निशान हैं। पुलिस पोस्टमार्टम रिपोर्ट की राह देख रही है। ठोस सबूत मिलने पर वे कार्रवाई करेंगे। मैं सरदेशमुख से बात करने का प्रयास करता हूँ। आप शिरगुपे साहब से बात कीजिए। सरदेशमुख उनका ख़ास आदमी है।' एडवोकेट पुरोहित वाकडे को सलाह दे रहा था।

'पुलिस और डॉक्टर को मैनेज करना होगा।' वाकडे तिलमिलाकर बोल रहा था। ख़तरे की घण्टी बज चुकी थी, और वह अधमरा हो गया था। 'पुलिस पर दबाव है। केस हाई-प्रोफ़ाइल हो गया है। आपके विरोधी सजग हो गये हैं। चेत गये हैं।' एडवोकेट पुरोहित वाकडे को केस की गम्भीरता समझा रहा था।

'यह सब मैं जानता हूँ। कुछ भी कीजिए! मुझसे कुछ मत कहना। पैसों की परवाह मत करना! पोस्टमार्टम और पंचनामा अपने पक्ष में हो जाना चाहिए बस! फिर समाचार-पत्रों की ख़बरों को कौन पूछता है। मेरे बाल सफ़ेद हो गये हैं। कोर्ट-कचहरी से कौन डरता है? विधायक पर भी मुक़दमे हैं। राजनीति में टिके रहना है तो इन बातों की आदत डाल लेनी पड़ती है।' वाकडे संयम से बोल रहा था।

पळसदेव गाँव बदनाम हुआ था। हर कोई रटा-रटाया एक ही वाक्य बोल रहा था, 'हमें कुछ पता नहीं है।' हर एक की आँखों में डर था और होंठों पर चुप्पी। गाँव कटा-कटा-सा था। ऊपर से सब ठण्डा था, पर भीतर आग सुलग रही थी। हर कोई माँग कर रहा था, 'गुनहगार को फाँसी पर चढ़ाओ। गाँव को बदनाम क्यों करते हो?'

'पुरोहित, समय मत ख़राब करो। जल्दी कुछ कीजिए। हर पल महत्त्वपूर्ण है। एक बार काग़ज़ पर लिखा गया तो कुछ भी करना मुश्किल हो जायेगा! ये रास्ते पर के मोर्चे कुछ बिगाड़ नहीं सकते। सबूत मिटा दीजिए। केस लूज़ हो जाना चाहिए। सरदेशमुख मुझे टाल रहा है। आप चौकन्ने रहिये।' वाकडे बार-बार यही बात दोहरा रहा था। बोल-बोलकर उसका गला सूख रहा था। उसकी बातों से पता चल रहा था कि उसे कितनी पीड़ा पहुँची है। वह टूट गया था।

किरण कांबळे के ख़ून से गाँव की चार-पाँच लड़कियों का स्कूल जाना बन्द हो गया था। लड़कियाँ शिक्षा से वंचित हो गयी थीं। लोग उस मेंड़ पर से जाने से डरने लगे थे। 'किरण कांबळे आने-जाने वालों से स्कूल का बक्सा माँगती है।' गाँव में बात फैल गयी थी।

सीता महारीन कचरा बोरे में भर रही थी। शेटे मास्टर की बीवी शेटे बाई सीता के पास आयी। वह कभी सीता से बात नहीं करती थी, लेकिन आज कहने लगी,—'लड़की जात किसी भी जात की हो गाँव की बेटी होती है। उसे इतनी बुरी तरह से मारा! ईश्वर है। वह न्याय करेगा। यहाँ नहीं तो ऊपर सज़ा होगी ही। गाँव की लड़कियों का स्कूल छूटा। अब वे स्कूल नहीं जायेंगी। घर में बैठी रहेंगी। बुरा हुआ।' शेटे बाई मन से बोल रही थी। सीता कचरा भरते-भरते उसकी ओर देख रही थी, पर उसने कोई प्रतिक्रिया न की।

रमेश वाकडे ऑफ़िस से निकला। उसके पीछे पुरोहित चला। दोनों अपनी-अपनी गाड़ियों में बैठे। शिवानन्द ने ऑफ़िस में ताला लगाया। वाकडे और पुरोहित की गाड़ियाँ चली गयीं। शिवानन्द साइकिल पर सवार होकर निकल पड़ा। गाँव हिल गया था। 'वाकडे चुप बैठेगा नहीं।' हर कोई यही कहे जा रहा था। गाँव को चर्चा करने का एक नया विषय मिल गया था। किनगाँव रोड पर, चबूतरे पर, भैरवनाथ के मन्दिर में, घर-घर में बस यही एक चर्चा का विषय था।

❑❑❑

वाकडे चैन से सो ही नहीं पा रहा था। नींद जैसे उससे रूठ गयी थी। गुरु तनाव में जी रहा था। वह गुटका खाने लगा था। रात-रात जागता था। अपने इकलौते बेटे को इस क़दर परेशान देखकर वाकडे और बेचैन हो गया था। किरण कांबळे के ख़ून ने हवेली की ईंट-ईंट हिला दी थी। वाकडे की पत्नी ने बिस्तर पकड़ा था।

रमेश वाकडे कई वर्ष पळसदेव गाँव का सरपंच रहा था। वाकडे के बिना गाँव का पत्ता तक नहीं हिलता था। वह उत्तर भुदरगड पंचायत समिति का सभापति था। एक बार भुदरगड ज़िला परिषद का अध्यक्ष भी रह चुका था। उत्तर भुदरगड चुनाव क्षेत्र का दो बार विधायक रह चुका था। पक्ष के ज़िलाध्यक्ष के रूप में ज़िम्मेदारी निभाई थी। आज परिस्थिति पूर्णतः बदल चुकी थी। उसका चुनाव क्षेत्र आरक्षित हो गया था। उसके हाथ से सत्तासूत्र खिसक गये थे। उसकी बात पर कोई ध्यान नहीं देता था। वह चारों खाने चित हो गया था। विधायक बबनराव शिरगुपे दक्षिण भुदरगड चुनाव क्षेत्र का विधायक और पक्ष प्रदेश संगठन का जनरल सेक्रेटरी था। उसने एक बार वाकडे को पक्ष ज़िला कार्यालय में बुलाकर कड़े शब्दों में अपमानित किया था। यदि वह वाकडे को अपने केबिन में बुलाकर अकेले में डाँटता तो कोई बात न थी, पर उसने सभी के सामने वाकडे को खरी खोटी सुनाई थी। इससे वाकडे उससे नाराज़ था। वह बेसिर-पैर की सोच रहा था।

रमेश वाकडे सोच रहा था, 'अम्बेडकर नाम की आदमी ने हिन्दू समाज को उल्टा टाँग दिया है। क़ानून के सामने सभी समान हैं, इस एक वाक्य से सारी परम्परा उलट-पुलट हो गयी है। गाँव की सीमा के बाहर रहने वाला कोई महार इस वाकडे की बराबरी कैसे कर सकता है? जो अस्पृश्य तिनके-से गौण थे उनको केन्द्र में स्थान दी गयी है। वाकडे की हवेली और महार बस्ती की झोंपड़ी को एक रेखा पर लाकर रख दिया है। न जँचने वाला सच है यह! यह सामाजिक उथल-पुथल हिन्दू संस्कृति को समाप्त कर देगी। जिसकी औक़ात पैरों के पास है वह कन्धे-से-कन्धा कैसे भिड़ा सकता है? और इसे चुपचाप सहते रहने का?' रमेश वाकडे का दबा क्रोध इस क़दर अम्बेडकर को मन-ही-मन कोस रहा था।

हिन्दू के नाते जनमने वाला हर कोई माँ के दूध की अपेक्षा भेदभाव ही पालता है शायद। हर किसी के मन में ऊँच-नीच की भावना पनपती रहती है। हिन्दू मनुष्य का मन जात्यन्ध संस्कार का गोदाम बना रहता है। ऐसा मनुष्य फिर जीवनभर न्याय-स्वतन्त्रता को पैरों तले कुचलता रहता है। वह जन्मतः श्रेष्ठत्व का भाव लेकर आता है और आजन्म इसी भाव पर टिका रहता है। यही हिन्दू मनुष्य की आत्मा है। इसी कारण वाकडे की आत्मा को पीड़ा हो रही थी। वाकडे को उसके दादा की याद आयी। रामराव वाकडे! उसका दादा! अंग्रेज़ भी उससे डरते थे। उसने अल्सेशियन कुतिया ख़रीदी थी। रामराव इस

कुतिया को लेकर गाँव में घूमा करता था। अल्सेशियन कुतिया के घूमने निकलते ही सारे लोग अपने-अपने पालतू कुत्तों को बाँधकर रखते थे। रामराव वाकडे ने गाँव के सभी लावारिस कुत्तों को मार डाला था।

किसी सुबह महार के कुत्ते ने वाकडे की अल्सेशियन कुतिया को सूँघा। इस ख़बर से रामराव वाकडे बौखला गया। वह कुत्ता धोंड्या महार का था। वाकडे ने दिन दहाड़े धोंड्या महार को गोली से उड़ा दिया।

रमेश वाकडे अपने दादा को याद कर रहा था। उसने करवट बदली। उसे गुरु का खाँसना सुनाई दिया। उसे बेटे पर तरस आया। वह बिस्तर से उठा और सीधा गुरु के कमरे में गया। गुरु आँखें मूँदे लेटा था। पदचाप सुनकर उठ बैठा। वाकडे बेटे के पास गया। उसके पास बैठा। उसके कन्धे पर हाथ रखा। जी जान से उसे निहारता रहा। बेटे की धँसी हुई आँखें देखकर उसका कलेजा फट गया। 'बेटे, चिन्ता मत करो। मैं तेरे साथ हूँ। तुम दस ख़ून भी करोगे तो मैं तुम्हें बचाऊँगा। मैं पिता हूँ तुम्हारा। तुम्हें छुड़ाकर लाऊँगा। तुम बस शेर की तरह रहना।' कहते-कहते उसकी आवाज़ भर्रा गयी।

रमेश वाकडे ख़ुद से ही कह रहा था, 'इससे महार सिर चढ़ेंगे। समाज में तनाव फैलेगा।' वह बुदबुदा रहा था, 'गाँव के युवा बच्चों से हो गया एकाध गुनाह। तो क्या उन्हें फाँसी चढ़ायेंगे? यह आयु ही ऐसी होती है। युवावस्था में पाँव फिसल जाता है तो क्या पाँव ही काट दें? युवा लोगों को समझ लेना चाहिए।' रमेश वाकडे बहक गया था। सोचते-सोचते उसकी आँख लग गयी और वह सपने देखने लगा। नींद में उसने कई सपने देखे... वकील दलील पेश कर रहा था और जज केले खा रहा था...लोगों ने गुरु को बेआबरू कर गाँव भर घुमाया था...इस 'शोभायात्रा' में किरण कांबळे ने आयटम सांग किया... कई विधवाएँ उसका मज़ाक़ उड़ा रही थीं...उसका सिर पतंग की तरह हवा में तैर रहा था...! वह सपनों के अर्थ ढूँढ़ रहा था! ख़ुद पर गुस्सा हुआ था। 'गुरु की ओर ध्यान नहीं दिया गया...वह दुष्ट चक्र में फँस गया है...कैसे बाहर निकाला जाये?...उसकी शादी कैसे होगी?...विधायक शिरगुपे को मदद करना ही चाहिए।...' वाकडे ख़ुद पर झुँझला रहा था।

सुबह हो रही थी। भैरवनाथ मन्दिर का घण्टा नाद सुनाई दे रहा था। उसे अच्छा लगा। उसने भक्तिभाव से हाथ जोड़े। 'भैरवनाथ जी, मेरे बच्चे को सही सलामत छुड़ा दो।' रमेश वाकडे दिल से कह रहा था। 'मुझे विधान परिषद् में लेना चाहिए। तभी मेरा राजनीतिक मामला जम जायेगा। आरक्षण के कारण

चमार शिवाजी इरवाडकर की क़िस्मत खुल गयी। जूतों की मरम्मत करने वाला चमार विधायक बन गया। वह क्या जाने राजनीति? यह लोकतन्त्र यानी सत्ताधारी ख़ानदानों में लगाई गयी सुरंग है।' रमेश वाकडे का मन ठिकाने पर नहीं था। 'लोग दबाव को ठुकराते हैं। सत्ता से डरते नहीं। लोग अपनी सामर्थ्य जान गये हैं। अब तक तो ठीक था लेकिन आने वाले समय में राजनीति चलाना मुश्किल है। हमारी तीन पीढ़ियों ने सत्ता का उपभोग किया। अब लोग हिस्सा माँगने लगे हैं।' रमेश वाकडे को असुरक्षित लगने लगा।

सुबह-सुबह पुरोहित का फ़ोन आया, 'फ़ौरन चले आइए। सब मामला तय है। आते समय कैश लाइए। खाली हाथ मत आना। मिलने पर बात करेंगे।' पुरोहित की सकारात्मक आवाज़ सुनकर वाकडे ख़ुश हुआ। 'पुरोहित ने काम किया ही होगा। वरना कैश लाने को क्यों कहता? भैरवनाथ जी! आपने सुन ली!' उसने दोबारा हाथ जोड़े। उसे चैन मिला। उसने प्रसन्नता से पत्नी की ओर देखा। मंगल वाकडे खर्राटे भर रही थी। उसने उसे जगाया नहीं, लेकिन उसमें उमंगें जागी। उसका मूड बदला। चेहरा बदल गया।

पुलिस ने किरण कांबळे प्रकरण में गुरु का रुमाल बदल दिया था। पोस्टमार्टम रिपोर्ट बदला गया था। इस में 'बलात्कार नहीं हुआ हैं' ऐसा लिखा था।

❐❐❐

सुबह हुई थी। औरतें आँगन बुहार रही थीं। रंगोली से आँगन सजा रही थीं। कोई उगते सूरज का वन्दन कर रहा था। बिरु गड़रिया बैलगाड़ी में बैठकर खेत की ओर जा रहा था। बीच-बीच में भैरवनाथ मन्दिर का घण्टा बज रहा था। औरतें नदी से पानी ला रही थीं कमर पर, सिर पर गगरियाँ रखकर। ग्वाले घर-घर दूध पहुँचा रहे थे। छोटे बच्चे स्कूल जा रहे थे। गाँव जाग गया था। चूल्हों ने आग पकड़ी थी।

'मंगल विविध कार्यकारी सहकारी सोसायटी' का ऑफ़िस खुल गया था। शिवानन्द झाड़ू लगा रहा था। ऑफ़िस खुला देखकर मोहन गुजर आया। 'अभी सफ़ाई करनी है। बाद में आ' शिवानन्द उसे भगाने के चक्कर में बोला! 'आप झाड़ू लगाइए। मुझे अख़बार दीजिए। मैं रास्ते पर खड़ा रहकर पढ़ूँगा। मुझे नौकरी के विज्ञापन देखने हैं।' मोहन गुजर ने उसे ही उलटा काम सौंपा। 'टेबल पर रखा है लो! कौन-सी नौकरी ढूँढ़ रहा है रे? सब स्पेशल ड्राइव भर्ती चालू है। आजकल महार-मातंगों को नौकरियाँ मिलती हैं। जाति का जाली दाख़िला

हासिल कर। देख दो दिन में नौकरी मिलेगी।' झाड़ू लगाते-लगाते शिवानन्द बोले जा रहा था। 'कौन देगा ऐसा सर्टिफ़िकेट?' मोहन गुजर ने उत्सुकता से पूछा! 'तहसील कार्यालय में जा! वहाँ एजेंट रहते हैं। मेरे एक रिश्तेदार ने ऐसा ही किया। तू भी आजमा ले!' शिवानन्द झाड़ू लगाना रोककर सलाह दे रहा था!

'तुम सब बेरोज़गार लड़के ग्राम पंचायत के चबूतरे पर बैठते हो। पनघट जाती औरतों को देखते हो। टॉन्टिंग करते हो। शराब पीते हो। यह ठीक नहीं। इससे तो अच्छा है कि नौकरी-धन्धे का देखो!' शिवानन्द ने सुबह-सुबह उसे नीचा दिखाया था। मोहन गुजर अख़बार लेकर रास्ते पर धूप में खड़ा रहा। पिछले पन्नों पर छपे विज्ञापन पढ़ने लगा। पेपर उलट-पुलट किया और ऑफ़िस के दरवाज़े में रखकर चला गया। शिवानन्द ने ऑफ़िस झाड़ा। दरवाज़े में रखा अख़बार उठाकर टेबल पर रखा। सीता महारीन रास्ता बुहार रही थी। धूल उड़ रही थी।

ऑफ़िस खुला देखकर वायरमन ताटे आया। वाकडे के कारण उसका तबादला हो सका था। इसलिए वह घर रहकर नौकरी कर सका था। वह हमेशा वाकडे का पक्ष लेता था। शिवानन्द उसकी बातें सुन रहा था। ताटे बोले जा रहा था। वाकडे हवेली के प्रति अपनी ईमानदारी का प्रदर्शन कर रहा था। उसे पता था कि शिवानन्द के पास मन की बात उगल देने से बात वाकडे तक पहुँच जाती है। उसकी बकबक जारी थी।

'गुरु क्यों बलात्कार करता? उसके एक इशारे पर तो दस लड़कियाँ भागी आतीं! यह तो अपने साहब के विरोधिकों की कोई चाल लगती है। लोकसभा के चुनाव में गुरु ने प्रचार किया था। तभी से वह उनकी आँख में चुभने लगा था। वाकडे की अगली पीढ़ी भी तैयार हो रही है इसका उन्हें गम है। उनसे देखा नहीं जाता! वाकडे साहब के कारण गाँव का विकास हुआ है यह उनकी समझ में क्यों नहीं आता?' ताटे ऊँची आवाज़ में बात कर रहा था और शिवानन्द उसे टोक रहा था कि वह दबी आवाज़ में बात करे।

'देख शिवानन्द! वाकडे साहब के पिताजी तीन टर्म विधायक थे। है न? उसके बाद रमेश वाकडे साहब राजनीति में उतरे। वे दो टर्म विधायक थे। आज वे विधायक या सांसद कुछ भी न हो, फिर भी उत्तर भुदरगड में उन्हीं की चलती है। साहब और आगे बढ़ गये होते, लेकिन चुनाव क्षेत्र बना आरक्षित और जूते सीने वाला हो गया विधायक। अब उसका कर्तृत्व तो क्या? मात्र चमार! इसलिए उसे चुनकर दिया? अम्बेडकर के कारण इन सालों का उद्धार

हुआ है।' ताटे मुँह से झाग निकलने तक बोले जा रहा था। शिवानन्द उसकी बातें चुपचाप सुन रहा था। 'सच है' में गर्दन हिला रहा था।

'देखो! कुम्हार का छोरा कुम्हार होगा, बढ़ई का बेटा बढ़ईगिरी ही करेगा। राजनीतिज्ञ का बेटा राजनीति ही करेगा न? ये उनके ख़ून में ही होता है। गुरु राजनीति में आयेगा तो कइयों का पत्ता कट हो जायेगा। इसीलिए लोग ऊधमी हो गये हैं और गुरु को ख़त्म करने के अलावा उनका कुछ बनेगा नहीं इसलिए यह सब नौटंकी चल रही है।' ताटे जोश में बोलने लगा और शिवानन्द उसे होश में लाने लगा। ताटे कुछ सँभल जाता फिर अपने मूल मुद्दे पर बरसता रहता।

'देखो भई, हम साहब के सहारे हैं। हम उनके साथ खड़े हैं। गुरु ने क्या ग़लत किया? अम्बेडकर जयन्ती का जुलूस जब गाँव में आता है तो ये साले क्या कहते हैं? मैं सबके राज जानता हूँ। अम्बेडकर जयन्ती के जुलूस में 'बत्ती बुझाओ' कहने वाले ये ही होते हैं।...तुम नहीं जानते भई...मैं यदि मुँह खोलूँगा तो सब अन्दर हो जायेंगे। अम्बेडकर की फ़ोटो पर किसने गन्दगी लगायी? पुलिस जानती नहीं क्या? साहब के कारण उन्हें पकड़ा नहीं जाता। ये उपकार वे भूल कैसे गये?' —ताटे तैश में कह रहा था।

'ताटे! इन महारों को किसी ने भी सबक सिखाना चाहिए था। गाँव में के ही नहीं आस-पास के महार भी डर गये हैं। अच्छा हुआ।' शिवानन्द खुल्लमखुल्ला बोल रहा था। दोनों गप्पों में डूब गये थे।

लक्ष्मणराव वाकडे स्कूल में राष्ट्रगीत बजने लगा था। लाउडस्पीकर पर बजाया जाने वाला राष्ट्रगीत पूरे गाँव में सुनाई देता था। उसके बाद सामूहिक प्रतिज्ञा की जा रही थी।

'इस प्रकरण से महारों का घमण्ड चकनाचूर हुआ है।' दोनों तालियाँ पीटते हुए कह रहे थे। सीता महारीन रास्ते बुहारकर महार बस्ती जा रही थी। उसकी बगल में झाड़ू थी। कोई आते ही वह सिमटकर खड़ी हो जाती थी। गाँववालों का मान पहले था रास्ते पर चलने का! 'ए रुको! वहीं रुको। जाने दो मुझे।' श्रीराम ह्वनमुर्गे ने उसे डाँटा। उसके जाने तक सीता महारीन सिमटकर खड़ी रही। कुत्तों वाली गली से जाते हुए काले का कुत्ता उसे देखकर भौंका था।

किरण कांबळे का बाप सदबा महार काफ़ी दिनों के बाद गाँव में आया था। वह पोतराज बनकर द्वार-द्वार भीख माँग रहा था। उसका कुकुम पोता मस्तक और लम्बे बाल सीता महारीन को आकर्षित कर रहे थे। उसके पैर और कमरबन्ध में बँधे घुंघरू बज रहे थे। वह डफली ज़ोरस्ज़ोरसे बजा रहा

था और धुपारती गा रहा था। बच्चे कौतूहल से उसे देख रहे थे। कुत्ते उसे देखकर भौंक रहे थे। उसकी डफ़ली की गूँज दूर तक सुनाई दे रही थी। उसकी आवाज़ में उतरी करुणा हृदय हिला रही थी। सीता मगन होकर उसकी डफ़ली सुन रही थी। सदबा को भीख देने से वाकडे नाराज़ होगा, यह सोचकर कई घरों के दरवाज़े बन्द हो गये थे। सदबा महार किसी की परवाह न करते हुए गली-गली से गुज़र रहा था। उसे देखकर एक छोरे ने कहा, 'अरे इसी की बेटी को तो मारा है...यही है उस लड़की का बाप। सदबा महार।' उसकी बात सुनकर दूसरे लड़के को हँसी आयी। जैसे उसके मन में की पहेली बूझ गयी थी। 'अरे यही है वह? हम तो इसी के नाम से गाली बकते हैं। तेरी माँ को सदबा महार...' वह लड़का फिर से हँसा था।

सदबा को देखकर गली-गली में कुत्ते भौंकने लगे थे। घर में औरतें दबी आवाज़ में बोल रही थी, 'महार को दुःख कैसा? भीख नहीं माँगेगा तो जीयेगा कैसे?' सदबा दरवाज़े-दरवाज़े भीख माँग रहा था। डफ़ली बजा रहा था। नाच रहा था। गा रहा था। धुपारती और डफ़ली की आवाज़ से धर्म्या डर गया था। श्रीरंग चौंक गया था। बापू पसीना-पसीना हो गया था। वाकडे हवेली के कान खड़े हो गये थे।

गाँव में महार बस्ती से जब भी कोई महार आता था तो गाँववाले वैसे ही नाख़ुश होते थे। 'यह क्यों आया? इसका क्या काम? इसे निकाल दो...' की प्रतिक्रियाएँ होती थीं। उसकी परछाईं से बचने की, उसके स्पर्श से बचने की कोशिशें की जातीं। महार भी गाँववालों से डरते रहते। कोई गाली देगा, कोई मारपीट करेगा, कोई हटा देगा के डर से सहमे हुए ही वे गाँव में घूमा करते थे। गाँववालों के सामने वे झुक-झुककर सलाम करते रहते। गाँव वाले महारों पर अधिकार जतलाते। उन्हें लगता ये हमारे गुलाम हैं।

सदबा महार गाँव से चला गया तब कई कुत्ते भौंके थे।

❑❑❑

भुदरगड ज़िले पर शिरगुपे की एकमात्र सत्ता थी। दक्षिण भुदरगड चुनाव क्षेत्र से विधायक बबनराव शिरगुपे का विधायक के नाते तीसरा टर्म चल रहा था। इसके पहले उसकी माँ चारुशीला शिरगुपे राज्य महिला और बाल कल्याण मन्त्री थी। विधायक शिरगुपे का बेटा रमाकान्त शिरगुपे भी संसद सदस्य था।

वह दिल्ली में ही बस गया था। सिर्फ़ चुनाव के दिनों या ऐसे ही किसी ख़ास कार्यक्रमों में लोगों को उसके दर्शन होते थे। विधायक शिरगुपे का बेटा यही उसकी असली पहचान थी। शिरगुपे के भाई की बहू भुदरगड कॉर्पोरेशन की महापौर थी। उसका चाचा ज़िला मध्यवर्ती सहकारी बैंक का चेयरमैन था और भतीजा शशिकान्त शिरगुपे चारुशीला सहकारी शुगर मिल का चेयरमैन था। छह महीने पूर्व ही विधायक शिरगुपे ने ऐसा तिकड़म चलाया था कि देवराव जगताप राज्य का मुख्यमन्त्री बन जाये। अपने गुट के विधायकों का शक्ति प्रदर्शन किया था। लेकिन हायकमांड ने दलित को राज्य के मुख्यमन्त्री पद पर बिठाया था। त्र्यम्बकराव डोलारे राज्य के पहले दलित मुख्यमन्त्री बन गये थे। इससे शिरगुपे हड़बड़ा गया था। उसके गुट के एक व्यक्ति को भी मन्त्रिमण डल में समाविष्ट नहीं किया गया था। सभी ने मुँह की खायी थी। शिरगुपे ने इसका निषेध कर खुलेआम अपनी नाराज़गी व्यक्त की थी। इतना ही नहीं पक्ष कार्यकारिणी से त्याग-पत्र भी दिया था। पक्ष प्रमुख ने उनको मनाने की कोशिश की थी। शिरगुपे ने मीडिया के सामने प्रतिक्रिया व्यक्त की थी, 'यह हमारा अपमान है। हम दलितों के अधिकार तले काम नहीं करेंगे। हायकमांड को उच्च जाति में एक भी लायक विधायक दिखा नहीं? यह बदनसीबी है। डोलारे को प्रशासन की क्या जानकारी है? उसकी कौन सुनेगा? इसी से राज्य दस वर्ष पीछे जायेगा। हायकमांड ने दलित को मुख्यमन्त्री बनाकर हमारे जख़्म पर नमक छिड़का है। हमने चूड़ियाँ नहीं पहन रखी हैं। हम राज्यकर्ता हैं। हम बर्दाश्त नहीं करेंगे।' उसकी यह प्रतिक्रिया मीडिया बार-बार दिखाता रहा।

शिरगुपे के बँगले पर रमेश वाकडे के आ जाने से 'अथर्व' बँगले में दौड़धूप मची। बबनराव शिरगुपे ने वाकडे का स्वागत किया। वह कई वर्षों के बाद यहाँ आया था।

'आप तो जानते हैं रमेश जी! मैं क्या कहूँ? मन्त्रिमण्डल में मुझे पद देने का वादा किया गया था पर वादाख़िलाफ़ी की गयी। मैंने पक्ष से मुँह मोड़ना चाहा पर मेरा त्याग-पत्र स्वीकारा नहीं। मुझे ही समझाया गया। अपने ज़िले के लिए मन्त्री पद ही नहीं। मुझे मन्त्रिमण्डल में लेना चाहिए था लेकिन मुख्यमन्त्री को मैं पसन्द नहीं। मेरे विरोध करने से वे नाराज़ हैं। खुद के पास तीन-तीन विभाग? इतना सब कर पायेंगे क्या? मन्त्री उसकी सुनते नहीं हैं। सेक्रेटरी भी नहीं सुनते। क्या होगा राज्य का?' शिरगुपे त्र्यम्बकराव डोलारे के प्रति तीव्र नाराज़गी व्यक्त कर रहा था।

'मन्त्रिमण्डल का विस्तार करना होगा। आपको मन्त्रिमण्डल में शामिल करना ही होगा!' वाकडे शिरगुपे को खुश करने का प्रयास कर रहा था। शिरगुपे अपनी ही कहे जा रहा था–, 'दलितों को सत्ता में समाविष्ट करने पर किसी की दो राय नहीं है। लेकिन मुख्यमन्त्री पद उन्हें देना मुझे नहीं जँचता। सबसे ज़्यादा विधायक हमारी जात के हैं। हमने चुनाव में पानी की तरह पैसा बहाया। प्रचार किया तभी तो पक्ष को बहुमत मिला। लेकिन पक्ष ने हमारी क़ीमत नहीं समझी। दलितों की क़ीमत समझ में आयी।'

'उतना फ़ोन कर दीजिए...' वाकडे।

'मैं आपकी मदद करने वाला हूँ। चिन्ता मत करना। मैं परिस्थिति का अन्दाज़ा आपको दे रहा था। सी. एम. की मुझ पर नज़र होगी! मेरे फ़ोन टेप किये जाते होंगे इसीलिए मैं सबुरी से काम ले रहा था।' –शिरगुपे सँभल-सँभलकर बोल रहा था।

'सरदेशमुख को आप फ़ोन कर ही दीजिए।'–वाकडे।

'लो पहले फ़ोन करता हूँ।' शिरगुपे ने मोबाइल पर दो-तीन बार स्क्रीन टच किया, फिर मोबाइल कान से लगाया, 'मैं शिरगुपे बोल रहा हूँ। पळसदेव प्रकरण में आपकी मदद चाहिए। बच्चे जवान हैं। अभी उन्होंने ज़िन्दगी कहाँ देखी है? सँभाल लो। घर आइए कभी खाना खाने? अं? ठीक है...' शिरगुपे ने फ़ोन बन्द किया। वाकडे उतावला होकर सुन रहा था। अब उसका चेहरा खिल गया।

'अदालत में केस टिकेगा ही नहीं। कोई आई-विटनेस नहीं। बाक़ी सबूत किस काम के?' शिरगुपे।

'ये काम हमारे लड़कों का किया हुआ नहीं है। बस! इन बच्चों के नाम आने मत देना कहीं। इतनी मदद कीजिए। यह वाकडे आपके घर में दास बनकर रहेगा।' वाकडे गिड़गिड़ा रहा था।

'आपका बेटा हमारा बेटा। उसने लोकसभा चुनाव में काफ़ी मेहनत की थी। मुझे सब ख़बर-बात पता है। उन दस गाँवों में उसने जो बोगस मतदान करवाया वही तो रमाकान्त की जीत रही! गुरु ऐसा-वैसा कुछ काम करेगा? मैं नहीं मानता! आप चिन्ता मत कीजिए!'–शिरगुपे।

'यह केस ही झूठा है। ब्लैकमेल करने का गोरखधन्धा है सब!'–वाकडे।

'मैंने ज़िला कार्यालय में आपसे उल्टी-सीधी बात की थी। आपका अपमान करने का मेरा क़तई इरादा न था। मन में कुछ खलल मत रखिए। लोगों के सामने यह सब करना पड़ता है, वरना ग़लत मैसेज जाता है।'–शिरगुपे।

'नहीं-नहीं! मेरे मन में कुछ बात होती तो मैं आपके घर आया ही न होता। आपने जो कुछ कहा ठीक ही कहा था। अच्छा हुआ। मेरे मन में आपके प्रति श्रद्धा ही है। काश मैं हनुमान जी की तरह सीना खोले दिखा पाता! लोग यदि मेरे बारे में कुछ कहते होंगे तो...'। वाकडे मन साफ़ कर रहा था।

'मैं किसी की बातों पर ध्यान नहीं देता। हमें तो पार्टी का काम करना है बस! कोई कुछ भी कहे मेरे कानों पर जूँ तक नहीं रेंगती!'—शिरगुपे।

पी. ए. बोंगीरवार ने दस्तक दी। दरवाज़ा खोलकर वह भीतर आया था। 'लोगों की भीड़ बढ़ रही है।' बोंगीरवार अदब से बता रहा था। 'कितने लोग हैं?' शिरगुपे ने हमेशा की तरह पूछा। 'चालीस होंगे।' बोंगीरवार ने अन्दाज़ से बताया। 'और दस मिनट ठहरो! बढ़ने दो भीड़! उनमें कोई अधिकारी हो, तो उसे भेज देना!' शिरगुपे ने आदेश दिया! बोंगीरवार ने अपना समूचा बदन 'हाँ' में हिलाया। वह पालतू जानवर की तरह खड़ा था। 'और प्राचार्य जी को फ़ोन करो! आने के लिए कह दो!' शिरगुपे ने बोंगीरवार को काम सौंपा। बोंगीरवार 'जी-जी' करते हुए चला गया।

'देवयानी को कब तक पढ़ायेंगे?'—वाकडे।

'एम. ए. कर रही है। पढ़ने दो! उसे राजनीति में बिल्कुल रुचि नहीं है। उसे अपने लोकसभा सभापति का नाम तक पता नहीं है। उसकी संगीत में रुचि है। नृत्य सीखा है। समाचार सुनती नहीं। राजनीति समझना ही नहीं चाहती!'—शिरगुपे।

बोंगीरवार ने फिर दरवाज़ा खटखटाया। 'प्राचार्य दोपहर में आयेंगे। पी. डब्ल्यू.डी. के अधिकारी आये हैं। भेज दूँ?' कहते हुए उसने अधिकारी का विज़िटिंग कार्ड दिया। शिरगुपे ने एक नज़र कार्ड देखा और कहा, 'सबसे पहले वाकडे साहब को उनकी गाड़ी तक छोड़ आओ।' शिरगुपे ने वाकडे को अलविदा कहा। वाकडे अथर्व बँगले के पोर्च से निकल पड़ा। बोंगीरवार उसके साथ चल रहा था।

जनता सामान्य। उनके प्रश्न भी सामान्य। लेकिन प्रश्नों के समाधान मुश्किल। सुबह-शाम लोगों की भीड़! जनता के प्रश्न का एक ही हल नेता। नेता का जीवन यानी जनता के प्रश्नों से भरा गोडाउन! आम लोगों के प्रश्न तूफ़ानी बरसात जैसे। बोंगीरवार एक-एक आदमी को निहार रहा था। जवान स्त्रियाँ, उनके जवान शरीर...प्रश्न हमेशा जवान होते हैं। इतने में वाकडे गाड़ी में बैठा! 'रेस्ट हाउस' इतना ही कहा और ड्राइवर स्वामी ने गाड़ी की रफ़्तार तेज़ की। बोंगीरवार ने हाथ जोड़े। गाड़ी अथर्व बँगले के गेट से बाहर निकली!

वाकडे टेढ़े-मेढ़े विचारों में डूबा था। उसे चौक में अम्बेडकर का बुत दिखा। यह बुत उसने कई बार देखा था, लेकिन आज इसे देखकर वह चौंक गया। अम्बेडकर का बुत रणगाडे की तरह खड़ा था। वाकडे ने पुतले की ओर से आँखें हटायीं। रास्ते पर लगे नीचे झण्डे उसे दिखे। वह बेचैन हुआ। सिग्नल पर गाड़ी रुकी। सामने एक कार थी और उसके काँच पर नीला अशोक चक्र चिपका था। 'यह किसी महार की कार होगी!' वाकडे बौखलाया। जहाँ देखो वहाँ दलितों के निशान! महार मात्र महार बस्ती में नहीं हैं। उन्होंने सार्वजनीन जीवन में दख़लअन्दाज़ी की है। किसी एक महार का ख़ून कर, किसी एक महार को तंग कर इन्हें रोका नहीं जा सकता। जीवन के हर क्षेत्र में उनकी घुसपैठ है। उनको रोकना मुश्किल है। वाकडे को प्रश्न की गम्भीरता समझ में आने लगी थी।

वाकडे की कार रेस्ट हाउस पहुँची। वाकडे कार में से उतरा। वहाँ का चपरासी सफ़ाई मज़दूर को 'जय भीम' कह रहा था। वाकडे का पसीना छूटा। वह काउंटर पर गया। अपने सूइट की चाबी ली। उसके मन में विचार कौंधा—'यह किसी एक व्यक्ति पर किया गया अन्याय नहीं है। संगठित समाज पर किया गया अन्याय है। आन्दोलन पर पहुँचायी गयी चोट है। अंगार पर पैर रखा गया है। दलित को कुचलना असम्भव है। वह अब अकेला नहीं है!' वाकडे और परेशान हुआ। महार व्यक्ति नहीं है। व्यक्ति होता तो उसे ख़त्म किया जा सकता था। वह तो अम्बेडकर का विचार-चिन्तन है। विचारों को दफ़नाया भी तब भी वह फैलता रहता है। वाकडे की शान्ति भंग हुई। उसे दसों दिशाओं में से नारों की गूँज सुनाई देने लगी। पुकार सुनाई देने लगी। उसे भीड़ में उफ़नता क्रोध महसूस होने लगा। उसे लगा कि वह इसमें घिर गया है।

रमेश वाकडे सूइट में बैठा था तब भी उसे लगा कि बीच रास्ते खड़ा है। उसने सामने पड़ा अख़बार उठाया। पहले ही पन्ने पर अम्बेडकर की तस्वीर छपी थी। उसने अख़बार डस्टबिन में फेंक दिया। वह आपे से बाहर हो गया था। दरवाज़े पर दस्तक पड़ी। उसने दरवाज़ा खोला। ड्राइवर स्वामी खड़ा था। वाकडे ने उसे देखते ही कहा, 'तुम खाना खा लो। मुझे भूख नहीं है।' स्वामी ने झट से कहा, 'मैंने खाना खा लिया है' और वह ज़बरदस्ती भीतर घुसा। कहने लगा, 'गेट पर का पुलिस का आदमी हमारी जात का है। वह आपको पहचानता है। उसने कहा कि अब यहाँ दलित कार्यकर्ताओं की मीटिंग है। उसने आपको यहाँ से खिसकने के लिए कहा है। क्या करना है? उसकी राय से यहाँ

हड़बड़ी मच सकती है।' ड्राइवर चिन्ता में दबी आवाज़ में बोल रहा था। 'चलो जल्दी निकल जायेंगे। लो वह बैग! चाभी काउंटर पर जमा करो।' वाकडे झट से उठा। पैरों में जूते खिसकाये। 'चलो' कहते हुए वह दरवाज़े से निकल गया।

रमेश वाकडे कार के पास खड़ा था। ड्राइवर स्वामी चाभी जमा करने गया था। गेट में से नीला झण्डा लगा रिक्शा आया। वाकडे सोचने लगा। उसे डर लगने लगा।...कोई आयेगा...मुँह पर कालिख पोतेगा...गाड़ी का काँच तोड़ेगा...ख़बर छपेगी...! वह बुरा ही सोच रहा था। कहीं भी दलितों पर अन्याय होने पर उसकी प्रतिक्रियाएँ समूचे देश में उभरती थीं। मीडिया में समाचार फैलता। दलितों पर अन्याय करना अब मामूली बात नहीं रही थी।

वाकडे का ड्राइवर स्वामी चाभी जमा कर आया था। उसने गाड़ी स्टार्ट की। वाकडे झट् से गाड़ी में जा बैठा। कार रेस्ट हाउस से पंचशील मार्ग से अम्बेडकर पुतले की ओर निकल पड़ी। वहाँ काफ़ी भीड़ थी। तो कार तिलक रोड से होते हुए एडवोकेट गोपाल पुरोहित के ऑफ़िस के सामने जाकर रुकी। वाकडे पुरोहित के ऑफ़िस में गया। ड्राइवर स्वामी कार पोंछने लगा। इतने में रास्ते से जाने वाला एक टू-व्हीलर कार के पास आकर रुक गया। टू-व्हीलर वाले उतरकर ड्राइवर स्वामी के पास आये। उन्होंने स्वामी से पूछा, 'यह वाकडे की गाड़ी है न?' स्वामी हड़बड़ा गया। वाकडे को हर कोई 'साहब', 'भाऊ साहब', 'भाऊ' कहकर पुकारता था। 'वाकडे' शब्द सुनकर उसे लगा कि मानो किसी ने उसके कान में गर्म तेल उँडेल दिया हो। उन्होंने फिर से पूछा, 'क्यों बे? वाकडे की कार है न?' और उन लोगों ने स्वामी के गालों पर तमाचा जड़ दिया था। शर्ट का कॉलर पकड़ा था। स्वामी ने गर्दन हिलाकर 'हाँ' कहा। वह बेहद डर गया था। वे दोनों कार पर थूके। गुटका का थूक गाड़ी पर फैल गया। उसकी छींटें सब तरफ़ उड़ीं। टू-व्हीलर वालों ने टू-व्हीलर पर सवार होते हुए अगला पहिया हवा में उछाला। स्टंट करके वे चल पड़े। तेज़ रफ़्तार से। स्वामी उनकी ओर देखता ही रहा। पुरोहित के ऑफ़िस के कुछ लोग दौड़े। गार्ड ने गाड़ी पर पानी उँडेला। वाकडे के ड्राइवर की पिटाई वाली ख़बर पर चर्चा होने लगी।

वाकडे गाड़ी में बैठा। उसका चेहरा उतर गया था। स्वामी भी हक्का-बक्का रह गया था। उसने जैसे-तैसे गाड़ी स्टार्ट की। पुरोहित वाकडे से कह रहा था, 'आगे से राइट टर्न लीजिए। खामगाँव रोड से निकल जाइए। यहाँ से आगे मत निकलिए। वहाँ दलित बस्ती है। वे फिर गाड़ी रोकेंगे।' वाकडे साहसी बने

रहने का नाटक करते बोला, 'हाँ जानता हूँ। अम्बेडकर नगर में एक-दो बार कार्यक्रम में आया था।' स्वामी ने गाड़ी निकाली।

'क्या हुआ?'—वाकडे।

'वे पूछ रहे थे वाकडे किधर है? मुझे गुस्सा आया। मैंने उन्हें डाँटा। उनमें से एक ने मुझे मारा। दूसरे ने गाड़ी पर थूका। और वे भाग गये।'—स्वामी।

वाकडे अधमरा हो गया था। वाकडे के दादा ने महार को मारा था। पिता ने बाघ मारा था। आज न महार को मार सकते थे न बाघ को। बाघ मारना शूरता का प्रतीक था और महार मारना दहशत का। क़ानून ने तो ऊँची जातवालों की दहशत को ही बेजान बना दिया है। पेशवाई के ज़माने में महार के गले में मटकी बँधवाई जाती थी—थूकने के लिए। अब वह ज़माना नहीं रहा। अच्छा ही हुआ कि मैं गाड़ी के पास नहीं था। वरना वे मुझ पर ही थूकते। बदनामी हो जाती! वाकडे बेजान-सा सोच रहा था। गाड़ी खामगाँव रोड पर निकल पड़ी। अब पळसदेव गाँव सोलह किमी. की दूरी पर था।

❑❑❑

पी. आई. सरदेशमुख समाचार-पत्र के समाचार पढ़-पढ़कर बौखला गया था। आये दिन कुछ-न-कुछ छपता था। पेड़ पर टँगी किरण कांबळे की लाश मीडिया ने समूचे देश को दिखाई थी।...नेता लोगों का मिलने आना...उनके सामने सिर पकड़कर बेबस बैठा सदबा महार...आक्रोश करने वाली उसकी पत्नी गंगा... हर चैनल पर देख-देख सब के परिचित हो गये थे। किरण कांबळे का भाई सिद्धोधन कांबळे सभी की याद में बस गया था क्योंकि हर चैनल ने उस पर ही कैमरा टिकाया था।

संवाददाता निखिल सांगळे की आवाज़ थर्रा उठी थी! उसका क्रोध उसकी आवाज़ से टपक रहा था! उसकी वेदना, उसकी करुणा दर्शकों के हृदय को झकझोर रही थी। उसने कैमरामैन को सूचना दी थी, 'कैमरा सिद्धोधन कांबळे के चेहरे पर से मत हटाना। मुझे यह चेहरा समूचे महाराष्ट्र को दिखाना है।... देखिए यह है किरण कांबळे का भाई! भारतीय सेना का जवान! देखिए इसे। इसकी यूनिफॉर्म को! वह सीमा पर शत्रु से लड़ रहा है...देश की रक्षा करने हेतु! और हम उसकी बहन की रक्षा नहीं कर सके। लानत है हम पर! मैं आगबबूला हुए जा रहा हूँ।'...संवाददाता निखिल सांगळे की बात से सभी के

दिल दहल गये थे! ऊँची जातवालों के माथे पर सलवटें उभरी थीं...'यह समाचार दे रहा है या चिल्लाने के लिए इसे रखा है?' किरण कांबळे का 'ख़ून-समाचार' घर-घर पहुँच गया था।

मीडिया ने किरण कांबळे हत्या प्रकरण ठण्डा होने नहीं दिया था। सात महीने बीत गये थे, लेकिन पुलिस ने किसी को भी अन्दर नहीं किया था। समाचार पर समाचार छप रहे थे...'गुनहगार सीना ताने घूम रहे हैं...जाँच सी.बी.आई. को सौंपी जाये...पुलिस को और कौन-से सबूत चाहिए?...पुलिस राजनीतिक दबाव की शिकार हुई है क्या?...इन समाचारों-सम्पादकीयों से पुलिस डिपार्टमेंट की नींद हराम हो गयी थी।...चैनलों पर बहस छिड़ी रहती थी...'पी. आई. सरदेशमुख को इस केस से हटा दो...' वाला समाचार भी छपा था। राज्य के गृहमन्त्री घाडगे ने पत्रकारों के प्रश्नों के विस्तार से उत्तर दिये थे...'राज्य पुलिस सक्षम है। कोई चाहे जितना बड़ा हो उस पर कार्यवाही होकर रहेगी। पुलिस जाँच कर रही है। काफ़ी सबूत मिले हैं। गुनहगार जल्द ही सलाखों के पीछे होंगे। इतने बड़े राज्य में ख़ून, बलात्कार की घटनाएँ होती रहेंगी। इससे यह अनुमान निकालना ग़लत है कि राज्य में क़ानून-सुव्यवस्था नहीं रही।...पुलिस को अपना काम करने दीजिए...उनके मनोबल को बढ़ावा देना चाहिए...आदि-आदि!' दलितों के अधिकरों का प्रश्न अहम मुद्दा बन गया था।

हवलदार साने समाचार-पत्र लेकर सहमा हुआ पी. आई. सरदेशमुख के केबिन में आया। उसके हाथ में समाचार-पत्र देखकर सरदेशमुख के मन में आशंका उभरी। 'कुछ तो छपा है।' साने के चेहरे पर व्यंग्य उभरा था। सरदेशमुख अचेत-सा हुआ। उसने साने के हाथ से समाचार-पत्र लिया। 'पेज नं. चार' साने बुदबुदाया। सरदेशमुख ने अख़बार उलटा-पुलटा किया। वह झुँझलाया। 'कहाँ है पेज चार?' 'ऐसा कैसे होगा? मैं पढ़कर आया हूँ। देखता हूँ किसी ने निकाल लिया है क्या पेज चार...' साने हड़बड़ाया। 'समाचार छपा है क्या?'—सरदेशमुख।

'बड़ा लेख छपा है! मैं देखता हूँ। लाता हूँ पेज चार' कहकर साने चला गया।

सरदेशमुख ने दीवार पर टँगी अम्बेडकर की तस्वीर की ओर नज़र उठायी। उसने कई बार इस फ़ोटो को हटाने की कोशिश की। लेकिन कामयाब हो न सका। जब पुलिस चौकी का नूतनीकरण हुआ, रंग रोगन हुआ तब यह तस्वीर कबाड़ में फेंकी गयी। लेकिन हुआ यह कि उसका भी समाचार छपा। फिर सफ़ाई देनी पड़ी। फ़ोटो फिर से टाँगना पड़ा था। सरदेशमुख के पहले के पुलिस

निरीक्षक अनील सूर्यवंशी यह फ़ोटा लगाया था। वह दलित था। 'बाबासाहब अम्बेडकर संविधान के शिल्पकार हैं। देश के प्रथम कानूनमन्त्री। उनका फ़ोटो पुलिस चौकी में होना ही चाहिए क्योंकि हम क़ानून की रक्षा करते हैं।'

सरदेशमुख ने अम्बेडकर के फ़ोटो के साथ महात्मा गाँधी, लोकमान्य तिलक, स्वामी विवेकानन्द की तस्वीरें लगायीं। उसे अम्बेडकर की तस्वीर ज़िन्दा होने का आभास हुआ। वह जगह से उठा। 'आने वाले समय में पुलिस डिपार्टमेंट में काम करना मुश्किल है। लाठियों से काम न चलेगा। लोगों को ठिकाने पर लाना है तो पुलिस को हथियार देने होंगे।' पुलिस निरीक्षक सरदेशमुख बेचैनी में सोच रहा था।

हवलदार साने अख़बार लेकर आया। 'कोई ज़ेरॉक्स करने ले गया था। किसका नाम लूँ? लीजिए। पढ़िए!' अख़बार हाथ आते ही सरदेशमुख की आँखें फटी-की-फटी रह गयीं। बड़ी हैडलाइन छपी थी, 'सरदेशमुख का राष्ट्रपति पुरस्कार देकर सम्मान करना चाहिए।' लम्बा-चौड़ा लेख था। शीर्षक पढ़ते ही वह भभक उठा।

सागर बनसोडे का लिखा लेख था। सागर बनसोडे विद्यापीठ में पत्रकारिता का रिसर्च स्कॉलर छात्र था। उसके शोध का विषय था, 'माध्यमों की मानसिकता और दलितों पर किये जाने वाले अत्याचारों के समाचार।' वह समाचार-पत्रों में लेख लिखा करता था। इस सागर बनसोडे को जानकारी किसने दी? डिपार्टमेंट के लोगों ने ही दी होगी। सरदेशमुख और भभक उठा। लेख पढ़ते-पढ़ते सरदेशमुख के अचरज का कोई ठिकाना न रहा। सरदेशमुख के नौकरी में आने से लेकर तो राष्ट्रपति पदक के लिए उसके नाम की जाने वाली सिफ़ारिश तक सारी जानकारी लेख में इतनी बारीकी से दी गयी थी कि वह चौंक गया। उसकी पोल खुल गयी थी। पुलिस फ़ाइलों में की गोपनीय बातें भी लेख में खुलकर कही गयी थीं।

दलित महिला को नंगा कर कैसे गाँव में घुमाया गया था और इस सरदेशमुख ने शिकायत दर्ज कैसे नहीं करायी थी, दलित पुलिस सिपाही को उसने कितना परेशान किया था और उस बेचारे को कैसे आत्महत्या करनी पड़ी थी, अम्बेडकर के पुतले को कालिख पोतने वाले गुनहगारों को इसने कैसे संरक्षण दिया था और दलित कार्यकर्त्ता पर बन्दूक कैसे तानी थी...सरदेशमुख दलितों पर के अत्याचारों के मुक़दमों में जाँच करता है और कैसे सब बिना सबूत छूट जाते हैं...सरदेशमुख के भुदरगड में कहाँ-कहाँ तीन फ़्लैट हैं...इन

सबका ब्योरा लेख में छपा था। गृहमन्त्री घाडगे जब यहाँ दौरे पर आये थे तब इस सरदेशमुख ने उनके बूट हाथ में उठाये थे, के समाचार के साथ वह फ़ोटो भी छपा था और फ़ोटो के नीचे लिखा था, 'आगामी राष्ट्रपति पदक विजेता सरदेशमुख का राष्ट्रीय कार्य!'...पढ़ते-पढ़ते सरदेशमुख की आँखें भर आयीं। उसके हाथ थरथराने लगे। साने वहाँ से चला गया।

सरदेशमुख ने बेबसी में जम्हाई ली। 'सागर बनसोडे को किसी-न-किसी बात में फँसाना चाहिए' सरदेशमुख का तिकड़मी दिमाग़ सक्रिय हुआ। वह जानता था सागर बनसोडे के पिताजी कल्याणराव बनसोडे भारतीय सेना में थे और किरण कांबळे का भाई सिद्धोधन कांबळे भी! सागर के पिताजी ने ही उसे किरण कांबळे ख़ून प्रकरण की पोल खोलने के लिए कहा था। सागर बनसोडे ने मेहनत कर लेख लिखा था और सरदेशमुख के कारनामों को बेपर्दा किया था। 'पिछले कई सालों से सरदेशमुख का तबादला नहीं हो रहा है' यह वाक्य पढ़ते ही सरदेशमुख की आँखों के सामने अँधेरा छा गया। 'भ्रष्ट सरदेशमुख किरण कांबळे के हत्यारों को पकड़ेंगे क्या? लोग आशंकित हैं' इस वाक्य से लेख समाप्त कर दिया था। सरदेशमुख आगबबूला हुआ था। इसलिए कि महार पढ़ने-लिखने लगे हैं तो परिणामों की चिन्ता न करते हुए बस लिखते ही जा रहे हैं। और उनका लिखा छापा भी जा रहा है। वह खीझ गया। 'समाज स्वस्थ्य बनाये रखना है तो इन महारों की लेखन स्वतन्त्रता पर पाबन्दी लगनी चाहिए।' सरदेशमुख बौखलाया था लेकिन पते की बात यह थी कि उसका सारा बदन ठण्डा पड़ा था।

साने वापस आया था और अपने साथ शिन्दे, मारणे, शेख, चौगुले, डोके इन पुलिस सिपाहियों को भी साथ लाया था। सभी सरदेशमुख का समर्थन करने का नाटक कर रहे थे। 'यह सब अपने ही डिपार्टमेंट के कुछ लोगों का काम है। वरना पराये आदमी को इतनी बारीकियाँ कैसे पता चलतीं कि पुलिस रिक्शावालों से कैसे वसूली करती है...अतिक्रमणों की जगह पर खड़े स्टॉल्स वालों से हफ़्ता कैसे-कैसे लिया जाता है?...जुगार-मटका-दारू अड्डेवाले, मामूली चोर कैसे 'कुछ हिस्सा' जमा कर जाते हैं? इतना ही नहीं वेश्याओं से भी कैसे वसूली की जाती है?...यह सब कैसे पता पराये को?' साने मुट्ठी ताने बार-बार मुट्ठी पटक भी रहा था और पूछ भी रहा था। सरदेशमुख शब्दों की सामर्थ्य जानता था।

'लेख लिखने वाले को ही बुला लेना चाहिए! वही सच क्या है बता सकेगा!'—साने।

'ऐसा करोगे तो और एक लेख छपेगा।'—सरदेशमुख।

'यह बदनामी करने वाला लेख है। मैं सागर बनसोडे से बात करता हूँ।'—साने

'मैं घर जा रहा हूँ। पत्नी को पता चलेगा तो उसे परेशानी होगी। पहले ही उसे बी.पी. की तकलीफ़ है।'—सरदेशमुख।

सरदेशमुख तड़ाक से बाहर निकला। बुलेट स्टार्ट की। पुलिसवाले भी उसके पीछे बाहर आये थे। पुलिस चौकी के गेट पर की चाय की टपरी पर इस ख़बर की सामूहिक चर्चा हो रही थी। सरदेशमुख की बुलेट की आवाज़ सुनकर लोगों ने अख़बार छिपाया। सभी ने उस पन्ने की ज़ेरोक्स कॉपी निकाली थी। अख़बार की प्रतियाँ देखते-देखते बिक गयी थीं। सागर बनसोडे का नाम चर्चा में था।

सरदेशमुख घर पहुँचा। उसके क्वार्टर के सामने एक गधा खड़ा था। स्थितप्रज्ञ-सा। उसके गले में एक तख़्ती लटकायी गयी थी और उस पर इस समाचार का पन्ना चिपकाया गया था। सरदेशमुख ख़ुद पर ही झुँझलाया। गधा शान्त खड़ा था!

❑❑❑

वेलकम बीयर बार में विधायक शिरगुपे का पी. ए. बोंगीरवार और संवाददाता दोडके हमेशा की तरह टेबल पर बैठे पी रहे थे। पहला पेग ख़त्म कर दूसरा पेग उँडेल रहे थे। तन्दूर को चबाते-चबाते बोंगीरवार कह रहा था, 'आपका सम्पादक देशपाण्डे मुझे हमेशा टालता रहता है। फ़ोन नहीं लेता। कभी लिया भी तो कहता है 'बाद में फ़ोन करूँगा और फ़ोन कट कर देता है। वह हमेशा मीटिंग में रहता है क्या? आज आने वाला था न? क्यों नहीं आया?' बोंगीरवार प्रश्न पर प्रश्न पूछे जा रहा था। दोडके कम बोल रहा था और खाये जा रहा था। 'देशपाण्डे को आना चाहिए था!' बोंगीरवार नाराज़गी से बोल रहा था! 'उनके लिए सम्भव नहीं। जब तक अंक पूरा नहीं होता तब तक वे बाहर निकल नहीं सकते! मैं छोटा आदमी हूँ। मैं उन्हें कुछ सुझा नहीं पाता!' दोडके दबी आवाज़ में कह रहा था। पेग ख़त्म करने पर तुला था। बोंगीरवार गुस्सा हुआ था। 'देखो, हम कितने विज्ञापन देते हैं! बड़े-बड़े विज्ञापन लेते हो हमसे! और हमारे ख़िलाफ़ ख़बरें छापते हो?' बोंगीरवार की आवाज़ में कड़वाहट थी। दोडके धीरे-धीरे हवा में तैर रहा था!

बोंगीरवार अपनी ही बात को घसीटे जा रहा था। 'साहब मुझसे पूछते हैं। मैं क्या जवाब दूँ? हमारी ख़बर काटकर, छोटी कर छापते हो। भीतरी पन्ने पर छापते हो। और हमारे विरोध में की ख़बरें फ्रंट पेज पर छापते हो। यह ठीक नहीं है।' बोंगीरवार की आवाज़ बढ़ती जा रही थी।

दोडके ने वेटर को रोककर पार्सल ऑर्डर किया। बोंगीरवार को दोडके की यह आदत पता थी। वह खाता भी है। पार्सल भी ले जाता है। और झूठे वादे कर ख़बरें भी नहीं छापता। इससे बोंगीरवार आपे से बाहर हो रहा था।

'आपके साहब की ख़बर छापी तो थी। फ़ोटो के साथ। कल के अख़बार में।'—दोडके।

'हमारी ख़बर एक कॉलम की! और दूसरों की तीन कॉलम की! यह सही है क्या?'—बोंगीरवार।

'मैं ख़बरें पहुँचा देता हूँ। क्या छापना-क्या नहीं छापना यह तो सम्पादक तय करेंगे न? मेरे सभी समाचार छपकर आते हैं। मैं पच्चीस सालों से संवाददाता का काम कर रहा हूँ। मेरा दिया समाचार नहीं छापेंगे तो मैं सम्पादक के मुँह पर त्याग पत्र फेंककर निकल जाऊँगा।' दोडके तैश में बोले जा रहा था। 'मुझे दोडके कहते हैं दोडके।'

'अरे तुम्हारा ठीक है लेकिन मेरा क्या? तुम ही बता दो। मैं पी. ए. हूँ। साहब मुझ पर ही बरसता है। प्रेस मैनेज करो कहता है। मेरा क्या होगा?' बोंगीरवार दीनता से कह रहा था। उस पर भी शराब चढ़ गयी थी।

'सभी मैनेज नहीं होते। पत्रकार खाते-पीते हैं और जो छापना है वही छापते हैं। मैं आपके दोस्त की हैसियत से पार्टी में आता हूँ। पत्रकार के नाते नहीं। वैसा आपके मन में कुछ होगा तो अपना बिल मैं दे दिया करूँगा।' दोडके गुस्सा हुआ था। बोंगीरवार शर्मिन्दा हुआ था। उसने दोडके के लिए पेग बनाया। उसकी सिगरेट सुलगा दिया। अब दोडके शान्त हुआ। उनका यह हमेशा का नाटक था।

'सरदेशमुख तबादले के लिए अर्ज़ी भेज रहा है। सुनने में आया।' दोडके सिगरेट का कश भरते हुए बोला।

'साहब उसका तबादला होने नहीं देते।' बोंगीरवार ने जैसे राज़ खोला था।

वेलकम बीयर बार ठसाठस भरा था। एक भी टेबल खाली न था। कस्टमर वेटिंग में थे। हर टेबल पर पेग भरे हुए थे। एक-एक बोतल ख़ोली जा रही थी—औरत की तरह। बार में होंठों का जश्न चल रहा था। रात आवारा लग रही थी।

बोंगीरवार रिलैक्स्ड लग रहा था। 'मुझे क्या? यह मुझे रखेगा, नहीं तो दूसरा भी रखेगा। मैंने दो-दो मुख्यमन्त्रियों के पास काम किया है। लोग बुला लेते हैं, मुझे। किसी काम का ज़िम्मा लिया तो उसे करके ही दिखाता हूँ। वरना पहले ही 'ना' कहता हूँ। साहब का जब तक भरोसा है रहने का। अपने ज़िले के लिए मन्त्री पद है नहीं न। अभी आने वाले मन्त्रिमण्डल विस्तार में साहब को मिनिस्ट्री मिलेगी ही! म कहता हूँ। लिखकर रखो।' बोंगीरवार मज़े से कह रहा था।

हवलदार साने पार्टी को लेकर आया था। वेटर ने उसे गार्डन में टेबल लगाकर दिया।

❑❑❑

भुदरगड से सोलह किलोमीटर की दूरी पर पळसदेव गाँव था। आधा पळसदेव गाँव रोज़ भुदरगड जाता था। पळसदेव गाँव भुदरगड-खामगाँव रोड पर था। इस रोड पर ट्रैफ़िक रहता था। पळसदेव के लोग शाम के समय घूमने निकलते थे। किनगाँव रोड पर ट्रैफ़िक कम हुआ करता था सो पळसदेव किनगाँव रोड पर घूमने वालों की भीड़ लगी रहती थी। यह रास्ता कोलतार का था। साफ़-सुथरा रहता था। पळसदेव भामरागड रास्ते पर दो खेतों के बीच की पगडण्डी थी। इसी रोड पर किरण कांबळे का ख़ून हुआ था। इस कारण इस रोड पर घूमने वाले भी अब किनगाँव रोड पर जाना पसन्द करने लगे थे। पळसदेव श्रीपतपिंपरी रोड कच्चा था। इस पर हगन हट्टी भी थी। महार बस्ती इससे सटकर थी। इसीलिए इस ओर कोई आता-जाता न था। किनगाँव वाकडे की बीवी का मायका था। इस कारण यह रास्ता कोलतार का बना था। शाम को घूमने वालों के गुट थे। पाँच-छह बजे एक-एक कर ये ग्रुप घूमने निकलते। पेंशनर शेटे सर, वायरमन ताटे, पोस्टमास्टर कल्लूबर्मे रोज़ साथ-साथ घूमने निकलते। एक दिन भी नागा न करते थे। वे किनगाँव रोड पर एक मील चलते जाते थे। नुक्कड़ पर के संगम पुल पर बैठते थे। गप्पें लड़ाते थे। अपने ग्रुप में वे किसी और को शामिल न करते थे। तयशुदा समय पर वे घर से निकलते थे। दावल मलिक दरगाह के पास आकर रुकते थे और वहाँ से तीनों मिलकर चलने लगते थे। शेटे का सामने वाला दाँत हिलने लगा था। कल्लूबर्मे का नौकरी का यह आख़िरी साल था। ताटे पचास साल का हो गया था। ये तीनों अजीब थे। इनके लिए

चर्चा का कोई भी विषय रंगत लाता था। कभी वे राजनीति पर बहस किया करते, तो कभी पुराणों पर, कभी महँगाई पर तो कभी फ़ालतू की बातों पर। ताटे ने आज किरण कांबळे विषय छेड़ा था। किरण कांबळे शेटे सर की छात्रा थी। इस विषय पर उनमें काफ़ी विवाद होता रहता।

'मैंने किरण को पढ़ाया है। वह मेधावी छात्रा थी। उसका ख़ून क्या हुआ गाँव की लड़कियों के स्कूल आने पर पाबन्दी लग गयी। अभिभावक डर गये। उन्होंने अपनी लड़कियों को घर में क़ैद कर रखा। यह बहुत बुरा हुआ है। लड़कियों की शिक्षा का नुक़सान हुआ है।'—शेटे।

'दरअसल सदबा महार को अपनी लड़की को पढ़ाना ही नहीं चाहिए था।'—ताटे।

'किरण कांबळे दलित लड़की थी। गाँव के लड़कों-लड़कियों ने उसे अकेला कर दिया था। वह अकेली साइकिल पर स्कूल आया-जाया करती थी। शिक्षा ग्रहण करने वाली वह पहली दलित लड़की थी। अब उसकी जगह कोई और आसानी से नहीं ले सकेगी।'—शेटे।

'शेटे सर! आप मामूली हाईस्कूल टीचर की हैसियत से रिटायर्ड हुए हैं। आप हैडमास्टर भी नहीं बन सके। अपने साथ पढ़े हुए महारों को याद कीजिए ज़रा। उनमें से कोई प्राध्यापक तो कोई अधिकारी हुआ होगा। आरक्षण के कारण उनका उद्धार हुआ और हमारे लोग पिछड़ गये। शेटे सर, दलित विद्यार्थियों की रैगिंग करनी चाहिए। उनको सताना चाहिए। उनकी पढ़ाई, उनकी परीक्षा सभी में ऐसा कुछ करना चाहिए कि वे यह सब छोड़-छोड़कर चलते बनें। उनको डराना-धमकाना चाहिए। उनकी जान को ख़तरा पैदा करना चाहिए। वह पढ़ेंगे तो उनके जूते हमें उठाने होंगे। इसीलिए महारों को हमेशा अपमानित करना चाहिए। उन्हें दबाकर, तनाव में रखना चाहिए।'—ताटे।

'इस विषय पर चर्चा नहीं। दूसरे विषय पर बात करेंगे।'—कल्लूबर्मे।

'ताटे, हम चर्चा कर रहे हैं, लेकिन तुम झगड़ा कर रहे हो। आक्रामक हो रहे हो। यह ग़लत है। जिस विषय पर अपने में मत भिन्नता है उस विषय पर हमें बात नहीं करनी चाहिए। तुम्हारे हाथ जोड़ूँ क्या?'—शेटे।

'हाँ, हूँ मैं जातिवादी! साफ़-सुथरे कपड़ों में महार दिखा तो मुझे लगता है कि उस पर गोबर फेंकूँ। हमारे पूर्वज क्या गधे थे? उन्होंने दलितों को गाँव के बाहर क्यों रखा? उन्हें अस्पृश्य क्यों कहा? मैं आपकी तरह पढ़ा-लिखा नहीं हूँ, लेकिन इन महारों को सबक सिखाना ही चाहिए।' ताटे गुस्से में था। शेटेसर ने

मौन धारण किया था। वे झगड़ा बढ़ाना नहीं चाहते थे। ताटे बर्दाश्त नहीं कर पा रहा था कि शेटे महारों के बारे में हमेशा उदार भूमिका लेता था। दलितों के बारे में दया भाव से प्रेरित होकर बात करता था। शेटे का प्रगतिशील विचार उसे तकलीफ़ देता था। कल्लूबर्मे उठा था। 'अँधेरा हो गया है। चलो, उठो! चलते-चलते अधूरी बात पूरी करेंगे।' शेटे भी उठ गया। ताटे ने उन्हें रोका। 'मुझे जवाब दो। बताओ मेरी ग़लती क्या है?' ताटे हार मानने को तैयार न था।

'हम सब मुद्दे पर सहमत हों यह ज़रूरी नहीं है। हमारे अपने-अपने मत हो सकते हैं। तुम भी सही हो सकते हो और हम भी। हम तुम्हारी हठी बात क्यों माने? ऐसा आग्रह क्यों? हम हाँ जी वाले हैं नहीं।'–शेटे।

महारों के बारे में हमारी एक राय होनी चाहिए। महार और हम समान नहीं हैं इसे स्वीकारने में आपको आपत्ति क्यों? आपको हिन्दू धर्म प्रिय है या अम्बेडकर? बोलिये!'–ताटे।

'ताटे, मैं शिक्षक हूँ। तुम मुझे पढ़ाओ मत। तुम यदि ऐसे हठवादी हो जाओगे तो मैं कल से तुम्हारे साथ घूमने नहीं आऊँगा। समझे?'–शेटे।

शेटे ने अपना अन्तिम निर्णय सुनाया था। ताटे की बोलती बन्द हुई थी। सभी चुपचाप गर्दन झुकाये अपने-अपने घर की ओर जाने लगे। ठण्डी हवा बह रही थी। अँधेरा होने लगा था। बत्तियाँ जल गयी थीं। वे तीनों चले तो थे चुपचाप लेकिन उनके मन में झिंगुर बोल रहे थे। ताटे बोलने की चेष्टा कर रहा था।

'शेटे सर, सेक्स कितनी आयु तक होता है?'–ताटे।

'एक दिन बूढ़े हो जाओगे तो पता चलेगा।' कल्लूबर्मे।

'बड़े-बूढ़ों ने अपना तजुर्बा बताना चाहिए। क्यों सर?'–ताटे।

'मैं बीवी के साथ सोता हूँ या नहीं यह बात तुझे कैसे बताऊँगा? सोता हूँ, कहूँगा तो तुम पूछोगे–कितनी बार? यदि मैंने 'न' कहा तो तुम कहोगे आपकी बीवी का क्या हाल होता होगा! क्या जवाब चाहिए तुम ही बताओ!'–शेटे।

शेटे के जवाब से ताटे खिलखिलाया।

शेटे, ताटे, कल्लूबर्मे दावल मलिक की दरगाह तक पहुँचे। यहाँ से वे अपने-अपने घर जाते थे। शेटे का घर 'मंगल विविध कार्यकारी सहकारी सोसायटी' के ऑफ़िस के सामने था। ताटे वाकडे हवेली के पीछे रहता था। कल्लूबर्मे का घर लक्ष्मणराव वाकडे प्रशाला की गली में था। कल्लूबर्मे की गली में झगड़ा चल रहा था। भीड़ इकट्ठा हुई थी। लोग लाठियाँ-कुल्हाड़ियाँ लिए आये थे।

छोटे बच्चों में झगड़ा हुआ था। एक लड़के ने दूसरे लड़के को गाली दी थी। 'तेरी माँ से सदबा महार लगा...' इससे झगड़ा बढ़ता गया। लोग एक-दूसरे पर हमला कर रहे थे और औरतें आक्रोश में। तमाशबीन लोगों की कमी न थी। झगड़ा रुकने का नाम न ले रहा था।

□□□

दो-तीन दिन शेटे घूमने गया नहीं। पोस्टमास्टर कल्लूबर्मे और वायरमन ताटे ही घूमने जाते थे। राह चलता हर कोई दोनों से एक ही सवाल पूछता था, 'शेटे सर नहीं आये?' इससे दोनों धर्म संकट में फँसे थे। 'हाँ, उनके घुटनों में दर्द है।' जवाब देकर ताटे ने जान छुड़ाई थी। ऐन समय पर उसे जवाब भी क्या सूझा था?

दो दिन के बाद दोनों शेटे के घर गये। शेटे भी फ़ौरन चलने को तैयार हुआ। फिर से उनमें हँसी-मज़ाक़ चलने लगा। कई सालों की दोस्ती सही सलामत थी, का सबूत मिला। दिलजमई हुई थी। सभी ने चैन की साँस ली थी। वे किनगाँव रोड पर चल रहे थे।

'आज तक गुरु, धर्म्या, श्रीरंग का नाम लिया जा रहा था। अब बापू का भी नाम सामने आ रहा है।'—ताटे।

'इस विषय पर बात नहीं करेंगे।' कल्लूबर्मे।

'आपको जानकारी दे रहा हूँ।'—ताटे।

'तुम बोलो। मुझे आपत्ति नहीं है।'—शेटे।

'गुरु की जगह किसी दूसरे को रिप्लेस करने की चर्चा है।'—ताटे।

'तुम्हें ये ख़बरें कैसे मिलती हैं?'—कल्लूबर्मे।

'अपना जॉब ही ऐसा है।'—ताटे।

'पैसा बोलता है। सभी निर्दोष छूटेंगे।'—कल्लूबर्मे।

'हमें जो लगता है उसे कहना भी चाहिए। हम पत्थर तो नहीं हैं।'—शेटे।

'हम जो बातें कर रहे हैं वे यदि वाकडे सुनेगा तो बुला लेगा हवेली। और वहाँ क्या होता है आप सभी जानते ही हैं। हम क्यों झंझट में उलझें?'—कल्लूबर्मे।

'जाने दो, बात ख़त्म करो। कुछ और बोलो।'—शेटे।

'वह अकेली ही घूमने आती है।'—ताटे।

‘कल से दिख रही है। हाथी जैसी हो गयी है। वज़न बढ़ गया है। डॉक्टर ने कहा होगा। अब घूमेगी नहीं तो क्या करेगी?’—कल्लूबर्मे।

‘उसका पति दुकान सँभाल रहा होगा।’—शेटे।

‘ये घूमने वाले सभी किसी-न-किसी बीमारी के मारे होंगे! बी.पी., डायबेटिक्स, हार्ट अँटैक...’ ताटे।

‘घूमने से कोई मरने से बचता है क्या? वे भोसले गुरुजी। कितना चलते थे। मटन नहीं खाते थे। वज़न भी ज़्यादा न था। अँटैक से चल बसे।’—शेटे।

‘कौन कब मरेगा कह नहीं सकते।’—कल्लूबर्मे।

‘चलना चाहिए। अँधेरा होने लगा है।’—शेटे।

घूमने वाले सभी लौट रहे थे। अँधेरा बढ़ने लगा था। झिंगुरों की आवाज़ तेज़ हो रही थी। ‘गप्पें लड़ाते वक़्त कैसे गुज़र जाता है, पता ही नहीं चलता। दो दिन बिल्कुल अच्छा नहीं लगा।’ शेटे संगम पुल पर से उठते-उठते बोल रहा था। ताटे ने उनका हाथ पकड़कर उन्हें उठने में मदद की। तीनों लौटने लगे। रास्ते के किनारे साँप रेंगता चला गया। ‘साँप।’ ताटे ज़ोर से चीख़ा। ‘इतनी देर अँधेरा होने तक रुकना नहीं चाहिए।’ शेटे सावधानी बरत रहा था। जल्दी निकल जाना चाहिए।’ उसकी बात में चिन्ता थी। किनगाँव से आता एक ट्रक धड़धड़ाते निकल गया। ट्रक का ड्राइवर ज़ोर से कैसेट बजा रहा था। ट्रक की हेडलाइट में दूर तक का काला रास्ता साफ़ दिख गया था। ट्रक निकल गया। फिर सन्नाटा छाया। ‘थोड़ी देर में ऊधमी लड़के रास्ते पर आयेंगे। रोड के किनारे बैठ गाँजा पियेंगे। कल संगम पुल के पास निरोध मिला। रव्या, रघु और महार गण्या का काम है। रात में वे ही थे, वहाँ। मोबाइल से बर्बाद हुई है, यह पीढ़ी।’ कल्लूबर्मे चलते-चलते बोल रहा था।

‘सभी ग़लत रास्ते जा रहे हैं।’—शेटे।

‘इसीलिए तो किरण कांबळे का ख़ून हुआ। वरना कोई कारण न था।’—कल्लूबर्मे।

‘किरण कांबळे का ख़ून वह स्त्री थी इसीलिए नहीं हुआ था। चुनाव के दिनों में उसने अम्बेडकर के गीत गाकर दलितों में जागृति की लहर दौड़ाई थी। उसकी दी हुई वह चुनौती थी। रमाकान्त शिरगुपे की सीट धोखे में आयी थी। वाकडे मुसीबत में फँसा होता। इसीलिए वह खटक रही थी। वह दलित थी और उसमें साहस था इसीलिए उसकी हत्या हुई है।’—शेटे।

‘धीमे बोलिए’—कल्लूबर्मे ने सावधानी का इशारा किया।

गाँव में रोशनी झिलमिलाने लगी थी। ढोलक बजने लगे थे। मंज़पड़ियाँ बोल उठी थीं। नाच-गानों की प्रैक्टिस चल रही थी। गणेश उत्सव की तैयारियों में गाँव जुट गया था। गाँव में उत्साह की लहर दौड़ रही थी।

'कल गाँव में महारों के छोरे मस्ती में घूम रहे थे। महार कोंड्या का पोता अशोक, लकड़हारे केशा का लड़का सचिन, झाड़ूवाली सीता महारीन का छोरा गण्या सीना तान के गाँव में बेख़ौफ़ घूम रहे थे जैसे कि अपनी महार बस्ती में घूम रहे हो। लगता था जैसे हगनहट्टी के सूअर गाँव में घुस गये हैं। यह कैसे हो रहा है?'—ताटे।

'ये सब लड़के किरण कांबळे के साथ कॉलेज में पढ़ने वाले लड़के हैं। गण्या इंजीनियरिंग का छात्र है। वे शहर की हवा में पल रहे हैं। उन्हें क्यों डर लगेगा?' —शेटे

'रास्ते पर आराम से घूम रहे थे। इधर-उधर देखते हुए।'—ताटे।

'हम उन्हें रोक नहीं सकते।'—कल्लूबर्मे।

'एक बार उनका गाँव में आना-जाना हुआ कि वे बार-बार आते-जाते रहेंगे। फिर महारों को गाँव से डर ही नहीं लगेगा। वे ऊँची जात की औरतों को भी घूरेंगे। गाँव का कोना-कोना छानेंगे।'—ताटे।

'ऐसा होगा ही।'—शेटे।

'इसके पहले महार काम से गाँव में आया करते थे। भीख माँगने, झाड़ू लगाने, लकड़ियाँ काटने। अब वे बेकाम के घूमने लगे हैं। और इसमें उन्हें कुछ ग़लत लग नहीं रहा है।'—ताटे।

'महारों की पुरानी पीढ़ी अभी भी अपनी औक़ात में रहती है। उन्हें गाँव में रहना है। इन युवा लड़कों का क्या है? सीता महारीन ऊँची जातवाला दिखते ही झाड़ू लगाना रोककर सकुचाई हुई किनारे खड़ी हो जाती है। सदबा महार भीख माँगने आता है तब दरवाज़े पर खड़ा ऊपर से डाली गयी भीख लेकर चला जाता है। न भी कुछ दिया तो चुपचाप चला जाता है। पर यह नयी पीढ़ी पढ़ी-लिखी है। इस पीढ़ी को अम्बेडकर पता है। जिसे अम्बेडकर समझ में आया उसके मन से डर भी हट गया।'—शेटे।

'वे महार लड़के गाँव में घूम रहे थे और उन्हें कइयों ने देखा था पर किसी ने भी उनको रोका नहीं। मैंने उनसे हट जाने के लिए कहा। वे उतना भर सिकुड़ गये पर मेरी बात का उन पर कोई असर नहीं हुआ।' ताटे अपनी व्यथा का बयान कर रहा था।

'आने वाले वक़्त में ऐसा ही होता रहेगा।'–शेटे।

'मुश्किल है।'–कल्लूबर्मे।

'महारों के मन में जो डर है, आतंक है उसी पर तो गाँव की सीमा अडिग है। उनके मन का डर ग़ायब होते ही यह सीमा हट जायेगी। कोई ऊँचा नहीं रहेगा और कोई नीचा नहीं रहेगा।'–शेटे।

वे तीनों दावल मलिक की दरगाह पहुँच गये थे। दरगाह पर हरी झण्डी फहरा रही थी। वे तीनों अपनी-अपनी राह चले गये।

❑❑❑

ग्राम पंचायत कार्यालय के सामने वाले चबूतरे पर गाँव के जवान लड़कों का अड्डा था। वे सब पढ़े-लिखे बेरोज़गार थे। उनका एजबार हुआ था। अब उन्होंने नौकरी पाने की आस ही मिटा डाली थी। शिक्षा के कारण उनका खेतीबाड़ी करने में भी मन न लगता था। यह बेरोज़गार युवकों का ग्रुप था। वे सब भुदरगड गाँव के शिवाजी कॉलेज में पढ़े थे। पळसदेव गाँव के भी सभी युवक इसी कॉलेज में पढ़े थे। बापू, धर्म्या, श्रीरंग और गुरु इसी कॉलेज के छात्र थे और किरण कांबळे भी इसी कॉलेज की छात्रा थी।

मोहन गुजर, लक्ष्मण बेताल, श्रीराम ह्नमुर्गे, सीताराम पाटील रोज़ चबूतरे पर बैठने वालों में से थे। 'आरक्षण के कारण नौकरी नहीं मिलती' इसी एक ही जवाब के सहारे इनका जीवन बसर हो रहा था। उनके लिए सभी रास्ते बन्द हो चुके थे। अब चबूतरे पर बैठ गप्पें लड़ाना ही जैसे उनका मक़सद हो गया था। कोई औरत दिखते ही वे उसे घूरते रहते। इन युवकों की चुनाव के दिनों में ऐश हुआ करती थी। नदी-नालों में की बाढ़-सी इन बेरोज़गारों की चुनाव के दिनों माँग बढ़ती थी। अन्यथा एक उदास, नीरस, पतझड़ी जीवन ही इनके हिस्से में रहता, लेकिन इन्होंने उसे चुपचाप स्वीकारा भी था। हँसी-मज़ाक़ में वे आया दिन गुज़ारते थे। गाँव की राजनीति से लेकर अमेरिका की राजनीति तक उनमें चर्चाएँ छिड़ती रहतीं। ये चारों यानी गाँव का ब्लैक बॉक्स था। सभी पैंतीस वर्ष की आयु के। नौकरी न होने के कारण शादी नहीं हुई थी किसी की। घर में उनकी कोई इज़्ज़त न थी। माँ-बाप तानें देते रहते थे और ये अधिकतर समय घर से बाहर ही बिताया करते थे। वे हर मुद्दे पर गम्भीरता से चर्चा करते थे, लेकिन गाँव उन्हें गम्भीरता से समझ नहीं रहा था। वे बर्बाद

हुई पीढ़ी के प्रतिनिधि थे। इसी चबूतरे पर पहले धर्म्या, श्रीरंग, बापू बैठा करते थे। आज उनकी जगह दूसरे युवकों ने हथिया ली थी।

आधा गाँव काम के लिए भुदरगड जाता था। बाक़ी बचे खेतों में काम करते थे। गाँव के घर ख़ाली और रास्ते सुनसान हो जाते। डबरे में सुस्ताये गैंडे की तरह वाकडे हवेली! भुदरगड खामगाँव रोड पर तेज़ दौड़ने वाली सवारियाँ। चबूतरे पर बैठ आते-जाते हुओं को घूरने वाली यह चौकड़ी। इनके लिए हर दिन एक-सा होता था। कुछ नया न था और कुछ पुराना न था। गाँव के नज़रिये से ये बेकार छोरे थे। उन्हें अपनी ज़िन्दगी ही मुसीबत लगती थी। गाँव की हर गतिविधि पर उनकी नज़र रहती थी। चबूतरे पर बैठने वाले वे चार महाकाय गिरगिट थे। लक्ष्मण बेताल ने धर्म्या की बहन कस्तूरी से छेड़खानी की थी। धर्म्या ने गाँव सिर पर उठा लिया था। कुछ दिन चबूतरे पर कोई बैठा न था। चबूतरा सूना हो गया था। फिर धीरे-धीरे चबूतरा असली रंग में रंग गया। गप्पों की आतिशबाज़ी होने लगी। मोहन गुजर सूत्रधार था। उसी का नियन्त्रण इन पर रहता था।

'किरण कांबळे का बलात्कार हुआ होगा।... उसका ख़ून हुआ होगा...इसकी निन्दा होनी चाहिए। निषेधाहर्य ही है। कोई इसका समर्थन नहीं करेगा...लेकिन इसमें गाँव की क्या ग़लती? पूरे गाँव को जैसे कटघरे में खड़ा किया है। एक-दो गुण्डों का काम होगा वह लेकिन चार हज़ार बस्ती वाले गाँव को क्यों गुनहगार ठहराया जा रहा है? एकाध हिन्दू जात्यध होगा तो क्या सभी हिन्दू ऐसे होंगे?' श्रीराम ह्नमुर्गे दूसरे दिन भी यही सवाल बार-बार दोहरा रहा था।

'तुम्हारी बात सही है। हम भी यही कहते हैं। सभी हिन्दू जातिवादी नहीं हैं। हम चार भी तो भिन्न-भिन्न जातियों के हैं, लेकिन हम दोस्त हैं न? कहाँ है हम में भेदभाव? दलितों को चाहिए कि हिन्दुओं को शत्रु न समझें। इसी से सभी हिन्दू उन पर ख़ौफ़ खाते हैं। दलित विरोधी भूमिका धारण करते हैं। इससे दलितों के प्रश्न और जटिल हो जाते हैं। अम्बेडकर की समझ में यह बात आनी चाहिए थी।' सीताराम पाटिल समझा रहा था।

'दलितों पर एक ही कारण से अत्याचार नहीं होता। अत्याचार के कई कारण होते हैं। दलितों ने 'जातिवाद' शब्द को ऐसे जकड़ रखा है कि इसे त्यागने के लिए तैयार ही नहीं।'—मोहन गुजर।

'हमने जातियाँ नज़रअन्दाज़ कीं और उन्होंने जाति को ही तूल दी। हर एक के पास जाति का प्रमाण-पत्र है और जाति-व्यवस्था नष्ट करने के सपने

हैं। यह क्या माजरा है? जाति की दीवारें हटीं तो आरक्षण हटा! इसी कारण जाति से चिपके हैं। हर बात में उन्हें जाति दिखती है।'—श्रीराम ह्नमुर्गे।

'सभी महार बुरे नहीं हैं। जो पढ़-लिख गये हैं, जिन्हें शहर का चस्का लगा वे ही ऐसे हैं।'—लक्ष्मण बेताल।

'परसों महारों के लड़के गाँव में घूम रहे थे। गाँव में चर्चा छिड़ी है।'—सीताराम पाटील।

'उसमें क्या? वे कॉलेज में पढ़ते हैं। छुट्टियों में गाँव आये हैं। शहर में मेन रोड पर नहीं घूमते? वैसे यहाँ घूमते थे। वे झाड़वाली सीता महारीन की तरह बेबस थोड़े ही दिखेंगे? भीख माँगने वाले सदबा महार की तरह दीन-दुबले भी नहीं दिखेंगे। वे कॉलेज ब्यॉयज़ हैं। अच्छे कपड़े पहनेंगे ही। हमें आदत नहीं है उन्हें अच्छे कपड़ों में देखने की।'—मोहन गुजर।

'अब हर छुट्टी में वे गाँव में घूमेंगे और लोग बौखला जायेंगे।'—सीताराम पाटील।

'अरे लोगों को तो हमारा चबूतरे पर बैठना भी अखरता है।'—लक्ष्मण बेताल।

'महारों के लड़के गाँव में न आयें। यहाँ का माहौल न बिगाड़ें। वे महार बस्ती में चाहे जहाँ जायें।'—श्रीराम ह्नमुर्गे।

'कौन कहेगा उनसे?'—लक्ष्मण बेताल।

'उन्हें खुद समझ लेना चाहिए। यह शहर नहीं गाँव है। शहर में जैसे घूमते हैं वैसे यहाँ नहीं टहल सकते। आख़िर वे महार हैं। उन्हें यह बात भूलनी नहीं चाहिए।'—श्रीराम ह्नमुर्गे।

'इन्हें कोई रोक नहीं सकता।'—सीताराम पाटील।

'किरण कांबळे पर अन्याय हुआ है। और यदि यह सच है तो समूचे गाँव को इसके विरोध में आवाज़ बुलन्द करनी चाहिए। सिर्फ़ महारों को ही नहीं। मात्र उनके कहने से समस्या हल नहीं होगी। महार लड़के गाँव में टहलते हैं तो हमें गुस्सा आता है। महार लड़की का ख़ून हुआ है तो हमें गुस्सा क्यों नहीं आता?'—मोहन गुजर।

'काफ़ी दिन हुए पार्टी नहीं की। शराब कब पियेंगे?' सीताराम पाटील ने बात का रुख़ बदल दिया।

पळसदेव गाँव आदर्श गाँव था। गाँव में एकता बनी थी। लोकसभा चुनाव में गाँव दो गुटों में बँट गया था। लोकतन्त्र ने सत्ता का स्लाइन लोगों के ख़ून

में मिला दिया था। गाँव हड़बड़ाकर जाग गया था। रमेश वाकडे के प्रति लोगों में असन्तोष फैल रहा था। लोगों को बेरोज़गारी ने बोलना सिखाया था। ग़रीबी ने उन्हें साहसी बनाया था। लोगों की समस्याएँ हल नहीं हो पा रही थीं और लोग खीझ रहे थे।

'वाकडे ने बीवी के मायके जाने वाला रास्ता कोलतार का बनाया। उसकी कार जाती है न वहाँ! उसकी हवेली बड़ी बन रही है। बाक़ी लोग खँडहर में रहते हैं।'—लक्ष्मण बेताल।

'वाकडे का नाम मत लो। वरना मैं चला जाता हूँ।'—सीताराम पाटील।

'सीताराम सही कह रहा है। यूँ ही झंझट क्यों मोल लें?'—श्रीराम ह्रनमुर्गे।

'हम या तो महारों की बात करते हैं या वाकडे की।'—सीताराम पाटील।

किरण कांबळे का बलात्कार नहीं हुआ था और न ही उसका ख़ून हुआ था। गुनहगार दहशत फैलाना चाहते थे। किरण कांबळे एक बहाना था। वे उसे मारना भी नहीं चाहते थे। पळसदेव गाँव में दहशत फैल गयी थी। किसी से कुछ भी पूछो कहता था, 'हमें नहीं पता।' लोगों का दम घुटने लगा था।

लोग किरण कांबळे के ख़ून की चर्चा कर रहे थे इसलिए नहीं कि सिर्फ़ गुनहगारों को सज़ा मिले। सज़ा तो उन्हें मिलती ही लेकिन लोग इसीलिए चर्चा कर रहे थे कि भविष्य में ऐसा गुनाह करने वालों को डर लगे। उन पर प्रतिबन्ध लगे। गुनहगार अकेले हो जायें। उपेक्षित रहें। अन्याय किसी पर भी हो, पीड़ित व्यक्ति अकेला नहीं होगा। लोग उसके साथ हैं, इस हेतु से चर्चाएँ छिड़ रही थीं।

चर्चा सत्य का उत्सव होती हैं। अन्तिम सत्य तक पहुँचने का महामार्ग। लोकतन्त्र का सही उद्‌गार। लोकतन्त्र लोगों के विचारों से सप्राण रहता है। जनमत के अस्तित्व की निशानी यानी चर्चा। मन में की हिंसा अहिंसा में बदल जाती है तभी चर्चा का जन्म होता है। चबूतरा चर्चा का मंच था।

गाँव में ढोल मंजीरा हो, सदबा महार की डफली की आवाज़ हो, भैरवनाथ मन्दिर का घण्टा नाद हो, सीता महारीन की झाड़ू की आवाज़ हो, किनगाँव रोड पर चलने वाले लोगों के संवाद हों, महार युवकों का गाँव में टहलना हो, लक्ष्मण वाकडे प्रशाला में रोज़ सुबह ग्यारह बजे गूँजने वाला सामूहिक राष्ट्रगीत हो,...यह सब कुछ लोकतन्त्र के विविधांगी रूप-रंग थे। किसी भी गाँव का नाम बदनाम हो या न हो मनुष्य सबसे ऊपर है। केन्द्र में है। यही बात तो हर कोई अपने-अपने ढंग से कह रहा था।

□□□

हवलदार साने सागर बनसोडे के आने की राह देख रहा था। चार-पाँच विद्यार्थी आये थे। साने को लगा कि इन्हीं में से कोई सागर बनसोडे होगा, लेकिन ऐसा नहीं था। वे विद्यार्थी प्रशासकीय सेवा परीक्षा की तैयारी करने वालों में से थे। शिकायत लेकर आये थे। उन्हें पुलिस से सहायता चाहिए थी और साने उनकी शिकायत को नज़र अन्दाज़ कर रहा था। विद्यार्थी डटे रहे।

'हम पढ़ाई नहीं कर पा रहे हैं। आप बन्दोबस्त कीजिए।' विद्यार्थी बोल रहा था।

'धार्मिक मामला है। उसमें दख़लअन्दाज़ी नहीं कर सकते। आप भी ईश्वर से प्रार्थना कीजिए। वह प्रसन्न हो जायेगा। परीक्षा में सफलता पाओगे।'—साने।

'मन्दिर भी ग़ैर-क़ानूनी तौर पर बना है। अतिक्रमण कर। ऊपर से बिजली की चोरी भी करते हैं। भजन-कीर्तन के नाम पर शान्ति भंग करते हैं।' विद्यार्थी कहते जा रहे थे।

'मैं कुछ नहीं कर सकता। मस्जिद पर का ध्वनिक्षेपक निकाला जा सकता है क्या? यह मामला संवेदनशील है।'—साने।

'कम-से-कम परीक्षा के दिनों में तो बन्द कीजिए, यह सब। वे व्यावसायिक लोग हैं। गायन-वादन का रियाज़ करते हैं। हम उनसे भी मिले थे। वे सुनने के लिए तैयार नहीं।'—विद्यार्थी।

'भजन-संकीर्तन करने वालों के बच्चे भी तो स्कूल जाते होंगे। वे कैसे पढ़ सकते हैं?'—साने।

'ये लोग कई जगहों से यहाँ इकट्ठा होते हैं। तबलची यहाँ का है। हमने उससे बात की तो वह हमें नास्तिक कहता है।'—विद्यार्थी।

साने विद्यार्थियों को समझा रहा था। विद्यार्थी समझने की मनःस्थिति में नहीं थे। इतने में एक युवा पुलिस चौकी में दाख़िल हुआ। साने को आशंका हुई। उसने युवक से नाम पूछा। 'मैं सागर बनसोडे' आने वाले ने रोबीली आवाज़ में जवाब दिया। साने झट से उठ खड़ा हुआ। युवक को अचरज हुआ। वहाँ खड़े विद्यार्थियों में से एक ने बनसोडे से हाथ मिलाया। उसे अपना परिचय दिया। साने उसे लेकर सरदेशमुख के केबिन में गया। उसे कुर्सी खिसकाकर दी। बैठने के लिए कहा और यह भी कहा कि, 'साहब अभी आ जायेंगे।'

सागर बनसोडे बैठ गया। दीवार पर टँगी बाबासाहब की तस्वीर देखकर उसका अभिमान जाग उठा। वह आराम से बैठा। इतने में उसे चीख़ सुनाई दी। उसने खिड़की में से देखा। कस्टडी में क़ैदी को टाँग दिया था। सरदेशमुख

चमड़े के पट्टे से क़ैदी को मार रहा था। पैरों पर मार पड़ रही थी। क़ैदी चीख़ रहा था। माहौल में डर-उदासी छायी थी। सागर बनसोडे ऐसा कुछ पहली बार देख रहा था। क़ैदी की पिटाई, उसका चीख़ना इससे वह बेचैन हो गया।

सरदेशमुख चीख़-चीख़कर क़ैदी से गुनाह क़बूल करवाना चाह रहा था। क़ैदी न कुछ बोल पा रहा था न रो पा रहा था। सरदेशमुख उसे पीटता ही जा रहा था। क़ैदी की चीख़ें हृदय चीर रही थीं। सरदेशमुख आपे से बाहर हो गया था। बनसोडे पुलिस की क्रूरता देखकर सकते में आ गया था। साने ने उसे अख़बार दिया था। बनसोडे शान्ति से अख़बार पढ़ रहा था।

सरदेशमुख ने पीटना बन्द किया था। वहाँ दो पुलिसवाले आये और उन्होंने क़ैदी को नीचे उतारा। सरदेशमुख ने चमड़े का पट्टा उन पुलिसवालों के हाथ में दिया था। वे दोनों क़ैदी को चुप हो जाने के लिए धमका रहे थे। क़ैदी वेदना से कराह रहा था। सिसक रहा था। पी.आई. सरदेशमुख अपनी कुर्सी पर आ बैठा। सागर बनसोडे ने उसे नमस्कार किया। सरदेशमुख मगरूरी में था। क़ैदी को पीटने की वजह से वह थक गया था। उसने घण्टी बजायी। मारणे पुलिसवाला दौड़ते हुए आया। 'साहब के लिए चाय लाओ।' सरदेशमुख रूखी आवाज़ में बोला। उसके चेहरे पर ग़ुस्सा साफ़ दिखाई दे रहा था। भीतर-ही-भीतर वह दहक रहा था। सामने बैठा हुआ सागर बनसोडे प्रतीक्षा कर रहा था सरदेशमुख के बोलने की, सरदेशमुख का चेहरा उग्र था। उसका ठण्डा बर्ताव देखकर सागर बनसोडे बेचैन हुआ था। सरदेशमुख सागर बनसोडे को देखकर बौखला गया था।

'आपसे परिचय कराना था तो बुला लिया आपको! मैं आपसे मदद माँग रहा हूँ। यदि आपके पास कुछ सबूत हैं, तो आप मुझे दे दीजिए। मैं किसी केस के सन्दर्भ में बात कर रहा हूँ आप समझ ही गये होंगे।'—सरदेशमुख।

'मेरे पास ऐसी कोई जानकारी नहीं है।'—बनसोडे।

'मैंने समाचार-पत्र में छपा आपका लेख पढ़ा। बहुत ही तेज़ तर्रार लेखन है आपका। जानकारी हासिल करने की तकनीक भी आप ख़ूब जानते हैं। मेरी मदद कीजिए।'—सरदेशमुख।

'मुझसे ज़्यादा आप जानते होंगे।'—बनसोडे।

'मुझे आपसे जानकारी पानी है। आपको कौन देता है, सारी जानकारी?' —सरदेशमुख।

'मैं लोगों से मिलता हूँ। और लिखता हूँ।'—बनसोडे।

'आप जो जानकारी हासिल करते हैं वह सच होती है क्या? आप उसकी सच्चाई की जाँच करते हैं क्या? क्या आप नहीं जानते कि ऐसा कुछ छापने से जाँच करने में मुसीबतें खड़ी हो सकती हैं? समाज में तनाव फैल सकता है। आप भी मुसीबत में फँस सकते हैं।'—सरदेशमुख।

'आप मुझे डरा रहे हैं?'—बनसोडे।

'काफ़ी तजुर्बेकार लग रहे हैं।'—सरदेशमुख।

'मुझे लिखना था, तो मैंने लिखा। और वह सच है। जिसके बारे में मैं जानता नहीं उसके बारे में लिखता भी नहीं।'—बनसोडे।

'कल्पना के बलबूते लिखना आसान होता है। पहले ही पुलिस पर दबाव है। पुलिस फोर्स कम है। जो हैं उन्हें बन्दोबस्त के लिए भेजना पड़ता है। आये दिन कोई-न-कोई नेता किरण कांबळे के घर जाता है। पुलिस के पास सिर्फ़ इतना ही केस नहीं है। हमारा पक्ष भी समझ लीजिए। हम भी इन्सान हैं।'—सरदेशमुख।

साने आया था। साथ में टपरीवाला चाय भी लाया था। सरदेशमुख के चेहरे पर तनाव साफ़ दिखाई दे रहा था। सागर बनसोडे भी गम्भीर बना था। 'चाय लीजिए' साने ने बनसोडे को चाय दी। सरदेशमुख अंगार भरी नज़रों से बनसोडे को देख रहा था। सागर बनसोडे को उसी नज़रों में का झुलसना दिख रहा था। उसके चेहरे पर की छटपटाहट दिख रही थी। सरदेशमुख का चेहरा इस बात का साक्षी था कि क़लम किसी को कितनी घायल बना सकती है। साने इत्मीनान से खड़ा चाय पी रहा था।

'बनसोडे, तेरा लिखा लेख मुझे पसन्द आया। अच्छा लिख रहे हो। अभी जवान हो। अच्छे कामों के लिए लिखा करो। मुझे भ्रष्टाचारी सिद्ध कर तुझे शोहरत मिल सकती है, तो ज़रूर लिखना। मुझे कोई शिकायत नहीं। आज तक कइयों ने मुझ पर लिखा है।' सरदेशमुख नाराज़गी से बोल रहा था।

'अच्छा, चलता हूँ।'—बनसोडे।

सरदेशमुख ने उसकी ओर देखा तक नहीं। कोई प्रतिक्रिया नहीं। साने ने अजीब इशारे कर उसे लगभग बाहर खदेड़ा था। सागर बनसोडे आहत हुआ था। अपमानित हुआ था। वह शान्ति से पुलिस चौकी के बाहर आया।

सरदेशमुख ने आराम से सिगरेट सुलगायी। साने उसकी ओर देख व्यंग्यात्मक मुस्कुरा रहा था। बीच-बीच में क़ैदी की कराह सुनाई दे रही थी।

□□□

कई दिनों के बाद आज बापू, धर्म्या, श्रीरंग मिले थे। लोगों की नज़रों से बचते-बचाते। वे एक-दूसरे की ओर अपराध भरी नज़रों से देख रहे थे। उनकी आँखें मृतवत् थीं। चेहरे मुरझाए हुए थे। वे काफ़ी थक गये थे। बीमार लग रहे थे। उनमें कोई जान ही नहीं बची थी। गुरु नहीं आया था। उसके लिए आना सम्भव नहीं था। पुलिस देखेगी। कोई पुलिस में ख़बर करेगा। इस डर से वे परेशान हुए थे। वे डरे-सहमे-से आज मिले थे। गिरफ़्तार होने के डर से वे कई रातों से सो नहीं पाये थे। निराशा-तनाव में वे जी रहे थे। उन्हें लोगों से लाज लग रही थी। आज वे बड़ा साहस कर इकट्ठा हुए थे। वे गुनहगार थे लेकिन सज्जन बनकर जीना चाह रहे थे। उनके मन की उलझन चेहरे पर साफ़ दिख रही थी। 'चाहे कुछ भी हो, फाँसी चढ़ेंगे पर गुनाह क़बूल नहीं करेंगे' का फ़ैसला वे कर चुके थे। मन की बेचैनी उन्हें साथ लायी थी।

'हमसे बड़ा गुनाह हुआ है। यह सब इतना भयावह होगा हमने सोचा ही नहीं था। उसे पकड़ें, सुलाएँ, छोड़ दें, मज़ा कर लें इतने मामूली ख़याल से डेयरिंग किया और हुआ कुछ का कुछ।'—धर्म्या।

'मुझे भी नहीं लगा था इतना बढ़ जायेगा मामला! लगा था ज़्यादा-से-ज़्यादा लड़की इनकार करेगी! उसके हाथ-पाँव बाँधकर सुलाया जायेगा। ज़्यादा कुछ हुआ तो वह घर में बता देगी, लेकिन है तो महार परिवार की! वह लोग हमारा क्या बिगाड़ते? थोड़ा-सा झगड़ा हो जायेगा, बस। और लड़की मान गयी तो बार-बार मौज करेंगे। इतना ही सोचा था। तब अहसास ही न था कि इतना बड़ा गुनाह कर रहे हैं।'—श्रीरंग

'तुम लोग लड़की लेकर आये। मुझे लगा वह राज़ी ख़ुशी आयी है। मैंने सोचा तुम मज़े करो और मैं देखता रहूँ? मैं भी चांस लेना चाहता था। मुझे औरत के साथ सोकर देखना था कि क्या होता है? मैंने कई बार मुठिया मारी थी। अपनी जगह में हो रहा है तो चुप क्यों रहूँ? इसीलिए मैं तुम लोगों में शामिल हुआ। वैसे मैंने उसे कई बार देखा था। साइकिल पर जाती थी खेत की ओर। पढ़ाई करती थी वहाँ बैठकर।'—बापू।

'मेरा माथा ठनक गया था। सुधबुध खोयी थी। उसे पकड़ा और बदन में आग लगी। क्या हुआ कैसे हुआ, पता ही नहीं चला। जो हुआ वह भयावह था। मुझ पर तनाव है। आगे क्या होगा इसका सोच-सोच के थक गया हूँ। घर के लोग ठीक से बात नहीं करते मुझसे। लगता है सब छोड़-छाड़कर चला जाऊँ। वह भी नहीं कर सकता।'—धर्म्या।

'गाँव के सभी लोगों को पता चला है। सिर्फ़ उस विधायक शिरगुपे के कारण पुलिस हम तक नहीं आ रही है। आज नहीं तो कल क़ैद होंगे ही। मैं तो सीधे गुरु का नाम लूँगा। उसे छोड़ देना पड़ेगा तो हमें भी छोड़ देंगे। उसी के कारण यह सब हुआ।'—श्रीरंग।

'गुरु को नहीं पकड़ा जायेगा। उसकी जगह किसी और को फँसाया जाने का प्लान है। जो मैंने सुना वही बता रहा हूँ। तुम लोगों को भी पता होगा। हमें कोई कुछ बताता नहीं। क्या होने वाला है? पता नहीं। ग़लती तो मुझसे हो गयी है। उसका शरीर प्रतिकार कर रहा था। कैसे मज़ा और कैसी मस्ती? क्या मिला? पानी बह गया। इससे तो अच्छा था मुठिया मारते। बर्बाद हो गये।'—बापू।

'बलात्कार होते नहीं क्या? आये दिन होते हैं। वह महार थी इसलिए इसे इतनी तूल दी गयी है। गाँव की किसी लड़की को उठाते तो किसी को कुछ पता न चलता। जाति के बहाने उछाला जा रहा है मामला। और क्या?'—धर्म्या।

'मेरा बाप मुझसे काफ़ी गुस्सा है। घर में झगड़े हो रहे हैं। बाप बोलता है, तुझे वह पसन्द थी, तो उसे रख लेता। मेरे चाचा ने महार औरत को रखा था। तूने यह क्या किया? मुझे बताता तो किसी रिश्तेदारी में तेरी शादी कर देता। पर तूने तो सबका मुँह काला किया। अब जेल होगी तो हममें से कोई तुझे छुड़ाने नहीं आयेगा। तू अपना देख ले! मेरी माँ का रो-रो के बुरा हाल हुआ है। घर का माहौल बिगड़ गया है।'—श्रीरंग।

'मैं भी गर्दन झुकाये गालियाँ खाता हूँ। तिलमिलाकर गालियाँ देते हैं। मैं चुपचाप सुन लेता हूँ। कल मैंने शराब भी पी।'—धर्म्या।

वे तीनों बके जा रहे थे। मन की छटपटाहट को निकाल रहे थे। बोलने से उन्हें हल्का लगा। मन का बोझ छँट गया-सा लगा। दरअसल वे मिले थे यह सोचने के लिए कि आगे क्या करना है, लेकिन मिलने पर मन की भड़ास निकालने लगे थे।

'सच कहूँ तो मैं बौखलाया था। मैं अपने काबू में न था। मुझे उसके शरीर की बू में उसकी जाति की बू आ रही थी। महार की लड़की और इतना घमण्ड? मैं गुस्सा हुआ था। हमारी जाति ऊँची है। उसने हमारे साथ सोना ही है। वह इनकार कैसे कर सकती है? वह सोती तो मैंने उसे छोड़ दिया होता। लेकिन उसने ऊधम मचाया। ऊँची जातिवाले पुरुषों के साथ सोने को मिलता है इसका उसे आनन्द होना चाहिए था। वह घमण्ड की मारी निकली। ऊधमी थी।'—धर्म्या।

मेरी माँ ने झाड़ूवाली सीता महारीन से आज सुबह पूछा, 'महार बस्ती में क्या बातें हो रही हैं?' लेकिन उसने कुछ कहा नहीं। बोली, 'मैं दिनभर गाँव में रहती हूँ। हमारे लोग भी काम पर जाते हैं। दिन में हमारी बस्ती में कोई नहीं होता। किसके पास इतना समय है? लोग भूल गये हैं। किरण की माँ पागल बनी है।' झाड़ू लगाते-लगाते वह बोल रही थी। 'इसका मतलब गाँव के महार चुप हैं। गाँव के बाहर वालों ने आग भड़कायी है।' बापू बोल रहा था, लेकिन उसके चेहरे पर मरघटी-सन्नाटा छाया था।

'मुझे वायरमन ताटे मिला था। उसने मेरा रास्ता ही रोका। बोला, 'बता क्या हुआ? मैं किसी से नहीं कहूँगा।' मैंने हाथ जोड़े और खिसक गया। वह मेरी ओर संशय से देख रहा था और मैं उसकी नज़र का सामना नहीं कर सका।'—श्रीरंग।

'हम वाकडे की हवेली हो आयें?'—बापू।

'किसलिए? कोई ज़रूरत नहीं। उन्होंने पंचनामे की रिपोर्ट बदल दी है। पोस्टमार्टम रिपोर्ट में हेराफेरी की है। मतलब केस वीक किया है। उन्हें अपना काम करने दो। हम कुछ कम ज़्यादा बोलेंगे तो बात बिगड़ जायेगी। वे कुछ और सोचेंगे और हमें ही ख़त्म कर देंगे। पहुँचे हुए लोग हैं, वे।'—धर्म्या।

वे तीन गुनहगार एक-दूसरे पर का भरोसा आजमा रहे थे। 'हमें मिलते रहना चाहिए। बोलना चाहिए वरना हम पागल हो जायेंगे।' बापू चिन्ता से कह रहा था। श्रीरंग ने हाँ में हाँ मिलाते हुए कहा, 'हमें सीना तानकर आते-जाते रहना चाहिए। यूँ चोर की तरह बैठेंगे तो लोग शक करेंगे।' धर्म्या नासमझी में कह रहा था, 'हमारी शादी नहीं होगी। बदनामी हुई है। जो मिलेगी उसे निभाना पड़ेगा।' धर्म्या पगलाया था। वह भूल नहीं पा रहा था। उसने मन्दिर में हाथ जोड़े भी तो हाथ काँपते थे। 'जो होना है हो जाने दो।' धर्म्या रोते हुए बोला। उसी ने किरण कांबळे का गला घोंटा था।

बापू और श्रारंग ने उसके हाथ पकड़े थे। गुरु उसकी गोद में बैठा था। धर्म्या उसके सीने पर बैठा था। उन्होंने उसे ज़मीन पर गिराया था। वह काँप रही थी। उसकी आँखें फटी की फटी रह गयी थीं। भौंहे तनी थीं। साँस रुक गयी थी। धर्म्या ने उसका गला घोंटा था। ऐसा करते समय उसकी आँखें, हाथ की नसें, कान ऐंठ गये थे। चेहरा रौद्र बना था। दाँत-होंठ खींचे गये थे। उसकी आख़िरी छटपटाहट रुकने तक धर्म्या ने दोनों अँगूठे उसके गले में धँसाये रखे थे। उसकी गोद ढीली पड़ने पर गुरु उठा था। उसने पैर पटककर प्राण त्यागे

थे। बापू-श्रीरंग ने उसके हाथ छोड़े तब वे काठ की तरह ज़मीन पर लुढ़के थे। पलकें थम गयी थीं। जिह्वा, सिर बेजान हुए थे। गर्दन लुढ़की थी। धर्म्या ने प्राण निकलते देखा था।

'धर्म्या क्या सोच रहे हो?'—श्रीरंग।

'उसके प्राण निकले नहीं। देख, मेरे दो अँगूठों में समा गये हैं।' धर्म्या ऊटपटाँग कुछ कह रहा था। श्रीरंग ने धर्म्या का चेहरा देखा। चेहरा भयावह बना था। ख़ूनी के चेहरे जैसा। वह सिहर गया। धर्म्या के बाप ने उसका यह ख़ूनी चेहरा कई बार देखा होगा। उसे धर्म्या के बाप की नज़र में का सच पता चला था। वह टूट गया।

काले का कुत्ता गली में भौंक रहा था। गाँव की शान्ति भंग हो रही थी।

□□□

विधायक शिरगुपे, वाकडे और पी. आई. सरदेशमुख अथर्व बँगले में बैठे थे। सरदेशमुख आज्ञाकारी बच्चे जैसा बैठा था। विधायक शिरगुपे काइयाँ था और वाकडे उलझन में। सबके चेहरों पर गोपनीयता का साया था। गम्भीर माहौल में चर्चा चल रही थी। शिरगुपे लापरवाही से बोल रहा था। वाकडे और सरदेशमुख नपा-तुला बोल रहे थे। शिरगुपे सूत्रधार था।

'क़ैद करना होगा। दबाव बढ़ रहा है।'—सरदेशमुख।

'रमेश जी, नक़ली गुनहगार दीजिए। बात दबा दीजिए। कितने दिन चलेगा ऐसे?'—शिरगुपे।

'कोई भरोसे का मिल नहीं रहा।'—वाकडे।

'भरोसेवाले की क्या ज़रूरत है? धन्धेवाला देखिये। मैं दूँ क्या? ब्लैक लिस्ट में का नाम? कोई भी तैयार होगा। जिन पर बीस-बीस केसेस हैं। उन्हें और एक केस से क्या फ़र्क़ पड़ेगा? आप तय कीजिए।'—सरदेशमुख।

'चार लगेंगे!'—वाकडे।

'चार की क्या ज़रूरत? एक को ही बड़ा धन दीजिए। ख़ून का मामला है। एक ने ही ख़ून किया है। बस।'—सरदेशमुख।

'ग्रेट आइडिया। इनका अनुभव बोल रहा है।'—शिरगुपे।

'चारों को पाँच-पाँच देने से एक को बीस दीजिए। काम होने पर हमारे दीजिए। शिरगुपे साहब बतायेंगे। मैं पूछकर देखता हूँ।'—सरदेशमुख।

'काफ़ी बड़ी रक़म हो रही है।'—वाकडे।

'आप तय कीजिए लेकिन क़ैद होने पर मैं कुछ कर नहीं पाऊँगा।'—सरदेशमुख।

'रमेश जी जल्दी कीजिए। मुझे कार्यक्रम के लिए जाना है।'—शिरगुपे।

'दूसरों से **वसूल** कीजिए।'—सरदेशमुख।

'सारा ख़र्चा मैं ही करने वाला हूँ।'—वाकडे।

'रमेश जी कौन-सा पुलिस अफ़सर इतनी मदद करेगा? ये ट्रांसफर होकर चले गये तो मुसीबत में फँसेंगे आप! पार्टी भी मुसीबत में आयेगी। रोज़ इनके तबादले की माँग हो रही है। काम करवा लीजिए। क़िस्सा ख़त्म।'—शिरगुपे।

'केस पलटे नहीं।'—वाकडे।

'आप पैसों की चिन्ता कर रहे हैं। इन्होंने नौकरी दाँव पर लगायी है।'—शिरगुपे।

'शिरगुपे साहब ने बुलाया इसीलिए आया हूँ। वरना आज रात में पकड़ता हूँ। कल कोर्ट के सामने खड़ा करता हूँ। पन्द्रह दिन की कस्टडी। आप कोर्ट-कोर्ट खेलते रहिये।'—सरदेशमुख।

'सरदेशमुख साहब, ये मेरे मित्र हैं। आप इन्हें पैसों में मत तौलना। इनकी कुछ आशंकाएँ होंगी। पूछ लेने दीजिए। वे पैसे देने वाले हैं। ऐसे डराइये मत उन्हें। अटैक आयेगा तो मुसीबत होगी। सँभाल लीजिए इन्हें।'—शिरगुपे।

'साहब! मुझ पर वॉच होगा। मैं यहाँ कितनी देर रुका यह भी देख रहे होंगे।'—सरदेशमुख।

'मैंने गृहमन्त्री से फ़ोन पर बात की है। आपकी तारीफ़ की है। तबादला न करने पर बल दिया है। सब रिकॉर्ड है। झूठ लग रहा है क्या?'—शिरगुपे।

'साहब, आप पर भरोसा है मुझे!'—सरदेशमुख।

'रमेश जी समय मत गँवाइये। इन्होंने पैसों के हिसाब से काग़ज़ बनाये हैं। ऐसे केसेस में कुछ नहीं होता! केस निर्दोष होगा। पैसे मत देना। अम्बेडकर जी जीवित होते और वे दलितों के पक्ष में केस लड़ते तब भी गुनहगार छूट जाते। केस में जान नहीं है। जाने दो लड़के को भीतर। नहीं तो हाँ कहो। सरदेशमुख काम पर लग जायेंगे।'—शिरगुपे।

'और एक बात कर सकते हैं। डुप्लीकेट दलित ही देंगे। बात को जो जातीयता के नाम पर उछाला है उसकी हवा ही निकाल देंगे। दलित गुनहगार है। तड़ीपार की फ़ाइलें हैं। किसी को पकड़ेंगे। उसे निर्दोष रिहा करने का वादा करना होगा। और क्या। बोलिए करना है?'—सरदेशमुख।

'रमेश जी इनकी सुझाई बात जँच रही है। दलित को ही पकड़ेंगे। उनकी गली वाला या रिश्तेदार। फिर तो और मज़ा आयेगा। सरदेशमुख! माना आपकी बुद्धि को। आपको और ऊँचे ओहदे पर होना चाहिए था।'—शिरगुपे।

'सरदेशमुख जी सब मैनेज करेंगे। मैं पेसे देने को तैयार हूँ।'—वाकडे।

'दे दीजिए। आपके जन्मदिन पर लोग थैलियाँ देते हैं।'—शिरगुपे।

'मैं तय की गयी रक़म देता हूँ। आप काम कीजिए।'—वाकडे।

'कब देंगे?'—सरदेशमुख।

'वह मेरा ज़िम्मा। आपको ग्रीन सिग्नल मिला न? बस! चर्चा बन्द।'—शिरगुपे।

शिरगुपे अँगड़ाई लेते हुए खड़ा हो गया। वाकडे और सरदेशमुख भी निकलने लगे। चर्चा सफल हुई थी। वाकडे के चेहरे पर सन्तोष छाया था। सरदेशमुख अपनी होशियारी का नाटक निभा रहा था। शिरगुपे सरदेशमुख के कन्धे पर हाथ रखे खड़ा था। उसके कानों में फुसफुसा रहा था। सरदेशमुख 'जी-जी' किये जा रहा था। वाकडे दोनों की मिलीभगत भाँप रहा था। उसे 'काम हो जाने का' भरोसा लग रहा था। सरदेशमुख वाकडे से हाथ मिलाकर चला गया।

शिरगुपे वाकडे के पास आया। 'मैंने आपसे वादा किया था तो मैंने अपना फ़र्ज़ निभाया। यह अफ़सर मेरी सुनता है। इसके जैसा ईमानदार अफ़सर मैंने आज तक नहीं देखा। कोई काम करना है तो करके ही रहता है। रिस्क उठाता है। रामभाऊ हज़ारे के मामले में इसी ने तो मदद की थी। नक़ली गवाह खड़े किये। असली गवाहों का पत्ता काट दिया। इसीलिए तो केस जीता गया। वरना अपने पद पर तो पानी फिर जाता। मात्र लोगों के चुने जाने से हम सत्ता नहीं हथिया सकते। ऐसे अफ़सरों को भी पालना पड़ता है। तभी सत्ता भोगी जा सकती है।'—शिरगुपे।

'ये नक़ली पलटी तो नहीं मारेंगे न?'—वाकडे।

'यह मैं कैसे कह सकता हूँ? यह देखना सरदेशमुख का सरदर्द है। उसकी ज़िम्मेदारी। वह ख़तरनाक है। पूरे डिपार्टमेंट में उसे कोई रोक नहीं सकता। कोई पलट गया तो एनकाउंटर करायेगा। उसकी चिन्ता मत कीजिए।'—शिरगुपे।

'ठीक है।'—वाकडे।

'इस मामले में अब फ़ोन पर बात नहीं। मेरे तहत मामला ख़त्म हुआ है। अब जो भी है वह आप और सरदेशमुख देख लेना। ओ.के.?'—शिरगुपे।

शिरगुपे वाकडे को गाड़ी तक छोड़ने आया। वाकडे गाड़ी में बैठा। पोर्च

में शिरगुपे से मिलने आये लोगों की भीड़ थी। वाकडे की गाड़ी अथर्व बँगले के गेट से बाहर निकल गयी।

❑❑❑

'क्या नहीं सोचा था इस लाडले गुरु के बारे में। शिरगुपे की लड़की देवयानी का रिश्ता तक सोच के रखा था। इस बहाने दो राजनीतिक ख़ानदान एक हो जाते। अपनी पॉवर बढ़ जाती। पर यह किरण कांबळे प्रकरण काफ़ी महँगा पड़ा। सारा किया-कराया मिट्टी में मिल गया। गुरु ने अपनी सोची न हमारी। उसे बचाने की कोशिश कर तो रहा हूँ पर मामला पलट भी सकता है। अब तो बस डर के मारे ही जीना है।'—वाकडे।

'शिरगुपे से पूछकर तो देखना। उनके मन में क्या है पता चलेगा। ऐसा न हो कि पूछा ही नहीं'—श्रीमती मंगला वाकडे।

'किस मुँह से पूछूँगा? वह सब जानता है। गुनहगार को कौन अपनी बेटी देगा? हम होते तो क्या देते? हमारे बच्चे पर क्या संस्कार किये हमने? उसने ख़ानदान के बारे में सोचा नहीं। बुरी संगत में फँस गया। अब तो बात काफ़ी आगे बढ़ चुकी हैं।'—वाकडे।

'पैसों के कारण वह बिगड़ गया। पढ़ाई भी पूरी नहीं की। आजकल तो खाना भी नहीं खाता। गुटका खाता है। मुझे तो लगता है कि शराब तक पीने लगा है। कल बदबू आ रही थी। मैंने डाँटा तो कहने लगा टेंशन में पी आया हूँ। आपने ध्यान नहीं दिया सिर्फ़ उसे पैसा दिया। वह बर्बाद हुआ।'—श्रीमती वाकडे।

'शराब पीता है?'—वाकडे।

'मुझे बदबू आयी।'—श्रीमती वाकडे।

'अब क्या करें? अब तो ज़िन्दगी से ही हाथ धो देगा गुरु! क्या करूँ? किसी ग़रीब की लड़की से शादी कर दूँ क्या उसकी? शायद सुधर जाये। मेरी कितनी उम्मीदें थीं इससे? शिरगुपे भी उसकी पूछताछ करते रहते। इसने ख़ुद के पैरों पर ही कुल्हाड़ी मारी। हमारे कारण आज तक जेल नहीं गया वरना कब का अन्दर होता! मैं उसे जेल से छुड़ा सकता हूँ। लेकिन ऐसी लत से नहीं छुड़ा सकता। तुम बात तो करो उससे।'—वाकडे।

'मैंने कोशिश की। पर वह कुछ नहीं बोलता। चुपचाप बैठा रहता है।

आप ही बात कीजिए। आख़िर आप पिता हैं उसके। आपने उसके लिए समय नहीं दिया। हमेशा काम में रहे। वह ग़लत राह पर चला गया।' —श्रीमती वाकडे।

'इसे जो चाहिए था वह दिया। किसी चीज़ की कमी पड़ने न दी। इसने लेकिन अपने अविवेक से मेरी आयु चार-पाँच वर्ष कम कर दी। इतना भी नहीं सोचा कि लोग अपने बाप में कितनी श्रद्धा रखते हैं। अब हँसेंगे नहीं मुझ पर? अब उसका यह पाप उसे ज़िन्दगी भर सताता रहेगा। वह इस बात को कभी भूल नहीं पायेगा। ख़ैर! उसे इससे उबारना तो होगा ही। विपश्यना के लिए भेज दूँ? पर वह माने तब न।'—वाकडे।

श्री-श्रीमती वाकडे अपने लड़के को लेकर बेहद परेशान थे। हवेली की शान्ति भंग हुई थी। वाकडे लड़के की चिन्ता में ऐसा उलझा था कि उसकी शुगर बढ़ गयी। बी.पी. हाई हुआ। रमेश वाकडे ने 'मंगल विविध कार्यकारी सहकारी सोसायटी' के कार्यालय में जाना बन्द किया। लोगों से घर पर मिलना टालने लगा। उसकी अपेक्षा थी कि बेटा राजनीतिक विरासत आगे बढ़ायेगा। पर जैसे सब ख़त्म हुआ था। वाकडे सधा हुआ राजनीतिज्ञ था। वह अच्छी तरह से जानता था कि लोग सयाने हो रहे थे। उनमें जागृति आयी है। अब वे झूठे वादों से फुसलाये नहीं जाते। वे विकास की भाषा बोलते हैं। अज्ञानी जनता पर प्रदीर्घ काल राज किया जा सकता है। लेकिन लोग जैसे ज्ञानी बनने लगते हैं वैसे सत्ता चरमराने लगती है। लोग सच-झूठ में भेद कर सकते हैं। वाकडे लोगों की नस पहचानता था। लोगों की जीहुज़ूरी सत्ताधारियों का बल होती है। अब वाकडे के विरोधियों ने किरण कांबळे प्रकरण उछाला था।

'गुरु पर नज़र रखो। उसे शराब से दूर रखो। उसका धीरज बँधाओ। वह टेंशन में है तो हमें और सजग रहना होगा। मुझे उससे डर लगने लगा है। बुरे सपने भी देखने लगा हूँ। ख़ानदान की बेआबरू वाली बात सोचकर कहीं वह आत्महत्या न कर बैठे! मैं बुरा ही सोचने लगा हूँ। ऐसा हो भी सकता है।' इतना सुनते ही श्रीमती वाकडे फूट-फूटकर रोने लगी। उसके रोने से वाकडे परेशान हुआ। उसे मनाने लगा।

'रोओ मत।'

'मुझसे बर्दाश्त नहीं हो रहा है। अपने बच्चे को सज़ा होगी, इस सोच से ही मैं डर जाती हूँ। नींद नहीं आती। हाथ-पाँव काँपने लगते हैं। लगता है मैं बेहोश हो जाऊँगी।'—श्रीमती वाकडे।

‘तुम चिन्ता मत करो। मैं ज़िन्दा हूँ। मैं उसे कुछ होने नहीं दूँगा। आख़िरकार वह रमेश वाकडे का बेटा है। समझी?’—वाकडे।

‘गुरु को कुछ हुआ तो मैं जान दूँगी।’—श्रीमती वाकडे।

‘तुम खुद को सँभालो। पागल-सी बातें मत करो। वरना गुरु और परेशान होगा।’—वाकडे।

वाकडे पत्नी को समझा रहा था लेकिन वह रोये जा रही थी। वाकडे दीनता से उसकी ओर देखता रह गया था।

❑❑❑

धर्म्या की पंसारी की दुकान में सभी मिले थे। धर्म्या और श्रीरंग ने गुरु को बुला लिया था। उन पर क़ैद होने की तलवार जो लटक रही थी। क़ैद होने पर क्या बोलने का? वकील कौन? ख़र्च कौन करेगा? आदि प्रश्नों के उन्हें गुरु से जवाब चाहिए थे। बड़ी मुश्किल से वे आज मिले थे। ‘सभी प्रश्न अभी पूछ ही लेने हैं’ की ठानकर धर्म्या बोल रहा था।

‘मुझे पकड़ लिया जायेगा तो मैं सबके नाम बताऊँगा। मैं पुलिस की मार खाने वाला नहीं हूँ। पुलिस से ज़्यादा मुझे घरवालों से पीड़ा हो रही है। लगता है मैं खुद ही पुलिस चौकी जाकर क़बूल कर दूँ। मुझे कोई कुछ बताता भी नहीं है।’—धर्म्या।

‘पुलिस चौकी में जाने से कोई तुम्हें माला पहनाकर स्वागत करेगा क्या? गुनाह हम सभी ने किया है।’—श्रीरंग।

‘पुलिस का सवाल ही कहाँ आता है? तुम सब अपने मन का डर हटा दो। हमें कोई नहीं पकड़ेगा तुम सिर्फ़ चुप रहो।’—गुरु।

धर्म्या ने गुरु के पाँव पकड़े। रोते-रोते बोला, ‘बस! मुझे तुझसे यही सुनना था।’ दोनों गम्भीर हुए थे। ‘कुछ भी करो। क़ैद होने से बचाओ।’ धर्म्या व्याकुल हो रहा था। ‘धर्म्या शान्त हो जा’—श्रीरंग उसे चुप करा रहा था।

‘मैं तुम्हें अन्दर जाने दूँगा क्या? वक़्त आने पर मैं अकेला भीतर हो जाऊँगा और कहूँगा कि गुनाह मैंने ही किया है! बस? तुम धीरज से काम लो। कुछ मत बोलो। बापू को भी समझाओ। हममें से कोई भी कुछ बोला तो हम मुसीबत में फँस जायेंगे। मुझ पर भरोसा रखो। समझे?’—गुरु।

‘तुम हमारे माय-बाप हो।’—श्रीरंग।

'ऐसा नहीं रे! मुझे भी तुम लोगों की फ़िक्र है। मैं भी साथ था। अब तुम अन्दर जाओगे तो मैं अकेला बाहर कैसे रहूँगा? तुम ग़लत मत सोचो।'—गुरु।

'हमने सोच समझकर तो गुनाह नहीं किया। धर्म्या ने ब्ल्यू फ़िल्म दिखाई। फिर हम रोज़ देखने लगे। हमारी प्यास बढ़ती गयी। हम औरत की तलाश में थे। किसी को अकेले में पकड़ना चाहते थे। याद करो सब! मुझे यह नहीं कहना कि धर्म्या ने ब्ल्यू फ़िल्म दिखायी तो हमने गुनाह किया।' पर श्रीरंग सब याद दिला रहा था।

'मैं कहाँ इनकार कर रहा हूँ?'—धर्म्या।

'हमें क्या पता था कि इतना सब होगा। इसके पहले भी हम तीन औरतों के साथ सोये हैं। तब कुछ न हुआ था। पहली थी जमुना। धर्म्या की दुकान में उधार हो गया था। पैसे नहीं देती थी। हम उसके घर गये थे। 'पैसे चुकता करो वरना सोने दो' हमने उसके साथ झगड़ा किया। उसने नकार दिया। धर्म्या ने ज़बरदस्ती की। मैंने भी चांस लिया। वह रोयी। घर में दताने की धमकी दी उसने, पर कुछ हुआ नहीं। हमारा ब्ल्यू फ़िल्म देखना जारी रहा। जमुना वापस कभी दुकान में नहीं आयी और हम भी उसे भूल गये। कुछ दिन बीत गये। फिर हम कंचन मौसी के साथ सोये। वह हमारी माँ की उम्र की थी। साहस जुटाया। उसके घर गये। सीधे उस पर हावी हो गये। उसने शिकायत नहीं की बल्कि चाय पिलायी। 'किसी से मत कहना' बोली। वह विधवा थी तो साहस किया। फिर हम ताटे वायरमन की बीवी पर हावी हुए। वह ही हमें देखा करती थी। गुरु को इनमें से एक भी नहीं चाहिए थी। वरना इतना कुछ होता भी नहीं।'—श्रीरंग।

'चुप करो रे। मुझसे सुना नहीं जाता। पता नहीं मैं कैसे बहक गया। जो हुआ वह ग़लत हुआ। तुम्हारी वह सेक्स की गप्पे, ब्ल्यू फ़िल्म इन सबसे मैं भी खिंच गया। अब तो मुँह बन्द रखना पड़ेगा। वही अपने फ़ायदे का है।'—गुरु।

'आगे क्या होगा? यह हम तुमसे सुनना चाहते हैं।'—धर्म्या।

'सब कैसे बता सकूँगा? पिताजी घर से पाँच लाख रुपये लेकर गये थे। मैंने देखा है। वे कोशिश कर रहे हैं। इसीलिए तो पुलिस अब तक हमें छू नहीं सकी। किरण कांबळे के घर में कोई विरोध करने वाला नहीं है। वीक पार्टी है।'—गुरु।

'मैं कभी दलित, महार के मामले में नहीं पड़ूँगा।'—कहते हुए धर्म्या ने ख़ुद को तमाचे जड़े।

'हमने उसका ख़ून किया इसलिए हम सलामत हैं। उसने कितना प्रतिकार किया था। उसके नाखून तक हथियार बने थे, आख़िरी साँस लेते-लेते भी! उसे ज़िन्दा छोड़ा होता तो हमारे लिए भारी पड़ता। केस दबाना मुश्किल होता।'—गुरु।

'कंचन मौसी का सेक्स ग्रेट था। हैं हमारी माँ की उम्र की, लेकिन क्या सोती है। मैं जब सोकर उठा तो मेरा सामान उसने अपने हाथ में पकड़ रखा था। वह पलक न झपकते देख रही थी। उसने मेरा गाल चूमा। उसका ब्लाउज पसीने से भीगा था। उसने मेरा पसीना पोंछा। बोली, 'दोपहर में आते रहना। कोई नहीं रहता।' उसकी आवाज़ में की कशिश आज भी याद है। उसके खुले बाल! तरोताज़ा चेहरा...जब मैं दूसरी बार गया तो लगातार हँसती रही! 'चार महीने से भूखी थी। अब फिर से लत लगेगी।' कहने पर मैंने पूछा, 'कौन आता है?' बोली, 'ताटे!'' श्रीरंग ने यह क़िस्सा सुनाकर सबका मूड ठीक करना चाहा। सभी हँसने लगे।

'यह कुछ भी कहता है।'—धर्म्या।

'चलो, चलता हूँ।'—गुरु।

गली में काले का कुत्ता भौंक रहा था। सभी कहते थे काले कुत्ते को शराब पिलाता है।

❑❑❑

जेल रोड पुलिस चौकी में पी. आई. सरदेशमुख रिलैक्स्ड मूड में अख़बार पढ़ रहा था। हवलदार साने 'आऊँ क्या?' कहकर सरदेशमुख के सामने खड़ा हो गया। सरदेशमुख के चेहरे पर झाग जैसी हँसी फैली। आँखें चमक उठीं। हवलदार साने का इस क़दर आना यानी लक्ष्मी आने का संकेत था। साने ने जेब में हाथ डाला। सरदेशमुख कौतूहल से देखने लगा। साने ने नोटों के दो बण्डल निकाले। सरदेशमुख के हाथ में रखे। सरदेशमुख ने ड्रावर में रख दिये।

'राम भाऊ ने दिये हैं।'—साने हिसाब दे रहा था।

'अच्छा, अच्छा!'—सरदेशमुख हँसकर बोला।

'कोर्ट में कौन गया है?' उसने साने से पूछा

'माने और शेख।'—साने।

'अगले हफ़्ते बँगले पर किसकी ड्यूटी लगाते हो?'—सरदेशमुख।

'शिन्दे की। वह अलका झोंबाडे के साथ गप लड़ाता बैठता है। उनकी जोड़ी अलगानी है। ड्यूटी नहीं करते वे दोनों।'—साने।

'ठीक है। उसे बँगले पर ड्यूटी दो।'—सरदेशमुख।

'सागर बनसोडे आया है।'—साने।

'किसलिए?'—सरदेशमुख।

'गुनहगारों को कब क़ैद होगी पूछने। केस का स्टेटस माँग रहा है।'—साने।

'उसका क्या सम्बन्ध?'—सरदेशमुख की आवाज़ ऊँची हुई।

'उसे भेज दूँ क्या आपके पास?'—साने।

'भेज दो।'—सरदेशमुख।

सरदेशमुख सँभलकर बैठा। उसे सागर बनसोडे का आना क़तई अच्छा न लगा था। उसका लिखा हुआ लेख वह अब तक भूला न था। उसका ख़ून खौलने लगा। उसे लगा सागर बनसोडे के पीछे कोई है जो बनसोडे के कन्धे पर बन्दूक़ रखकर उसे निशाना बनाना चाह रहा है। 'आज तक मुझसे किसी ने रिपोर्ट माँगी नहीं। इस मामले को गम्भीरता से लेने की ज़रूरत है, वरना यह सरदर्द होगा। अब इसे देखना चाहिए। आगे जो हो सो हो।' सोचकर सरदेशमुख ने ठान लिया। वह पगलाया था। मानसिक सन्तुलन खो चुका था।

सागर बनसोडे आने पर क्या कहना चाहिए? वह सोचने लगा। उसे प्रतिशोध लेना था पर बनसोडे किसी बात में फँस नहीं रहा था। अब उसे सबक सिखाना चाहिए वरना फिर कुछ लिख देगा। सरदेशमुख उलट-पुलट सोच रहा था।

सागर बनसोडे आकर बैठा था। सरदेशमुख ने उसकी ओर देखा तक नहीं। अख़बार पढ़ने का नाटक करने लगा। बनसोडे उससे बुलवाने की चेष्टा कर रहा था। सरदेशमुख गुस्सा हो गया।

'क्या चर्चा करनी है?'—सरदेशमुख।

'नहीं।'—बनसोडे।

'लेख लिखना है?'—सरदेशमुख।

'पूछताछ के लिए आया हूँ।'—बनसोडे।

'आप मेरे अफ़सर हैं क्या? हम अपने अफ़सरों को रिपोर्ट देते हैं।'—सरदेशमुख।

'गुनहगारों को क़ैद कब होगी?'—बनसोडे।

'रास्ते का हर आदमी मुझसे यह पूछने लगे तो मैं ड्यूटी कब करूँ? हमें अपना काम करने दीजिए। आप अपना काम कीजिए। मेरे ख़िलाफ़ किसी से मिलना है तो मिल लीजिए।'—सरदेशमुख।

'मुझे जानकारी नहीं मिलेगी क्या?'—बनसोडे।

'हू आर यू? किस अधिकार से पूछते हो? प्रशासकीय कामों में यह दख़ल-अन्दाज़ी है।'—सरदेशमुख।

'मैं आम आदमी हूँ। मुझे सिर्फ़ जानकारी चाहिए। नहीं देना चाहते तो मैं चला जाता हूँ।'—बनसोडे।

सरदेशमुख सहसा कुर्सी सरकाकर उठा। सरदेशमुख ने बनसोडे का कॉलर पकड़ा। बनसोडे नहीं जानता था कि ऐसा कुछ होगा। उसने बनसोडे को कुर्सी ढकेलकर उठाया। 'साहब क्या कर रहे हैं आप?' बनसोडे ने डरते हुए पूछा। सरदेशमुख ने उसे तमाचा जड़ दिया। 'मैं आपके ख़िलाफ़ शिकायत करूँगा।'—बनसोडे बोला। सरदेशमुख ने अपने कमर का पट्टा निकाला और बनसोडे की पिटाई करने लगा। बनसोडे चीख़ने लगा। उसने सरदेशमुख का हाथ पकड़ा। इससे वह और बौखलाया।

सरदेशमुख जान गया कि बनसोडे शिकायत करेगा। अख़बार में लिखेगा। अब आर या पार सोचकर सरदेशमुख उसे पीटने लगा। कहने लगा, 'शर्ट उतार।' वह चीख़ा। बनसोडे ने शर्ट उतारी। पीठ पर निशान उभरे। आँख में भी मार लगी। 'बनियान उतार।' वह चीख़ा। बनियान उतारी गयी। बनसोडे घायल हुआ। न रो सकता था, न बोल, न खड़ा रह सकता था। 'पेंट उतार।'... अण्डरवियर उतार...' सरदेशमुख चीख़ता गया, और बनसोडे आज्ञाकारी बालक-सा करता गया, मार खाता गया!

'मत मारो साहब'—बनसोडे ठीक से बोल भी नहीं पाया।...अब वह नग्न हो गया था। मार पड़ती जा रही थी। सरदेशमुख का गरजना और बनसोडे की चीख़ें गूँज रही थीं। वह हाथ जोड़कर आक्रोश कर रहा था। सरदेशमुख ने पीटना बन्द किया। 'कपड़े पहन! आवाज़ बन्द! वरना फिर से मार पड़ेगी!' साने दरवाज़े में से चिल्लाया। सरदेशमुख कुर्सी पर बैठ गया। उसने सिगरेट सुलगायी। 'जानकारी मिली?' सिगरेट सुलगाते-सुलगाते उसने पूछा। बनसोडे ने 'हाँ' में गर्दन हिलायी। 'जानकारी पूछता है। साहब बन गया है।' सरदेशमुख घृणा से बोला। बनसोडे बाहर जाने लगा तो सरदेशमुख चिल्लाया, 'मेरी इजाज़त के बग़ैर बाहर जाता है क्या मादरचोद? बैठ नीचे। कोने में।' बिजली के कड़कने जैसी उसकी आवाज़ ने बनसोडे को सिसकते हुए कोने में बिठा दिया। बनसोडे की नज़र अम्बेडकर की तस्वीर की ओर उठी। वह रो पड़ा। साने उसके नज़दीक आया। बोला, 'धीरे रोओ!' साने ने उसके बाल खींचे थे। बनसोडे रोना रोकने की कोशिश कर रहा था। सरदेशमुख उठा। 'साले रो

मत वरना फिर से पिटाई होगी!' साने ने बनसोडे को धमकाया। बनसोडे रो रहा था। सरदेशमुख का ग़ुस्सा ठण्ड हुआ था। 'साने, बनसोडे को जाने दो।' सरदेशमुख ठण्डाई से बोला। बनसोडे लुढ़कते हुए खड़ा हो गया। उसका बदन जकड़ गया था। सागर बनसोडे के पिताजी ने उसे पूछताछ करने भेजा था तो वह आया था, और इस भयावह अनुभव से गुज़रा था। वह बुरी तरह से डर गया था। साने ने रिक्शा रोका था, 'प्रकरण मत बढ़ा।' रिक्शा में उसे बिठाते हुए साने प्यार, अपनत्व से उसे समझा रहा था। 'मैं किसी और के लिए यहाँ आया था। और के लिए मार खायी। ज़रूरत पड़ने पर फिर आऊँगा, फिर किसी के लिए मार खाने। मेरी फ़िक्र मत करना।' बनसोडे संयम से बोला। साने नासमझी में पड़ा। रिक्शा चला गया। साने चौकी में लौटा।

'गया क्या?'

'हाँ साहब गया!'

'उसे ज़िन्दा न छोड़ता। लगा उसका गला घोंट दूँ! मेरे ख़िलाफ़ इतना बुरा लिखता है। मेरी ज़िन्दगी से खेलता है। उसे ख़त्म करना चाहता था पर सँभल गया मैं! थैंक गॉड!' सरदेशमुख ने उसाँस छोड़ी।

'कितना पीटा आपने उसे। डर गया बेचारा! नंगा भी किया। बेचारा मर गया होता!'—साने।

'उसने मेरा वस्त्रहरण किया। मेरे ख़िलाफ़ लिखा मेरे फ़्लैट के बारे में लिखा। मुझे उसे नंगा करना ही था।' सरदेशमुख हँसने लगा।

'अब मोर्चा निकलेगा। ख़बर छपेगी!' साने ने डर ज़ाहिर किया।

'जो होना है होने दो। मुझे उसे सबक सिखाना था तो मैंने किया।' सरदेशमुख रिलैक्स्ड मूड में बोल रहा था। 'किसे-किसे जवाब देता रहूँ? एक तो तनाव में काम करते हैं, ऊपर से मन्त्रियों के फ़ोन, वरिष्ठों के फ़ोन, पत्रकारों के फ़ोन...विधायक-सांसद सबके फ़ोन पागल बन जायेंगे।...साने, यदि उसने उल्टा जवाब दिया होता तो सीधे उसे गोली मार देता।...जाने दे जहाँ उसे जाना है। कहाँ तक होगी उसकी दौड़? उसे नक्सलवादी करार कर देंगे...देख ऐसा कुछ कर सकते हैं क्या...उसे अब छोड़ने का नहीं।' सरदेशमुख अभी भी गुस्सा था। 'सरकारी काम में रुकावट डालने...चौकी में ऊधम मचाने...पुलिस पर हमला... ऐसा कुछ कर केस तैयार करूँ?' साने ने सरदेशमुख से मार्गदर्शन माँगा! 'ज़रा सबुरी से ले। जल्दबाज़ी मत कर। क्या रिएक्शन आता है देखेंगे।'—सरदेशमुख इत्मीनान से बोला। फिर भी उसके चेहरे पर साफ़ तौर पर तनाव दिख रहा

था। 'घर जाकर खाना खाकर आता हूँ।' कहकर सरदेशमुख निकल पड़ा। साने उसकी पीठ की ओर देखता रहा। वह ख़ुश था। 'साहब, आप ग्रेट हैं' कहकर वह पादा।

रास्ते पर सवारियाँ दौड़ रही थीं। चाय का ठेलेवाला खाना खा रहा था। वहाँ ग्राहक नहीं थे। रोज़ की तरह सूरज आसमान में जहाँ होना चाहिए था वहाँ था। नीम के पत्ते हरे थे। गिलहरियाँ खेल-कूद रही थीं। उनकी आवाज़ें पुलिस की सीटियों-सी थीं। साने आराम से कुर्सी में बैठ गया। नीम के पेड़ तले बैठकर अलका झोंबाडे तम्बाकू खा रही थी। चौकी में फ़ोन बजा। साने ने फ़ोन उठाया, 'नमस्कार! जेल रोड पुलिस चौकी से हवलदार साने बोल रहा हूँ। बिल्ला नं. 1498!' और उधर से फ़ोन काट दिया गया।

❑❑❑

सूरज ढलने लगा था। पळसदेव गाँव के टहलने वाले लोग किनगाँव रोड पर जा रहे थे। सूरज सुर्ख बना था। पेड़ों पर पंछियों की चहचहाहट जारी थी। ताटे, शेटे, कल्लूबर्मे सूरज डूबने का नज़ारा देख रहे थे। ताटे मोबाइल से ढलते सूरज की फ़ोटो खींच रहा था। क्षितिज पर रंगों का अद्‌भुत नज़ारा था। साँझ के समय की उदासी, शान्ति और गाँव में ढोलक की आवाज़! रमेश वाकडे का जन्मदिन मनाने हेतु समितियों का गठन किया गया था। पळसदेव गाँव में दौड़धूप थी।

'देखते-देखते हम बूढ़े हो गये। पड़ोस का सुभाष काले मेरी ही उम्र का! मुझसे एक-दो महीने छोटा। खाना खाते समय हार्ट अटैक आया और चल बसा। उसके पहले ही मुझसे बात करके गया था। वाकडे को जन्मदिन पर क्या तोहफ़ा दिया जाये की चर्चा कर गया था। किसी का भरोसा नहीं। कब कौन कैसे जायेगा? काले न बीमार था न उसे कोई तकलीफ़ थी। मेरा तो अभी भी विश्वास नहीं होता कि वह मर गया है।'—कल्लूबर्मे।

'अच्छी मौत पायी उसने। मुझे भी ऐसी ही मौत चाहिए'—शेटे।

'किरण कांबळे को मरते समय क्या लगा हो?'—कल्लूबर्मे।

'वह भयावह मौत थी। ऐसी मौत किसी को न मिले'—शेटे।

'अरे लोगो! वाकडे के जन्मदिन की चर्चा करो।'—ताटे।

'इस साल जन्मदिन की तैयारी ज़ोरों पर है। ग्राम पंचायत के चुनाव जो हैं।'—शेटे।

'हमारा गाँव अच्छा है। न गुण्डागर्दी न चोरी चपाटी! किरण कांबळे प्रकरण अपवाद है। ज़िले में हमारे गाँव का नाम है। वाकडे ख़ानदान की कृपा है। उन्हें श्रेय देना ही चाहिए। आज भी देहातों में बिजली नहीं, पानी नहीं। हमें ये तकलीफ़ें नहीं हैं। गाँव का विकास हुआ है। दूसरे देहातों को देखो, तो अपने सुख-चैन का पता चलेगा।'—ताटे।

'कल की बात बताना भूल गया। सदबा महार ने अपना पोतराज का हुलिया बदल दिया है। बाल भी काटे हैं। वह पैंट पहने पोस्ट ऑफ़िस आया था।'—कल्लूबर्मे।

'मुझे नहीं पता।'—शेटे।

'सदबा महार पोतराज था। उसने यह काम छोड़ा। अपनी ही पीठ पर कोड़े बरसाकर रोज़ी रोटी कमाने वाला अब पैंट, टी-शर्ट पहनकर घूम रहा था। महार बदल रहे हैं।'—कल्लूबर्मे।

'दुनिया बदल रही है। वे क्यों न बदलें?'—शेटे।

'ग्रेट न्यूज़। एस.एम.एस. आया है। पुलिस ने किरण कांबळे के ख़ूनी को पकड़ा है।'—ताटे।

'किसको पकड़ा?'—कल्लूबर्मे।

'दलित को। दलित गुनहगार है। एकतरफ़ा प्रेम में किरण कांबळे का ख़ून हुआ। बारक्या रणदिवे को पकड़ा गया है। उसने किरण कांबळे को प्रपप्रोज किया था। उसने इनकार किया। इसी वजह से उसका ख़ून कर लाश को पेड़ से टाँग दिया। चलो! जाँच हो गयी!'—ताटे।

'गाँव में पटाखे छोड़ने की आवाज़ें आ रही हैं। गाँव में ख़बर पहुँच गयी है।'—कल्लूबर्मे।

'व्हाट्सअप पर भी गुनहगार की फ़ोटो आयी है।'—ताटे।

'बड़े घर के लड़के महार लड़की से प्यार नहीं कर सकते। शादी तो दूर की बात। महार लड़की इन्कार करे इसके पहले अपने लड़के ही इनकार कर देंगे। ख़ून के चक्कर में नहीं पड़ेंगे। ये संस्कार हैं, हमारे। निचली जातियों में ही गुनहगारी ज़्यादा है।'—कल्लूबर्मे।

'एक यह हुआ इस कांड से पता चला महारों के मन में ऊँची जातिवालों के प्रति कितनी नफ़रत है? कितना गुस्सा है? दलित समाज बदले की भावना से भभक उठा है। इस बात को समझना चाहिए।'—ताटे।

'ताटे की बात सच है।'—कल्लूबर्मे।

'मैं कहाँ झूठ कह रहा हूँ?'—शेटे।

'मैं इसीलिए गुस्सा हो रहा था कि गाँव के हिन्दू समाज को बदनाम किया जा रहा था। गाँव पर कार्रवाई की बात की जा रही थी क्योंकि दलितों पर के अत्याचार रोकने थे। हमने क्या किया था? भुदरगड ज़िले को ही दलितों पर अन्याय करने वाला ज़िला घोषित करने की माँग ज़ोर पकड़ रही थी। अब बोलो?'—ताटे।

'यह सौ फ़ीसदी सच है कि महारों के मन में हिन्दू धर्म को लेकर गुस्सा ठूँस-ठूँसकर भरा है। इससे समाज में मन-मुटाव होता है। दलितों को चाहिए कि वे परम्परा को चुनौती न दें। अरे महार झाड़ूवाली भी ठीक से झाड़ू नहीं लगाती। हमारी गली में हफ़्ता-हफ़्ता नहीं आती। आती है तो दो इधर-दो उधर झाड़ू कर चली जाती है। अब क्यों होगी उनके प्रति सहानुभूति?'—कल्लूबर्मे।

'स्कूल में मनुस्मृति सिखानी चाहिए। मैं वाकडे के जन्मदिन पर मनुस्मृति भेंट करूँगा।'—ताटे।

'अँधेरा हो रहा है। चलो!'—शेटे।

'आप प्रगतिशील! महारों का पक्ष लेनेवाले। अब?'—ताटे।

'मेरे पास शब्द नहीं हैं।'—शेटे।

किरण कांबळे के हत्यारे को पकड़े जाने की ख़बर गाँव में फैली थी। लोग भैरवनाथ के मन्दिर में आये थे। घण्टा बज रहा था। रात जाग गयी थी। लोग क़तार में खड़े होकर दर्शन कर रहे थे। 'गाँव पर की बला गयी' की ख़ुशी में ढोल-बाजे बज रहे थे। उमंगें जागी थीं। ख़ुशियाँ छलकी थीं। श्री-श्रीमती वाकडे भैरवनाथ के दर्शन हेतु मन्दिर आये थे।

सीता महारीन मन्दिर से दूर खड़ी भैरवनाथ की हृदय से प्रार्थना कर रही थी। 'भैरवनाथ जी! ख़ूनी मिला! लेकिन किरण जीवित होगी क्या?'

भीड़ की आवाज़ में उसे अपनी ही आवाज़ सुनाई नहीं दी थी।

□□□

दो

बापू ने खिड़की से झाँककर देखा। पार्किंग में दलित कार्यकर्ताओं की भीड़ जमा हो गयी थी। पड़ोस में 'महार का घर' है इस बात को उसने माँ से छिपाया था। उसे लगता था ऐसा पड़ोसी यानी अपने पाप कर्म का प्रायश्चित्त है। हरिहर अपार्टमेंट के सभी बनसोडे फैमिली से नफ़रत करते थे। न उनके घर कोई जाता था न उनको अपने यहाँ कोई बुलाता था। बनसोडे सामने दिखा तो कोई दबी हँसी हँसता था, कोई उपेक्षा भाव से देखता था, कोई नज़रअन्दाज़ करता था। एकाध-दूसरा ही उसे नमस्कार करता था या उसके नमस्कार का स्वीकार करता था। अपार्टमेंट में बनसोडे फैमिली अकेली हो गयी थी, लेकिन उसे इसकी चिन्ता न थी।

बनसोडे फैमिली के यहाँ न तो कोई तिल-गुड़ लेकर जाता था, न ही दशहरे के दिन सोना लुटाने या कोई उन्हें अपने यहाँ किसी कार्यक्रम में बुलाता था। वह परिवार कभी किसी से उलझता न था।

पिछले दो दिनों से सागर बनसोडे के समाचार से समाचार-पत्रों के स्तम्भ भरे पड़े थे। न्यूज़ चैनलों ने उसकी मार पड़ी पीठ दुनिया को दिखाई थी। दलितों में क्रोध की लहर उफ़न आयी थी। वैसे भी दलित संगठनों ने तीव्र प्रतिक्रियाएँ दी थीं कि किरण कांबळे का ख़ूनी दलित ही कैसे हो सकता है? दलित संगठन इस पर विश्वास नहीं कर सके थे। उसमें सागर बनसोडे पर का अन्याय। गाँव-शहर के वातावरण तनाव था। पिछले दो दिनों से अपार्टमेंट में दलितों की भीड़ जमा थी। अन्यों को इससे मुसीबत हो रही थी, लेकिन कोई कुछ बोल नहीं रहा था। मीडिया ने सागर बनसोडे की न्यूज़ को ब्रेकिंग न्यूज़ बनाया था। इससे सागर बनसोडे मशहूर हुआ था। और उसके प्रति सहानुभूति की लहर दौड़ी थी।

बापू को बनसोडे फैमिली से डर लगा रहता। उन दोनों के फ़्लैट एक ही

मंज़िल पर आमने-सामने थे। बापू ने फ़्लैट पहले बुक किया था बाद में बनसोडे ने। बापू को इस बात का पछतावा हो रहा था। उसकी हालत तो एक गड्ढे से दूसरे गढ्ढ़े में गिरने जैसी हो गयी थी। उसने तय किया था कि वह बनसोडे परिवार से कोई सम्बन्ध नहीं रखेगा और उनसे परिचय तक नहीं करायेगा।

उसने न्यूज़ चैनल ऑन किया। बनसोडे की ख़ून से सनी पीठ दिखाई जा रही थी। 'छोटे बच्चे और कमज़ोर दिलवाले न देखें, उन पर बुरा असर हो सकता है' की कैप्शन से न्यूज़ के एक्सक्लूजिव दृश्य दिखाये जा रहे थे।

उसने झट से चैनल बदला। उसे लगता था चलो मुसीबत से बचे। पुलिस ने किरण कांबळे के ख़ूनी को पकड़ा था। बाल-बाल बचे। कमाल है पुलिस किसी को भी गुनहगार करार कर सकती है। उसने खिड़की से बाहर झाँका। उसका चेहरा उसे परिचित-सा लगा। उसे याद नहीं आ रहा था वह कौन कहाँ की है। उसने दिमाग़ पर ज़ोर डाला। वह विमुख खड़ी थी। सागर बनसोडे उसके साथ बात कर रहा था। उसका हवा में उड़ता नीला दुपट्टा उसकी आँखों में घूमने लगा।

उसने रातभर सपने ही देखे। रेलवे प्लेटफ़ॉर्म पर सोने जैसी नींद...अजनबी भीड़ ...उसका खो जाना...गाड़ी चल पड़ना...उसकी गाड़ी पकड़ने की कोशिश... चलती गाड़ी में चढ़ा इसीलिए पुलिस का डाँटना...वह नींद में घुटन महसूस कर रहा था। चौंका था...उसकी बाहर निकली जिह्वा...खुली आँखें...लाश पेड़ पर लटकाने पर उसका टेढ़ा होना...पुलिस का काला कुत्ता...कुत्ते का उसका बदन सूँघना...पुलिस की सीटियाँ...बूटों की आवाज़ें...सायरन. ..बेड़ियाँ...उसका छिपना...दौड़ना...पळसदेव गाँव की सीमा...वाकडे की अल्सेशियन कुतिया...धोंड्या महार का काला कुत्ता...उस कुत्ते का इसका पाजामा पकड़ना...पुलिस की छान-बीन...बूटों की खड़खड़ाहट...रमेश वाकडे के दादा का उस पर बन्दूक़ साधना...उसका चिल्लाना कि मैं महार नहीं हूँ...। और नींद का खुल जाना। वह सोचने लगा सपने में कुत्ते क्यों आये? उसकी नींद जब खुलती तब उसे माँ का खर्राटे भरना सुनाई देता। वह बीच में ही कराहती। उसका मुँह लुहार की धौंकनी-सा खुला रहता। वह माँ से डरता था। उसकी माँ सुनीता मौसी; लोग उसे इसी नाम से पुकारते थे तो यह भी काफ़ी समय तक माँ को इसी नाम से पुकारता रहा। उसके पास सोयी, उसकी पत्नी सगुणा उसे डेडबॉडी जैसी लगती। उसने फिर खिड़की से झाँका। वह नहीं थी। सागर बनसोडे भी नहीं था।

उसकी माँ सोयी थी। ब्लाउज से स्तन बाहर झाँका था। धर्म्या ने उसका स्तन मसला था। उसका घर आना बढ़ गया था। उसकी माँ ने खेत बेचने पर ज़ोर लगाया। घर बेचा, और भुदरगड में हरिहर अपार्टमेंट में फ़्लैट बुक किया। रिश्तेदारी में इसकी शादी करा दी। कॉर्पोरेटर को पाँच लाख रुपये देकर इसको भुदरगड कॉर्पोरेशन में स्वास्थ्य विभाग में डेली वेजेज़ पर काम पर लगाया। अब वे पळसदेव गाँव वाले न थे। वे भुदरगड वाले बने थे। फ़्लैट के दरवाज़े पर, अपार्टमेंट के बोर्ड पर तीसरी मंज़िल पर के आठ नम्बर के फ़्लैट के सामने नाम था—सुनीता देसाई। बापू को सभी देसाई कहते थे।

बापू ख़ामोश, अकेला हो गया था। विचारों के आवर्त में घिरा था। गाँव, खेत छोड़ने पर भी भूतकाल ने उसका पीछा नहीं छोड़ा था। धर्म्या ने उसका मज़ाक़ उड़ाया था यह कहकर कि 'तेरा शिश्न छोटा है।' वह लज्जित हुआ था। किरण कांबळे के शरीर के सामने खड़ा था। उसका चेहरा बुझे कोयले-सा था और आँखें लाश की आँखों जैसी। उसने उसे पास खींचा। आग-सा धधकता शरीर...उसने सोचा जो हुआ सो हुआ। फिर नहीं होगा। यह कहकर उसने कई बार सिर झिंझोड़ दिया था। काम करते-करते कुर्सी पर ही सो जाता था। लोग उस पर गुस्सा होते। उसका फूला हुआ चेहरा... लाल आँखें...मरी हुई नज़र...लोग सोचते थे 'कुछ गड़बड़ है।' आँखों में नींद, अकेलापन, चेहरे पर तनाव यही उसका व्यक्तित्व था। न हँसता था न बोलता था ...घर में बीवी के पास सोया तो भी उसे मृत देह की बदबू आती। वह पगलाया-सा था और उसने शराब पीना शुरू किया था। नशे में वह डर भूल जाता था। हवा में तैरता था। बापू ने पहले यह फ़्लैट लिया था वन बी.एच.के. वाला। पड़ोस का टू बी.एच.के. वाला फ़्लैट कई दिनों से खाली था और फिर वहाँ आयी बनसोडे फैमिली। उन्होंने अम्बेडकर की तस्वीर टाँगी और उनकी जाति सभी को पता चली।

वह बाल पोंछ रहा था बार-बार। बाल बढ़ गये थे। कटिंग करनी थी। काफ़ी दिनों के बाद उसने बाल धोये थे। सिर में सरहना हो गया था। बाल पोंछते-पोंछते उसे नीली चुनरी याद आयी...उसके गोरे पैर...वह सीढ़ियाँ चढ़ रही थी। कहाँ देखा है इसे? वह परिचित-सी लगी। वह बार-बार याद आ रही थी। ऑफ़िस जाने का समय हुआ था। सगुणा डिब्बा लिए आयी। सुनीता मौसी पूजा कर रही थी। घण्टानाद सुनाई दे रहा था।

बापू ने कपड़े पहने। वह एक ही ड्रेस चार दिन पहनता था। सगुणा चाय

लेकर आयी। चाय पीते-पीते उसने फिर टी.वी. पर नज़र दौड़ायी। कोई बाबा मधुर आवाज़ में कह रहा था, 'ईश्वर ने विश्व निर्माण किया। सभी उसके बच्चे हैं।' बापू का सिर भड़का।

उसे लगा कुछ ग़लत सुना गया। बाबा झूठ तो नहीं बोल रहा था? ईश्वर ने विश्व रचा तो ठीक है, लेकिन सभी उसके सन्तान कैसे? बनसोडे, सीता महारीन, सदबा महार ईश्वर के सन्तान कैसे? महार से ईश्वर अपवित्र होता है इसीलिए महार मन्दिर नहीं जा सकता। फिर वे भी ईश्वर के बच्चे कैसे? सिर्फ़ ऊँची जातवाले ही ईश्वर के बच्चे हो सकते हैं। यह तो इतना साफ़-साफ़ पोथी-पत्री में लिखा नहीं होगा या ईश्वर का साहस नहीं हुआ होगा ऐसा कहने का! ईश्वर ने ऊँची जातिवालों को विशेष अधिकार दिये हैं और शूद्रों को पैरों तले रखा है। बापू ने दीवार पर टँगे शिव का फ़ोटो देखा और हाथ जोड़े।

दरवाज़ा खोलकर वह बाहर निकला। बनसोडे के घर का दरवाज़ा खुला था। वह उसके घर में बैठी थी। उसे उसका चेहरा याद आया और वह डर गया। उसने भी इसे देखा था। देवयानी शिरगुपे...विधायक शिरगुपे की लड़की! और बनसोडे के घर में? इसका मतलब दोनों एक-दूसरे से परिचित हैं। वह जूते पहनना ही भूल गया। नंगे पाँव सीढ़ियाँ उतरने लगा। सगुणा ने उसे आवाज़ दी। जूते पहनने के लिए कहा। वह शर्मिन्दा हुआ। उस दिन ये लोग वाकडे के साथ शिरगुपे के बँगले पर गये थे। वाकडे इन सबको लेकर शिरगुपे से मिलने गया था। पाँच मिनट की बात हुई थी। विधायक शिरगुपे इनसे नहीं सिर्फ़ वाकडे से मिला था। ये सब पोर्च में रुके थे। ये लोग शिरगुपे के बँगले की सीढ़ियाँ उतर रहे थे और वह सीढ़ियाँ चढ़ रही थी। वह दिन बापू को बार-बार याद आने लगा।

वाकडे शिरगुपे से मिलने भीतर गया था। 'ये छोकरे अच्छे हैं। अपनी पार्टी का काम करते हैं। चुनाव में इनकी मदद होती है। हम महार की लड़की का पक्ष कब तक लेते रहेंगे? इस प्रकरण से गाँव बदनाम हुआ है। दलित और सवर्णों में खाई निर्माण हुआ है। गाँव के बाहर बसी महारों की चालीस झोंपड़ियाँ मायने रखती हैं। या गाँव के चार हज़ार घर? महारों का पक्ष लिया तो गाँव में से एक भी मत नहीं मिलेगा। गाँव विरोध में जायेगा। चुनाव में मुसीबत होगी!' वाकडे ने अपनी बात कही। इस पर शिरगुपे ने अपनी राय नहीं दी थी। इससे वाकडे दुखी होकर बँगले से निकला था। देवयानी को देखकर उसने उससे बात भी की थी। उसके हालचाल पूछे थे।

विधायक शिरगुपे वाकडे को और बनसोडे को एकसाथ मदद कर रहा है। बनसोडे बड़ा आदमी लगता है। बापू के मन में बनसोडे के लिए आदर भाव जागा। अच्छी फैमिली है। कभी तकलीफ़ नहीं पहुँचाई। बापू सोचने लगा। खिड़की में खड़ी सगुणा उसे देख रही थी। बापू ने खिड़की की ओर नहीं देखा। सगुणा नाराज़ हुई। आज इन्हें क्या हो गया है? वह सोचने लगी।

❑❑❑

रमेश वाकडे का जन्मदिन दो दिन बाद था। प्रचार समितियों की सभा होती थी। तैयारी का लेखा-जोखा बताया जाता। 'मंगल विविध कार्यकारी सोसायटी' के कार्यालय में लोगों की गतिविधियाँ बढ़ गयी थीं। खाली बैठने वालों को ख़ासा काम मिल गया था। मोहन गुजर, श्रीराम हनमुर्गे, लक्ष्मण बेताल, सीताराम पाटील कार्यालय में ही बैठा करते थे। चबूतरे पर उनका बैठना कम हो गया था। गुरु रोज़ दफ़्तर में आकर बैठने लगा।

रमेश वाकडे ने गाँव के हर घर में वाल क्लॉक और कैलेण्डर देने का तय किया था। रमेश वाकडे का हाथ जोड़े मुस्कुराता फ़ोटो घड़ी में छपवा लिया था। नववर्ष के कैलेंडर पर प्रभु रामचन्द्र विराजमान थे और वाकडे का नाम छपा था। जन्मदिन पर वाकडे की पेड़ा तुला की जाने वाली थी। सातारा से कन्दी पेड़े मँगवाये गये थे। अठहत्तर किलोग्राम पेड़े बाँटे जाने वाले थे। इस साल वाकडे का वज़न दस किलोग्राम घट गया था। रात में मनोरंजन का कार्यक्रम रखा गया था। गाँव को भोजन दिया जाने वाला था। भुदरगड के केटरर्स को ऑर्डर दिया गया था। जन्मदिन के आमन्त्रण पत्र, पोस्टर्स छापे गये थे। वाकडे के बड़े-बड़े कट आउट्स लगाये गये थे। वाकडे हवेली को रंगाया गया था। अब वहाँ मण्डप बाँधा जा रहा था।

सोसायटी के कार्यालय में प्रचार समिति की सभा आयोजित की गयी थी। मोहन गुजर, लक्ष्मण बेताल, शेटे, कल्लूबर्मे इस समिति में थे। उन पर घड़ी, कैलेंडर, आमन्त्रण पत्र बाँटने का ज़िम्मा था। कैलेंडर बाँटे जा रहे थे और वह विवाद का मुद्दा बन गया था। लोगों ने चाव से कैलेंडर दीवार पर टाँगे थे लेकिन मुस्लिम मुहल्ले से कैलेंडर का विरोध हुआ था। उन्होंने कैलेंडर लेने से इनकार किया था। चमार और मातंग बस्ती के दलितों ने कैलेंडर लिए तो थे पर टाँगे नहीं थे। समिति दुविधा में पड़ गयी थी।

'मुसलमानों को मक्का-मदीना वाला कैलेंडर चाहिए था न कि प्रभु रामचन्द्र वाला।'

'कैलेंडर छापने के पहले चर्चा होनी चाहिए थी।'

'गाँव में मुसलमान हैं, महार हैं। हम इन्हें भूल गये।'

'हम उन्हें गाँव में गिनते कहाँ हैं?'

'महारों को अम्बेडकर कैलेंडर चाहिए।'

'हम यदि चाहते हैं कि घर-घर पहुँचें तो हर घर में क्या चाहिए, क्या नहीं इसके बारे में सोचना चाहिए। वरना हम घर-घर पहुँचेंगे नहीं।'

'इतने सारे कैलेंडर। ख़र्चा? हम एक गाँव में रहते हैं, तो एक राय होनी चाहिए।'

'यानी अल्पसंख्यक बहुसंख्यकों के पीछे चलें। यह लोकतन्त्र के विरोध में है।'

'हम एक गाँव में रहते हैं लेकिन गाँव में अलग-अलग जाति-धर्मों के लोग हैं। उन्हें हम पर विश्वास तब होगा जब हम उनकी भावनाएँ समझें। तभी एकात्मता होगी। वाकडे साहब के जन्मदिन पर कुछ उलटा-सीधा न हो जाये। यह बात उन तक पहुँचानी चाहिए। निर्णय उनका रहेगा।'

'सच है।'

'मुसलमानों, महारों को हिन्दू धर्म में लाओ। वाकडे के जन्मदिन पर अच्छी बात चल निकलेगी। हिन्दू धर्म त्यागने वालों को फिर हिन्दू धर्म में लाओ। घर वापसी कराओ।'

'गन्दगी बाहर गयी है तो वापस क्यों लायी जाये? मत लाओ अपने धर्म में उन्हें। वह भ्रष्ट जाति होगी। उनको अलग ही रखो।'

'गाँव भले ही एक लगता हो, लेकिन गली-गली में बँट गया है।'

प्रचार समिति का सरदर्द बढ़ गया था। उन्हें पहली बार पता चल रहा था कि गाँव में कितने बँटवारे हैं। मन से गाँव एक नहीं है। हर घर में अपनी ही सोच रखने वाला कोई है। जनता में काम करना यानी गालियाँ खाना। हर एक को कैसे समझाया जाये? हर किसी की अपनी बात है। कोई किसी की सुनता नहीं। किससे कहें? प्रचार समिति वाले सदस्य तंग आ गये थे। उनमें भी एक मत न था। शायद इसे ही लोकतन्त्र कहते होंगे।

□□□

'मेरा तबादला होने वाला है यह मानकर सारे पेंडिंग काम ख़त्म करो। मेरे जाने पर पता नहीं यहाँ कौन आयेगा? तबादला होगा ही ऐसा नहीं है, लेकिन तैयारी में रहो। मुझे भी अब यह चौकी नहीं चाहिए। लोग ज़्यादा ही सयाने बन गये हैं। मैं गाँधी मार्ग पर चलने लगूँ तो बेहतर होगा।'—सरदेशमुख।

'लेकिन अम्बेडकर मार्ग पर आग लगी है उसका क्या? मेरा भी तबादला करवाइये। आप हैं इसलिए मैं ये सारे काम कर रहा हूँ। आपके बिना मैं यहाँ काम नहीं कर पाऊँगा! आपने मुझे सँभाल लिया। भरोसा रखा! आने वाला पता नहीं कैसा होगा?'—साने।

'देखो कोई भी आये तुम अपना काम करते रहो। नौकरी है यह। हम तनख़्वाह लेते हैं। कोई भी आयेगा तो क्या खायेगा हमें? हमने हर काम क़ानूनन किया है। इसलिए डरना बिल्कुल नहीं और कोई भी अधिकारी आये तो उसे हफ़्ता तो चाहिए ही होगा! उसमें क्या नया है?'—सरदेशमुख।

'आप थे इसलिए मैं यह सब करता था। मैं हमेशा थोड़े ही हफ़्ता वसूलता रहूँगा? मुझे इसकी कोई ज़रूरत नहीं है।'—साने।

'किसी को भी आने दो। डरने का बिल्कुल नहीं। क्या समझे?'—सरदेशमुख।

'बाक़ी का मैं सँभाल लूँगा। उतना किरण कांबळे मामला रफ़ादफ़ा कर जाइए। वरना महँगा पड़ेगा। आपके रहते उस पर पर्दा डाला जाना चाहिए। नहीं तो हमारे पीछे इन्क्वायरी का झंझट लगेगा।'—साने।

'मुझे भी इसकी चिन्ता है। मेरे यहाँ से जाने के पहले मामला निबटाना चाहिए। मैंने ही ध्यान नहीं दिया। कल से इसके पीछे लगता हूँ। तुम भी समय दो। एक अकेले मुझसे यह नहीं होगा। दूसरे किसी के बस की बात नहीं है। हमें ही सब देखना पड़ेगा।'—सरदेशमुख।

'आपके रहते किसी का डर नहीं। पर आपके जाते ही बारक्या रणदिवे पलट सकता है। उसी से धोखा हो सकता है।'—साने।

'मुझे भी इसी बात का डर है।'—सरदेशमुख।

'रणदिवे की लिखावट में चिट्ठी लिखकर किरण कांबळे के स्कूल बक्से में रख दी है। उसके आइडेंटिटी कार्ड का फ़ोटो बारक्या रणदिवे के मोबाइल में सेव किया है।'—साने।

'गुड! साने तुम्हें सी.बी.आई. में अफ़सर होना चाहिए था।'—सरदेशमुख।

'मुझे लगता है उसकी आत्महत्या दिखाना चाहिए। सेफ रहेगा। या तो पुलिस कस्टडी में नहीं तो जहाँ घटना घटी वहाँ। उसे ले जाते समय रास्ते में

उतरने का। उसे पेशाब के लिए और भाग रहा था, इसीलिए गोली चलानी पड़ी का ड्रामा करने का। मुझे दो ही रास्ते सूझते हैं। आप देखिए और कोई तरीक़ा हो सकता है क्या?'—साने।

'तुमने सुझाये पर्याय मैंने भी सोचकर रखे हैं, लेकिन सारा माहौल बिगड़ा हुआ है। कल यदि सचमुच रणदिवे ही आत्महत्या करेगा तो लोग हमारी ओर ही उँगलियाँ उठायेंगे। हम टारगेट होंगे। सच में इस प्रकरण में फँसना ही नहीं चाहिए था।'—सरदेशमुख।

'यह मामला हम पर पलट सकता है।'—साने।

'मेरे तबादले की चर्चा मत कर। मैं हूँ अभी। तुम ज़रा जल्दी सब निपटाओ।' —सरदेशमुख।

'शिरगुपे की लड़की चर्चा में है।'—साने।

'शिरगुपे भी जानता है।'—सरदेशमुख।

'शिरगुपे की लड़की मूर्ख है। किससे प्रेम करना चाहिए यह भी नहीं समझती। मैं शिरगुपे की जगह होता तो उसे गोली से उड़ा देता।'—साने।

'तुम शिरगुपे की चिन्ता मत करो।'—सरदेशमुख।

'आपने शिरगुपे के होने वाले दामाद को नंगा कर पीटा था।'—साने।

'साने, उसके पहले मेरी और शिरगुपे की बात हुई थी। उसी ने कहा था उसे सीधा करने और वह भी आराम से उस दिन चंगुल में फँसा। मुझे लगा सीधी लाइन पर आयेगा, लेकिन वह साला तो हीरो हुआ। ये चैनल वाले भी न। किसी को रातोरात हीरो बना देते हैं।'—सरदेशमुख।

'बनसोडे एकदम मशहूर हुआ।'—साने।

'बनसोडे प्रकरण पर पर्दा गिरा ही समझो। दापके पत्रकार का फ़ोन आया था। कह रहा था कि बनसोडे ने सबको क्षमा किया है। इतना नाम कमाया अब क्षमा करेगा ही। अब महार भी क्षमा करने लगे हैं।'—सरदेशमुख।

'फिर क्षमा करने की न्यूज़ आयेगी।'—साने।

'मुझे फ़ोन आ रहा है।...हाँ...बोलिये साइब! मैं बोल रहा हूँ...उनका फ़ोन नहीं लग रहा है...यह केस हमारे एरिया में नहीं आता...सच है...सौ नम्बर पर फ़ोन करिये...हमारे पास लोग नहीं हैं...सब बन्दोबस्त पर गये हैं...' साने बोल रहा था...

'किसका फ़ोन था?'—सरदेशमुख।

'बारक्या रणदिवे के घर पर दलितों ने पत्थर फेंके। कॉन्सटेबल मोरे का फ़ोन था।'—साने।

'साला पटाखे छूटने जैसी वारदातें हो रही हैं। एक के बाद एक...किस-किस को प्रोटेक्शन दें? एक दिन आयेगा कि पुलिस को ही प्रोटेक्शन माँगनी पड़ेगी! बारक्या क्या कर रहा है। उसे मत छेड़ो।'—सरदेशमुख।

तबादले की ख़बर से सरदेशमुख बेचैन हुआ था। खुद शिरगुपे के यह बात कहने से वह और चिन्ता में पड़ा था।

तबादला होने पर चौकी बदलेगी, स्टाफ बदलेगा, वहाँ साने नहीं होगा। हफ़्तावाले और होंगे। शहर दूसरा मिला तो क्वार्टर भी बदलेगा, पड़ोसी दूसरे होंगे। आज सरदेशमुख अपने बारे में सोच रहा था। वह अतीत में खो गया। कहाँ-कहाँ तबादला हुआ था? वह याद करने लगा...उसे वे दिन याद आये जब वह मधुकरी माँगकर गुज़ारा करता था। अख़बार बेचता था...दूधवाले के पास काम करता था...पहली नौकरी सहायक के तौर पर मिली थी। आरक्षित पद पर उसे चुना गया था। दलित संगठनों ने उसके विरोध में भूख हड़ताल की थी। दलित पद ओपन में से कैसे भरा गया? को उछाला गया। उसकी नौकरी चली गयी।...तब उसे कनिष्ठ सहायक के तौर पर काम करना पड़ा था...टेबल पोंछना...ऑफ़िस की साफ़ सफ़ाई...पानी भरना...चाय का ऑर्डर देना...ज़ेरॉक्स कराकर लाना...साहब का डिब्बा लाना...बैंक जाना...पोस्ट ऑफ़िस...लाउंड्री...फ़ाइलें ठीक करना...इतना सब करते हुए उसने कॉम्पिटिटिव परीक्षा दी थी...पी.एस.आई. बना...फिर यह ख़ाकी वर्दी...ज़िन्दगी बदल गयी...सामने आये हर किसी को वह गुनहगार समझने लगा...श्रेष्ठता के भाव ने उसे दबोच लिया था।

लेकिन सागर बनसोडे ने सरदेशमुख को अन्तर्मुख किया। सरदेशमुख ने उसे जानवर की तरह पीटा था। वह काँप रहा था। चीख़ रहा था। फिर भी उसने सरदेशमुख पर केस नहीं किया। माफ़ कर दिया उसे। सरदेशमुख को चैन मिला। उसमें बनसोडे के प्रति दया जागी। लगा उससे मिलकर 'सॉरी' कहा जाये। उसके मन में बनसोडे को लेकर सॉफ्ट कॉर्नर बना।

□□□

पळसदेव ग्राम पंचायत कार्यालय के सामने ग्राम सभा का आयोजन किया गया था। चबूतरे पर चार लोग बैठे थे। सभा के लिए महारों को भी बुलाया गया था। किरण कांबळे का बाप सदबा महार भी आया था पैंट-टी-शर्ट पहनकर!

विधायक शिरगुपे भाषण दे रहा था। वाकडे और उसका बेटा गुरुनाथ मंच पर बैठे थे। शिरगुपे अपनी शैली में सुर लगा रहा था। वह अधिकार वाणी में बोल रहा था। ग्रामवासियों की ख़ासी भीड़ जमा हो गयी थी।

'वाकडे ख़ानदान की चार पीढ़ियों ने इस गाँव की सेवा की है। उत्तर भुदरगड तहसील के लोगों ने उनसे हमेशा प्यार किया है। पिछले चुनाव से उनका चुनाव क्षेत्र आरक्षित हुआ है। तब से उत्तर भुदरगड तहसील के लोगों को उनके नेतृत्व का अभाव खल रहा है। उनके सुझाये उम्मीदवार चर्मकार समाज के शिवाजी इरवाडकर भले ही किनगाँव के हैं लेकिन हैं तो रमेश जी के अपने। रमेश वाकडे जैसे नेता की ज़रूरत पक्ष को रहती है। यह नेता पळसदेव की मिट्टी की देन है।' विधायक शिरगुपे के भाषण को लोगों ने तालियाँ बजाकर दाद दी इससे वे और कहने लगे, 'वाकडे ख़ानदान ने प्रदीर्घ काल उत्तर भुदरगड चुनाव क्षेत्र पर राज किया। सभी की मदद की। किसी का जन्मदिन हो, वास्तु शान्ति हो, किसी के यहाँ मातम हो, वाकडे वहाँ जाते रहे हैं। लोगों की मुसीबत में काम आये हैं। आज भी सरकारी दफ़्तरों में उनके शब्द का मान है। ये लोक नेता हैं। किरण कांबळे प्रकरण के कारण उन्हें क्या पूरे गाँव को शर्मिन्दगी सहनी पड़ी।' भाषण चल रहा था और लोग ऊब गये थे। लोगों में हलचल मची। शिरगुपे बेचैन हुआ। 'शान्त रहिए। आपस में बातें मत कीजिए। हरिजन गाँव के लोग हैं। उन्होंने गाँव की सेवा की है। यह गाँव उनका भी है। उन्हें अपने साथ लेकर चलना है। उन्हें दूर नहीं रखना चाहिए। महात्मा फुले, शाहू महाराज, अम्बेडकरजी के महाराष्ट्र में ऐसा नहीं चलेगा।' शिरगुपे का भाषण चल ही रहा था और लोगों में आपसी बातचीत भी। शिरगुपे गुस्सा हो गया। कड़ी आवाज़ में बोला, 'क़ानून है। हमें क़ानून का आदर करना है। हरिजनों को समानता से बन्धुभाव से अपनाना चाहिए। अपने देश में बन्धुता जाति-व्यवस्था की दासी है। यहाँ व्यक्ति के जन्म से लेकर मृत्यु तक के सारे मानवीय व्यवहार जाति-व्यवस्था से नियन्त्रित हैं और मृत्यु के बाद के कर्मकाण्ड भी। बन्धुता मानवीय जीवन व्यवहार से जुड़ी है, लेकिन हमारे व्यवहार जाति पर टिके हैं इसीलिए हमारी बन्धुता दीवारें फाँद नहीं सकती। 'अपना आदमी', 'अपनी जातिवाला' इसके परे हम जा नहीं सकते। अब जाति-व्यवस्था सख़्त की जा रही है। हर एक की जाति वैध मानी जाने लगी है। बन्धुता राखी बाँधने जैसी सहज नहीं है। किसी भी राष्ट्र के लिए समृद्ध-सुन्दर जीवन हेतु नैतिक रसायन की आवश्यकता होती है। यही बन्धुता है। बन्धुता यानी जनता का सामाजिक सयानापन, राष्ट्रीय विवेक। किसी राष्ट्र को सरकार

के कारण स्थिरता प्राप्त नहीं होती। स्थिरता बन्धुता से प्राप्त होती है। जिस देश में स्थिर सरकार है, लेकिन जनता में बन्धुभाव नहीं वह देश अस्थिर-अराजकता की सीमा पर ही पहुँच जाता है। क़ानून, सुव्यवस्था रास्ते पर उतरने वाले झुण्डों को रोक नहीं पाती। इसके लिए बन्धुभाव ही होना चाहिए।' शिरगुपे गम्भीरता से बोल रहा था और चबूतरे पर बैठे लक्ष्मण बेताल ने ज़ोर से जम्हाई ली। लोग हँस पड़े। शिरगुपे लज्जित हुआ। उसे लगा कि अपनी फ़ज़ीहत हो गयी है।

मोहन गुजर खड़ा रहा। बोला, 'हम सभी सवर्ण बन्धु हैं। महार हमारे बन्धु नहीं। उन्हें हम बन्धु के रूप में स्वीकार नहीं कर सकते। उनकी परछाईं पड़ने से ही स्नान करना पड़ता है तो उन्हें बन्धु कैसे मानें?' मोहन गुजर ने आवेश में प्रश्न पूछा। लोगों ने तालियाँ बजाकर उसके कथन का स्वागत किया। अब उसके साथ लक्ष्मण बेताल, सीताराम पाटील, श्रीराम ह्नमुर्गे भी खड़े हो गये। लोगों में हड़बड़ी मची। वाकडे खड़ा हुआ और लोगों को 'शान्त बैठने का' आह्वान करने लगा। शिरगुपे निराश हुआ। कुछ देर बाद शान्ति छायी।

शिरगुपे फिर से बोलने लगा, 'सभी शान्ति से सुन रहे हैं। चार-पाँच ऊधम मचा रहे हैं। मैं भी वहाँ आकर ऊधम मचा सकता हूँ। समझे? इस गाँव की परम्परा रही है इन्सानियत की, शान्ति की। और आगे भी वैसी ही बनी रहनी चाहिए।' लोगों ने तालियाँ पीटकर शिरगुपे का उत्साह बढ़ाया।

अब वह समझाने के लहजे में बोला, 'मैं आपका ज़्यादा समय नहीं लूँगा। मुझे भी अगले कार्यक्रम के लिए जाना है। वाकडे की नयी पीढ़ी विरासत आगे बढ़ाने के लिए अब तैयार है। रमेश जी को चाहिए कि वे अब पक्ष का कामकाज देखें। ग्राम पंचायत के चुनाव में गुरुनाथ खड़ा रहने वाला है। उसे पळसदेव का सरपंच बनाकर युवा शक्ति के हाथों सत्ता सौंपने का हमारा इरादा है।' गुरु हाथ जोड़कर खड़ा रहा। शिरगुपे का भाषण समाप्त हुआ। भीड़ में किसी ने दलितों की ओर जूता फेंका।

सभा समाप्त हुई। लोग उठ खड़े हुए। शिरगुपे से मिलने के लिए लोगों ने उसे घेरा। जवान लड़के मोबाइल में शिरगुपे की तस्वीर क़ैद करने लगे। महार भी उठ खड़े हुए और ऐसी चाल चलते महार बस्ती जाने लगे जैसे किसी को पहुँचाने शमशान जा रहे हों!

'वह विधायक काले के कुत्ते जैसा भौंक रहा था।' घर जाने वाले हँसी-मज़ाक़ में बातें करते जा रहे थे। काफ़ी दिनों बाद ग्राम-सभा हुई थी!

□□□

बारक्या रणदिवे ने पुलिस कस्टडी में आत्महत्या की थी। पूरे शहर में यह समाचार आग की तरह फैला था। दलित बस्ती के पास पुलिस पहरा बढ़ गया था। एक-दो जगह पत्थर फेंके गये थे। बाक़ी शहर में शान्ति थी। पुलिस डिपार्टमेंट पर उँगलियाँ उठ रही थीं। दलित बस्ती में कार्यकर्ता चर्चा कर रहे थे। बारक्या रणदिवे गैंग में के गुनहगारों के लिए यह हादसा था। मेन रोड पर पुलिस वैन चक्कर काट रही थी। सावधानी बरतने हेतु पुलिस ने ब्लैक लिस्ट के गुनहगारों को गिरफ़्तार किया था।

'यह आत्महत्या नहीं हत्या है।' दलित नेताओं ने प्रतिक्रिया दी थी। 'दलित मुख्यमन्त्री होने पर भी दलितों पर के अत्याचार बन्द नहीं हो रहे हैं, बल्कि दलित मुख्यमन्त्री को जानबूझकर मुसीबत में फँसाने हेतु ऐसे काण्ड किये जा रहे हैं' इसी को केन्द्र में रखकर बहस छिड़ गयी थी। इस सबके पीछे विधायक शिरगुपे की चाल है, यहाँ तक चर्चा हो रही थी। दबी आवाज़ में लोग बातें कर रहे थे कि मुख्यमन्त्री को बदनाम करने हेतु विरोधी सामाजिक एकता में दीवार खड़ी कर रहे हैं। न्यूज़ चैनलों पर तीखी प्रतिक्रियाएँ व्यक्त हो रही थीं कि किरण कांबळे प्रकरण दबाने हेतु यह हत्या की गयी है। पुलिस अधिकारी पर कार्रवाई की माँग भी की जाने लगी थी। शहर में माहौल गर्म था।

सागर बनसोडे के घर में न्यूज़ चैनल के प्रतिनिधि आये थे। कैमरा आया था। हरिहर अपार्टमेंट में चर्चा छिड़ी थी। बनसोडे के फ़्लैट के सामने बच्चों की भीड़ थी। बापू की माँ सुनीता मौसी बनसोडे के घर में आयी थी। सागर बनसोडे ने नीले रंग की शर्ट पहनी थी। उसके पीछे दीवार पर अम्बेडकर जी की तस्वीर थी और घर में ग्रन्थालय था। कैमरा उसे फ़ोकस कर रहा था। तमाशबीनों की भीड़ थी। उन्हें शूटिंग देखनी थी। बापू दरवाज़े में खड़ा था। न्यूज़ चैनल या प्रतिनिधि बनसोडे को सूचनाएँ दे रहा था। 'आप बोलते जाइए। रुकिए मत। हम एडिट करेंगे। पाँच मिनट लगातार बोलिए। प्रतिक्रियाएँ दीजिए।' बनसोडे कैमरा के सामने तैयार बैठा था। उसकी माँ ने सबके लिए चाय बनाई थी।

सागर बनसोडे तेज़ आवाज़ में बोल रहा था, 'किरण कांबळे के तथाकथित हत्यारे को मारकर पुलिस इस प्रकरण पर हमेशा के लिए पर्दा डालना चाह रही है। लोगों को गुमराह करने की यह साज़िश है।' वह ठोस रूप में आत्मविश्वास से बात कर रहा था। इस तरह किरण कांबळे प्रकरण पुनः चर्चा में आया था जिससे बापू बेचैन हुआ था। उसका सिर भारी हुआ था। उसे आभास हो रहा था कि उसके सिर में विस्फोट हो रहा है। सागर बनसोडे उसे फाँसी के फन्दे

जैसा लगने लगा। वह डर गया। उसे लगा कि वह शक्तिहीन बन रहा है। उसे अहसास हुआ गुनाह को चाहे जितना दफ़नाओ वह सिर उठाता ही है। उसकी माँ सुनीता मौसी सागर बनसोडे के घर में चाय पीकर आयी थी। शूटिंग ख़त्म हुई थी। वह ख़ुश थी। 'अब सागर टी.वी. पर दिखेगा। कैमरे ने हमें भी फ़ोकस किया।' वह ख़ुशी से कह रही थी। बापू गुस्सा हुआ। सुनीता मौसी ने टी.वी. ऑन किया। ब्रेकिंग न्यूज़ आ रही थी। राज्य का गृहमन्त्री अपनी प्रतिक्रिया दे रहा था, 'पोस्टमार्टम की रिपोर्ट तक हमें प्रतीक्षा करनी होगी। इतनी जल्दी किसी निर्णय पर नहीं पहुँचा जा सकता लेकिन शासन किसी को माफ़ नहीं करेगा।' बापू गुस्से में चिल्लाया, 'बन्द करो टी.वी.' सुनीता मौसी ने उसे डाँटते हुए कहा, 'हमें देखने दो।' बापू बौखला गया। बोला, 'घर को महार बस्ती बना डाला है। मुझे महारों की ख़बरे नहीं सुननी हैं। मेरा माथा ठनका है।' अब सुनीता मौसी भी तैश में बोली, 'सागर महार है पर उसकी माँ उस पर नाज़ करती है। तेरा क्या है? शराबी कहीं का तू! तेरे कारण हमें शर्मिन्दगी से जीना पड़ रहा है। तेरी शराब और तू! खेत बेचकर आये पैसे तो तूने फूँक डाले। तेरी शराब को ही पैसे नहीं हैं तो तू घर क्या सँभालेगा? हमारी मुसीबत में बनसोडे फैमिली ही मदद करती है। समझे? महार के कारण यह घर चल रहा है! याद रख।'

बापू उठा। बाहर जाने लगा। वह तनाव में था। सुनीता मौसी ने उसे रोका, 'कहाँ चला? शराब पीने? ठहर! मैं भी आती हूँ। मुझे भी पीनी है शराब!' बापू बेबस खड़ा रहा। 'बोल! चुप क्यों हो? तू दुश्मन है घर का! तुझे ये दिन देखने के लिए बड़ा किया क्या?' सुनीता मौसी आपे से बाहर थी। बापू की पत्नी सगुणा दोनों का झगड़ा देख-सुन रही थी। बापू का शरीर शराब का प्यासा था। उसके हाथ-पैर काँपने लगे थे। पेट में जलन होने लगी थी। उसने माँ को ढकेल दिया। सगुणा को बल मिला। उसने पति को जकड़कर रखा। बापू गुस्सा हुआ। दीनता से बोला, 'आज पीने दे। कल से छोड़ दूँगा। माँ क़सम।' सगुणा तैश में आयी। माँ चिल्लायी, 'मरने दे उसे! मैं तुझे सँभाल लूँगी।' सगुणा ने फिर भी उसे नहीं छोड़ा। बापू ने उसे बाल पकड़कर पीटा। वह ज़मीन पर गिरी, फिर भी उसने बापू को नहीं छोड़ा। बापू ने उसका सिर पटक-पटककर मारा। वह बेहोश हुई। बापू दरवाज़ा खोलकर चला गया। उसकी लत उसे घसीटकर लिए जा रही थी। किरण कांबळे के समाचार से वह पागल बना था। उसके पैर शराब पीने उसे घसीटे जा रहे थे।

सुनीता मौसी ने सगुणा को होश में लाने के उपाय किये। प्याज सुँघाया लेकिन उसे होश नहीं आया। घबराकर उसने बनसोडे का दरवाज़ा ठकठकाया। सागर बनसोडे और उसकी माँ वैशाली दौड़कर आये। सागर ने सगुणा को उठा लिया और सामने वाले नवजीवन अस्पताल में एडमिट किया। डॉक्टर ने इंजेक्शन लगाया। उसे होश आया पर उसका सिर दर्द कर रहा था। उसे सलाइन लगाया। उसका बी.पी. हाई हुआ था।

पुलिस ने शहर के सभी वाइन शॉप, परमिट रूम बन्द रखे थे। पुलिस का सख़्त पहरा था। रास्ते पर हमेशा की तरह भीड़ नहीं थी। बाक़ी सब वैसे ही चल रहा था जैसे रोज़ चलता है। बारक्या रणदिवे की डेड बॉडी पोस्टमार्टम के लिए सिविल हॉस्पिटल पहुँचाई गयी थी। पुलिस नज़र रखी हुई थी। बापू दर-दर भटक रहा था। कहीं शराब नहीं मिली। देसी भी नहीं मिली। वह निराश होकर घर लौटा।

हरिहर अपार्टमेंट के सामने खेल रहे बच्चों ने उसे बताया, 'अस्पताल जाइए। आपके घर के लोग वहीं गये हैं।' बापू के लिए यह हादसा था। उसे चक्कर-सा आया। काँपते पाँवों से वह अस्पताल पहुँचा। उसे वहाँ सागर बनसोडे दिखा। डॉक्टर उसे दवाइयाँ लिखकर दे रहे थे। उसने वॉर्ड में झाँका। वहाँ सागर की माँ दिखी। वह भीतर गया। सगुणा के पास उसकी माँ बैठी थी। वह रुआँसा हुआ।

'दवाइयाँ लाये क्या?' नर्स ने बापू से पूछा।

'मेरा बेटा लाने गया है।' वैशाली बनसोडे ने जवाब दिया।

बापू भावना विह्वल होकर सगुणा को देख रहा था। उसे उस पर दया आ रही थी। उसे बुरा लग रहा था।

सागर बनसोडे दवाइयाँ, फल लेकर आया था। सुनीता मौसी को कैरी बैग देते हुए वैशाली बनसोडे बोली, 'खाना भेज देती हूँ। कुछ लगे तो सागर को फ़ोन कीजिए। वह घर में होगा। आ जायेगा। चिन्ता मत करना।' वे दोनों चले गये। बापू स्टूल खिसकाकर सगुणा के पास बैठा। सगुणा ने आँखें खोलीं। 'क्या हो रहा है?' बापू ने पूछा। 'सिर दुख रहा है' कहकर उसने फिर आँखें मूँदीं। बापू बाहर आकर रुका। बच्चों की गेंद उसके पास आयी। 'अंकल गेंद फेंकिए।' किसी बच्चे ने कहा। किसी ने उसे अंकल कहा था इससे वह खुश हुआ था।

बापू बच्चों की ओर देखता रहा। वे खेल रहे थे। चिल्ला रहे थे। हँस रहे थे।

□□□

रमेश वाकडे, श्रीमती मंगला वाकडे, गुरु साथ-साथ बैठकर चर्चा कर रहे थे। विधायक शिरगुपे ने ग्राम पंचायत चुनाव के लिए गुरु का नाम घोषित किया था। अतः उसको तैयार करना ज़रूरी था। इस बहाने किरण कांबळे प्रकरण से भी उसके उबर जाने की आशा उनमें थी। रमेश वाकडे ने गुरु पर ध्यान केन्द्रित किया था। कई दिनों बाद वे इस तरह मिल-जुलकर बैठे थे। गुरु आज्ञाकारी बालक जैसा माता-पिता के सामने बैठा था।

रमेश वाकडे गुरु को समझा रहा था, 'लोग तुम्हारी ओर वाकडे ख़ानदान की अगली पीढ़ी के रूप में देख रहे हैं। लोगों की कुछ अपेक्षाएँ रहती हैं। मेरे पिताजी ने भी मुझे कुछ बातें कही थीं। मैं भी तुमसे कुछ कहूँगा। तुम उस पर अमल करोगे तो भलाई तुम्हारी ही है। हम तुम्हारा बुरा क्यों चाहेंगे? तुम अभी से चुनाव की तैयारी में लग जाओ। एक नम्बर प्रभाग में महार बस्ती आती है। वे हमारे पारम्परिक मतदाता है। उनके बलबूते पर ही हमने राजनीति के दाँवपेंच लड़े हैं। वे लोग कभी धोखा नहीं देते। किरण कांबळे की वजह थोड़ा माहौल बिगड़ा है, लेकिन तुम किसी महार को अपने साथ कर लो। देखो ध्यान से। कल चबूतरे पर महार छोरे बैठे थे। उन्हें किसी ने टोका नहीं। वे भुदरगड में पढ़ते हैं। छुट्टियों में गाँव आते हैं। उनसे पहचान बढ़ाओ। महारों को साथ लेना पड़ेगा। धर्म्या, श्रीरंग से इस चुनाव में कुछ फ़ायदा होने वाला नहीं। धर्म्या की जाति के दो घर हैं। श्रीरंग की जाति के लोग भी कम हैं। वे अपने प्रभाग के हैं भी नहीं। उनको साथ रखने से तुम्हें नुक़सान ही होगा।'

'महारों के साथ दोस्ती कैसे करूँ? मेरी समझ में नहीं आता।'—गुरु।

'किसने कहा कि उनसे दोस्ती करो? तुम्हें ऐसा नाटक करना होगा। दरअसल वह तुम्हारा बॉडीगार्ड होगा। गुलाम महार चाहिए ही। जो तुम्हारे जूते उठा सकता है वह तुम्हारे साथ होना चाहिए। उसे खाने-पीने को दिया, पुराने कपड़े दिये कि महार पैर छूता है। उसकी पीठ थपथपाई कि वह बाग-बाग होता है। समय आने पर अम्बेडकर जी का नाम लेने से, नीला झण्डा फहराने से काम बन जायेगा। हमारा प्रभाग ही ऐसा है कि यह सब करना पड़ेगा। प्रभाग क्या पूरे देश का यही हाल है। और महार-मातंग इस बात को अच्छी तरह से जान गये हैं। इसीलिए तो हमसे बार्गेनिंग करते हैं।'—रमेश वाकडे।

'महार को साथ लूँ यानी क्या करूँ?'—गुरु।

'बेटा यही बात तो तेरे पिताजी समझा रहे हैं।'—श्रीमती वाकडे।

'तुम्हीं ने तो कहा था कि महारों को छूना नहीं। उनकी बस्ती में जाना नहीं। वे गन्दे लोग होते हैं।'—गुरु।

'तुम्हारी माँ ने जो कहा था वह सही है। उनकी जगह जूतों के पास ही है, लेकिन राजनीति में उनकी जगह मायने रखती है। इसे समझ लो।'—वाकडे समझा रहा था।

'हाँ उनकी भाषा अलग है। कपड़े अलग हैं। नाम अजीब है। उन्हें साथ ले चलना यानी काफ़ी कुछ एडजस्ट करना होगा।'—गुरु।

'एकदम सही बोले तुम। अडजस्टमेंट यानी कि राजनीति। महार यानी राजनीति में का नौकर। इस व्यवस्था ने हर क्षेत्र में उसके लिए स्पेस रखा है। उसमें उसे बिठाना आना चाहिए। जहाँ यह स्पेस नहीं है वहाँ उसके लायक स्पेस बनाना चाहिए। इतना करने का हुनर सीख लो।'—रमेश वाकडे।

'अपने मुख्यमन्त्री का क्या?'—गुरु।

दलित चाहे मुख्यमन्त्री बने, चाहे राष्ट्रपति। वह रबर स्टैम्प ही होता है। हमारा मुख्यमन्त्री हायकमान का नौकर है। उन्होंने कहा झुको कि यह झुकेगा। उनकी लियाक़त इतनी ही। मैं तुम्हें समझाना चाहता हूँ कि तुम महारों को इस्तेमाल करना सीख लो। इन्हें सस्ते में निपटाया जा सकता है।'—रमेश वाकडे।

'सदबा महार को साथ रखता लेकिन वह उम्र में बड़ा है।'—गुरु।

'बेटा महार कितना भी बड़ा हो उसे छोटा ही समझने का। वह चाहे विद्वान हो लेकिन उसे मूर्ख समझने का। कुत्ते के बराबर का स्थान नहीं देना कभी। कम-से-कम राजनीति में।'—रमेश वाकडे।

'महारों के मत ख़रीदे जा सकते हैं?'—गुरु।

'यह भ्रम है। महार खा-पीकर, पैसे लेकर, अपने जातवाले को ही मत देते हैं। हमें किरण कांबळे प्रकरण से नुक़सान हो सकता है।'—रमेश वाकडे।

'मैं महारों की अहमियत जान गया हूँ।'—गुरु।

'प्रभाग एक में तीन सीटें हैं। एक ओपन की है। उसी पर तुम्हें चुनाव लड़ना है। आरक्षित सीट पर सदबा महार को तैयार किया जा सकता है। ओ.बी.सी के लिए किसी को तैयार करेंगे।'—रमेश वाकडे।

रमेश वाकडे ने गुरु को गुरुमन्त्र दिया। अब वह इस पर चलने वाला था। श्रीमती वाकडे खुश थी कि नयी पीढ़ी राजनीति में आ रही है। गुरु उत्साही था। उसे ज़िम्मेदारी का अहसास हुआ था। आम आदमी की राजनीति का

अहसास हुआ था। आम आदमी की राजनीति में की अहमियत उसे पता चली थी। वह नये सिरे से राजनीति समझ रहा था।

सदबा महार का महत्त्व उसकी समझ में आया था। सदबा का वाकडे पैनल में आते ही विरोध क्षीण होगा। वह सदबा के बारे में सोचने लगा। सदबा पोतराज बन वाकडे हवेली के सामने नाचता था। डफ़ली बजाता था। घुपारती गाता था। एक बार किरण कांबळे भी उसके साथ आयी थी। उसके हाथ में झोली थी। लोगों की दी हुई भीख ले रही थी। वह छोटी थी पर तेज़ थी। साहसी थी। उसके साहसी रूप से गुरु आकर्षित हुआ था। गुरु सोचने लगा। किरण कांबळे प्रकरण काफ़ी ख़तरनाक साबित हुआ, लेकिन एक बात सिद्ध हुई कि गुनाह कर सही सलामत रहने की कला अवगत हुई। बदनामी, तनाव झेलने की आदत हुई। किरण कांबळे होती तो उसे ही साथ रखता। उसे अहसास हुआ कि भारी ग़लती हुई है। लेकिन अब? यह कि गुनाह भूलकर सहजता से जीना चाहिए। गुरु भविष्य के बारे में सोचने लगा। वह ख़ुद के कट आउट पर, पोस्टर पर सोचने लगा। होर्डिंग्स पर अपने साथ सदबा महार कैसा दिखेगा? उसकी जगह किरण कांबळे कितनी अच्छी दिखती। सोचते-सोचते उसे किरण कांबळे का चेहरा याद आया। नागिन जैसी उसकी तीखी नज़र में का डंक वह भूल नहीं सकता था। जब इन लोगों ने उसे रोका था तो वह घृणा से चीख़ी थी। उसे वह सारा प्रसंग याद आया।

किरण कांबळे ढीठ थी। हाथ लगाने नहीं दे रही थी। गुरु के उसे स्पर्श करते ही उसने उसके चेहरे पर थूक दिया। श्रीरंग ने उसे पीछे से जकड़ा था। गुरु ने उसके मुँह में रूमाल ठूँसा था। धर्म्या ने उसकी जीन्स पैंट की चेन खींची थी। पैंट का बटन खोलकर पैंट निकाली थी। श्रीरंग ने उसे उठाया था। धर्म्याने उसकी पैंट खींचकर निकाली थी। गुरु ने उसकी निकर खींची थी। उसका शरीर आग बना था।

गुरु ने उसकी जंघायें अपनी जंघा पर ली थीं। उसका शरीर कड़ा हुआ था। गर्दन कटने जैसा शरीर उसका। रोंगटे खड़े हुआ शरीर! काँपता शरीर।

गुरु को धर्म्या की तनावार पीठ याद आयी। श्रीरंग का काला पिछवाड़ा याद आया। बापू की बगल के बाल याद आये। किरण कांबळे की पेड़ पर लटकाई लाश याद आयी। गुरु जब भी सोचने लगता आख़िर में किरण कांबळे की लाश पर आकर टिक जाता था।

❏❏❏

बापू आज ख़ुश था। सुबह-सुबह माँ ने उसे ख़ुशख़बरी सुनाई थी कि उसके यहाँ नया मेहमान आने वाला है। बाप बनने की कल्पना से वह सपने देखने लगा। सगुणा माँ बनेगी। बापू ने हमेशा की तरह खिड़की खोली। सुबह की धूप खिली थी। दूसरी मंज़िल पर के बर्वे काका की बहू शैला बर्वे राधिका जनरल स्टोर की ओर जा रही थी। पहली मंज़िल पर रहने वाली रोहिणी पवार सब्ज़ी वाले से सब्ज़ी ख़रीद रही थी। बापू की माँ पूजा कर रही थी। सगुणा स्नान के लिए गयी थी। पार्किंग में कुत्ता सोया था। बापू आज अलग ही मूड में था। वह नये जीवन का संकल्प जुटा रहा था। क्या होगा। लड़का या लड़की? वह भविष्य की सोच रहा था।

दरवाज़े की घण्टी बजी। उसने दरवाज़ा खोला और उसे आश्चर्य हुआ। दरवाज़े में धर्म्या, श्रीरंग खड़े थे। बापू का चेहरा उतर गया। इन्हें यहाँ का पता कैसे मिला? वह हैरान हुआ। वे दोनों घर में घुसे थे। बापू की समझ में नहीं आ रहा था कि क्या बोले। वह देखता ही रहा। उन दोनों को किसी बात का पता न था कि बापू ने घर खेती बेचकर यहाँ घर ख़रीदा है। यहाँ वह नौकरी करता है। फिर भी वे यहाँ कैसे पहुँचे? उसे लगा हवा के साथ कचरा घर में आया। एडवोकेट गोपाल पुरोहित के ड्राइवर ने उन्हें बापू का पता बताया था। वह ड्राइवर नवजीवन हॉस्पिटल के पीछे किराये के घर में रहता था। वह किनगाँव का था।

धर्म्या-श्रीरंग कॉट पर बैठकर घर में नज़र दौड़ा रहे थे। 'दीदी, हमारे लिए दो कप चाय बनाइये। नाश्ता मत बनाना। आपको तकलीफ़ क्यों?' धर्म्या ने सगुणा को चाय का ऑर्डर दिया। 'अरे शादी की। हमें भुला दिया क्या?'—श्रीरंग ने व्यंग्य से पूछा। धर्म्या सगुणा को घूर रहा था। उसकी गोरी पीठ, लम्बे बाल, सुडौल क़द, नहाकर आयी सगुणा पर से आँखें फेर रहा था।

'काफ़ी दिन हुए। मुलाक़ात नहीं। अच्छा घर लिया। प्रगति की। वहाँ देहात में क्या था? हमारे लिए भी नौकरी ढूँढ़ो। हम भी आयेंगे।' धर्म्या लगातार बोले जा रहा था। बापू ठीक से बोल नहीं पा रहा था। उन दोनों के आने की उसे ज़रा भी ख़ुशी न हुई थी। वह खीझ गया था। सुनीता मौसी चाय लेकर आयी। 'माँ जी घर अच्छा सजाया है। बापू की पत्नी कहाँ से है?' श्रीरंग आत्मीयता से पूछ रहा था। 'रिश्ते में की है।' कहकर सुनीता मौसी किचन में गयी!

'अरे शादी का एल्बम दिखा। सी.डी. दिखा। शादी में नहीं थे कम-से-कम वीडियो शूटिंग देखने दो।'—धर्म्या।

'ड्यूटी पर जाना है।'—बापू।

'तू जा। हम बैठेंगे। माँ है न?'—धर्म्या।

'हमें बाहर जाना है। दवाख़ाने।'—सुनीता मौसी।

'ठीक है।'—धर्म्या ताना मारने जैसा बोला।

सुनीता मौसी ने बापू को डिब्बा ला दिया। बापू उठा। 'चलो' कहकर उसने जूते पहने। धर्म्या—श्रीरंग भी उठे। सुनीता मौसी दरवाज़ा बन्द करने के लिए आयी। 'माँ जी मतदान के लिए आइए। ग्राम पंचायत का चुनाव है। गाड़ी लेकर आऊँगा आपको लेने।' धर्म्या सुनीता मौसी को उकसा रहा था। 'अब हमारा वहाँ क्या है? सब बेचकर आये हैं।'—सुनीता मौसी ने कहा। 'नाम तो होगा ही आपका वोटर लिस्ट में। हमारे घर आइए।'—धर्म्या बात बढ़ा रहा था। 'ठीक है देखूँगी।' सुनीता मौसी ने कटा-सा जवाब दिया। 'आते हैं।' धर्म्या ने नेता की तरह हाथ जोड़े। श्रीरंग सुनीता मौसी की ओर देखकर मुस्कुरा रहा था। सुनीता मौसी ने दरवाज़ा बन्द किया।

वे तीनों हरिहर अपार्टमेंट के गेट के बाहर रुके। बापू खिसकना चाहता था। धर्म्या गुस्सा हुआ। 'ऐ हम तुझसे मिलने आये नहीं हैं। फ़ालतू कहीं का। समझ रहे हैं सब! हमें टाल रहा है क्या? उस विधायक की वजह से बचा है तू। याद रख। गुरु के कारण हम बाहर है। वरना! तेरी मस्ती उतारनी पड़ेगी। गुरु ने भेजा है हमें। तेरे मरने तक हमारी नज़र रहेगी तुझ पर। साले शराब पीता है। नशे में कुछ बका तो याद रखना। हमसे पाला पड़ा है।'—धर्म्या चेत गया था। आस-पास के लोग देख रहे थे। धर्म्या उसे धमका रहा था। 'देख तू हमारा साथी है। पुलिस हम तक आयेगी तो तुझ तक भी आयेगी। एक दिन बाद लेकिन आयेगी ज़रूर।' श्रीरंग आग में तेल उँडेल रहा था। बापू बेहद डर गया था।

'अरे भरोसा रखो। मैं किसी से कहने वाला नहीं। मेरी गर्दन काटने पर भी मैं तुम्हारे नाम नहीं लूँगा।' बापू ईमानदारी का नाटक कर रहा था। 'हम फिर से आयेंगे। हमें कटाने का नहीं। वरना यह चक्कू देख...' धर्म्या का धमकाना जारी था। बापू 'हाँ हाँ' किये जा रहा था। लोगों को लग रहा था वे उधारी वसूलने आये हैं। बापू अपराधी की तरह खड़ा था। उनके चले जाने पर वह घर आया।

सुनीता मौसी ने दरवाज़ा खोला। उसका उतरा हुआ चेहरा देखकर वह बोली, 'क्या हुआ? उन्होंने झगड़ा किया क्या? क्यों आये थे वे? उन्हें फिर घर

मत ला। उनकी नज़र ठीक नहीं है। बता तो क्या हुआ?' सुनीता मौसी की किसी बात का उसने जवाब नहीं दिया। 'कुछ नहीं' कहकर वह झुँझलाकर बैठ गया। सगुणा उसकी ओर देख रही थी।

श्रीमती बनसोडे खीर लेकर आयी थी। सुनीता मौसी ने मुस्कुराकर कटोरा लिया और सगुणा को दिया। 'तेरा कुछ भी खाने का मन किया तो मुझे बता। मैं बनाकर दूँगी।' कहकर श्रीमती बनसोडे चली गयी। सुनीता मौसी ने दरवाज़ा बन्द किया। सगुणा ने खीर का कटोरा बापू को दिया।

'तुझे?'

'काफ़ी है। आप खाओ।'

बापू ने ज़िन्दगी में पहली बार महार के घर का खाना खाया। उसे अचरज हुआ महार भी इतना अच्छा खाना बना सकते हैं? 'बनसोडे के घर में अम्बेडकर की तस्वीर है।' बापू खाते खाते बोला!

'मैंने नहीं देखी।'—सुनीता मौसी।

'हॉल में है।'—बापू।

'मुझे लगा बनसोडे के पिता की तस्वीर है।'—सुनीता मौसी।

बापू खीर खाते-खाते सोच रहा था। 'धर्म्या-श्रीरंग ने फिर परेशान किया तो बनसोडे से कहना चाहिए। वह उन्हें सीधा करेगा।' बापू मन से खीर खा रहा था और सगुणा उसे अनुराग से देख रही थी।

□□□

शिरगुपे और उसकी पत्नी यशस्विनी चिन्ता में चूर-चूर सोच रहे थे। आधी रात बीत चुकी थी फिर भी उन्हें नींद नहीं आ रही थी। शिरगुपे की खुशियों में दाग लग गया था। उसके दिमाग़ में जैसे विस्फोट हो रहे थे। वह तनाव में था। अपनी पत्नी से बोले जा रहा था और यशस्विनी की समझ में नहीं आ रहा था कि आगे क्या होगा? वह भी गम्भीर बनी थी।

शिरगुपे बेचैन था। उसके ख़ानदान की इज़्ज़त दाँव पर लगी थी। वह आगबबूला हुआ था। अथर्व बँगले की दीवारें हिल गयी थीं। इसी बँगले से अब तक राजनीति तय होती थी। पक्ष के हेतु पैसों की थैलियाँ दी जाती थीं। यहीं से अधिकारियों के तबादले की सूची तैयार होती थी। चुनाव के टिकट तय किये जाते थे। यहीं से साज़िशें हुई थीं कि राज्य का मुख्यमन्त्री पद दलित को न दिया जाये।

यशस्विनी ने देवयानी से काफ़ी बहस की थी। उसके निर्णय के दूरगामी परिणामों का पहाड़ बाँचा गया था। देवयानी रोयी थी मगर उसका निर्णय अटल था। यशस्विनी की एक न चली थी तब उसने सारा क़िस्सा पति को सुनाया था। शिरगुपे ने भी देवयानी को समझाया था लेकिन बेटी का ठोस निर्णय न बदला था। 'शादी करूँगी तो उसी से वरना नहीं करूँगी' की बात सुनकर शिरगुपे दहल गया था। अब वह किसी के बस में न थी।

देवयानी ने अपना निर्णय माँ को सुनाया था। वह पेट से थी। उसने बच्चा गिराने से साफ़ इनकार किया था। शादी न करते हुए वह अविवाहित रहती तो भी शिरगुपे को कोई आपत्ति न होती लेकिन वह पेट से थी। बच्चा गिराने से इनकार कर चुकी थी। इसी से मुश्किलें बढ़ गयी थीं। शिरगुपे ने आठ दिनों से खाना नहीं खाया था। वह सो भी न सका था। उसे रास्ता नहीं दिख रहा था।

शिरगुपे बार-बार वे ही सवाल दोहरा रहा था। उसने ख़ानदान के बारे में क्यों नहीं सोचा? सिर्फ़ ख़ुद के बारे में ही कैसे सोच सकती है? उसके लिए हमने क्या कुछ नहीं किया? हमारी परवरिश में क्या कमी रह गयी कि उसमें इस ख़ानदान की कोई झलक ही न दिखे? हमारी ग़लती ही क्या है? क्या कमी रही हमसे? वह ऐसा निर्णय कैसे ले सकती है? ऐसा क्या है उस महार में कि उसने देवयानी को इस क़दर प्रभावित किया है? सोच-सोचकर शिरगुपे का सिर चकराने लगा।

'वह जिस ग्रुप में थी उसमें सभी ने प्रेम विवाह किया है। उसका प्रभाव इस पर भी हुआ है।' यशस्विनी अपनी लँगड़ी बात को सँभालने की चेष्टा कर रही थी। शिरगुपे बौखलाया था। कहे जा रहा था, 'माँ-बाप से प्यार नहीं उसे? हम शत्रु हैं क्या? हमने उससे कितना प्यार किया। हम कौन हैं यह भी भूल गयी वह? प्रेम किया तो ठीक है लेकिन अपने लेवल का तो देखती। किससे प्यार कर बैठी? जिसकी पीढ़ियाँ हम लोगों की जूठन पर पली हैं, उससे? ऐसा क्या देखा उसने उसमें? मैं भी तो जानूँ? हमने इसलिए उसे जन्म दिया? उसे हमारी बात सुननी होगी! हम उसके भले की ही सोचेंगे न? उसे यह बात माननी होगी।' शिरगुपे तैश में कहे जा रहा था और यशस्विनी बेबसी में समझा रही थी, 'वह लड़का इसे पसन्द आया। हम क्या कर सकते हैं?...वह पेट से है...यह उसका फ़ैसला है...हम क्या कर सकते हैं...प्रकरण नाज़ुक है।'...शिरगुपे की एक ही रट थी, 'यह मैं होने नहीं दूँगा ...भले ही प्राण जाये...उसे हमारी इज़्ज़त से खिलवाड़ करने का कोई कारण

नहीं...उसने कालिख पोत दी है...कल मैं लोगों के सामने क्या मुँह लेकर जाऊँगा?...मैं लोगों का नेता हूँ...मेरी लड़की ही मेरी नहीं सुनेगी तो लोग क्या सुनेंगे?...मैं लड़की को नहीं सुधार सकता तो लोगों को क्या सुधारूँगा?...लोग हँसेंगे मुझ पर...मैं क्या जवाब दूँगा?...' शिरगुपे अथक बके जा रहा था और यशस्विनी मायूस सी बैठी थी।

शिरगुपे गुस्सा हुआ। 'वह कहाँ जायेगी? क्या खायेगी?...महार के घर में बहू बनकर जायेगी...महार का खाना खायेगी? इसी दिन के लिए उसे पाला-पोसा-बड़ा किया? उसने यह सब सोचा कैसे नहीं?'...शिरगुपे बेचैन था और उसकी पत्नी चुपचाप बैठी थी...

शिरगुपे सोच रहा था, 'गोमांस खाने वाला मेरी बेटी को चूमेगा?...इसे स्वीकारा नहीं जा सकता...जिसकी परछाईं से छुआछुत होती है उसे जमाई के रूप में कैसे स्वीकार सकता हूँ?...जिसकी कई पीढ़ियों ने मरे हुए जानवर ढोए हैं...रास्तों की सफ़ाई की है उन्हें रिश्तेदार कैसे बनाऊँ? जिनकी आज तक उपेक्षा की उन्हें बराबरी का दर्जा दूँ? जिनके प्रति इतनी घृणा है उनके साथ बैठकर खाना खाऊँ? ऐसे घर में यह लड़की कैसे रहेगी? इसके गर्भ में महार का बीज? यह सहनशक्ति के परे का है.. यह लड़की नहीं मेरी शत्रु है...दुश्मन कहीं की...' शिरगुपे भावविह्वल हुआ था।...

रात के पौने तीन बज चुके थे। शिरगुपे का मोबाइल बजा। गृहमन्त्री बोल रहा था। शिरगुपे ने फ़ौरन फ़ोन रिसीव किया।

'कुछ समझा क्या?'

'क्या?'

'कल शाम मन्त्रिमण्डल का विस्तार है।'

'हमारे ज़िले के लिए मन्त्री पद है कि नहीं?'

'है। कैबिनेट मन्त्री पद।'

'किसका नाम है?'

'शिवाजी ईरवाडकर'

'कितनों को समाविष्ट किया गया है?'

'छह लोगों को...फिर से विस्तार होगा शायद।'

'ठीक है।'

गृहमन्त्री घाडगे ने फ़ोन बन्द किया। शिरगुपे अपमानित हुआ था। शिवाजी ईरवाडकर को मन्त्रिमण्डल में स्थान मिला था। शिरगुपे की उम्मीदें मिट्टी में

मिल गयी थीं। अब चमार शिवाजी ईरवाडकर मन्त्री होने वाला था और ज़िले का सारा गणित ही चौपट होने वाला था। शिरगुपे का रोब चरमरा गया था। सी.एम. ने उसको चित किया था। 'जिसे कोई तजुर्बा नहीं वह मन्त्री...जाति के बल पर...और ऊँची जाति का अपमान...' शिरगुपे कहीं का न रहा। उसके मन में दलितों के प्रति और घृणा जागी।

❑❑❑

जब से चबूतरे पर महारों के लड़के बैठने लगे तब से वहाँ और कोई न बैठता। चबूतरा सूना हो गया था। मोहन गुजर, लक्ष्मण बेताल, श्रीराम हनमुर्गे, सीताराम पाटील अब किनगाँव रोड पर घूमने जाने लगे थे।

'शिवाजी ईरवाडकर के कारण वाकडे, शिरगुपे का रोब ख़त्म होगा।'

'शिरगुपे को मन्त्रि पद मिलना चाहिए था। उसे अनुभव है। शिवाजी ईरवाडकर की पात्रता तो क्या है? सिर्फ़ शिरगुपे को सबक सिखाने के लिए उसे मन्त्री बनाया गया। यह ग़लत है।'

'आज महारों के लड़के भैरवनाथ मन्दिर के पास दिखे। मन्दिर में भी जायेंगे।'

'वाकडे को बता दिया पर उसने ध्यान नहीं दिया।'

'वाकडे के पास कौन गया था?'

'और कौन? वायरमन ताटे! उसने ही कहा...'

'महारों को जगह दिखानी चाहिए...उन्हें पीटना चाहिए।'

'ग्राम पंचायत के चुनाव हैं। वाकडे महारो के ख़िलाफ़ कैसे बोलेगा?'

'मतों के लिए इतनी बेबसी?'

'यह लीडर लोगों को समझना चाहिए... ।'

'किसी ने तो महारों के छोकरों को सुनाना चाहिए।'

'कौन कहेगा? कहेगा कोई तो उसी पर चार्ज लगेगा कि गाली दी...जाति को लेकर... ।'

'इसी से दलित विरोध में जनमत तैयार होता है और ऊँची जातिवाले कड़वी प्रतिक्रियाएँ देते हैं।'

'वाकडे बदल गया है। वरना महारों के लड़के इतनी हिम्मत न करते... वाकडे को किरण कांबळे प्रकरण से नुक़सान पहुँच सकता है...चुनाव में...'

'चुनाव में विकास अहम मुद्दा होता है...किरण कांबळे प्रकरण लोग भूल गये हैं...ख़ून...हत्या...बलात्कार...ये चुनाव के विषय नहीं हो सकते। लोग चुनाव में यह सब नहीं सोचते...प्रत्यक्ष मतदान पर इनसे कोई फ़र्क़ नहीं पड़ता...। वाकडे के पास पैसा है...पहचान है...लोग हैं...वह अपने लोगों को जिता सकता है...'

'चुनाव जनतन्त्र की धमनियाँ हैं।'

'गुरु को अनुभव नहीं है।'

'कुर्सी मिलने पर सब आता है...शिवाजी ईरवाडकर कैबिनेट मन्त्री हुआ न? क्या था उसके पास?'

'जनतन्त्र में कुछ भी हो सकता है'...

'थोड़ा रुको...शेटे सर आ रहे हैं...ताटे भी है...कल-परसों तक शेटे को कोई पूछता तक नहीं था। आज वी.आई.पी. बना है। शिवाजी ईरवाडकर मन्त्री होते ही उसके घर गया था। उसके पाँव छुए। क्यों? तो बोले यह उसका शिक्षक था। अब गाँव का हर कोई शेटे को नमस्कार करने लगा है। रुको! उनके साथ चलते हैं। शेटे ने मुझे पढ़ाया होता तो आज मैं भी मन्त्री बनता!'

'कल वाकडे भी उसके घर गया था। शेटे के यहाँ चाय पी और फिर 'मंगल विविध कार्यकारी सहकारी सोसायटी' के ऑफ़िस गया था।

'उल्टी गंगा बहने लगी है।'

'धीमे बोलो। वे नज़दीक आ रहे हैं...'

'मैंने मुँह पर हाथ रखा है।'

'चुप!'

सूरज डूब रहा था। रंगों की नक्काशी से आसमान जगमगाया था, लेकिन किसी का भी ध्यान सूर्यास्त की ओर न था। किनगाँव रोड पर चलने वाला हर कोई शेटे को देख रहा था और उसे नमस्कार करने को उतावला हुआ था। शेटे, ताटे, कल्लूबर्मे के साथ अब मोहन गुजर, लक्ष्मण बेताल, सीताराम पाटील, श्रीराम ह्वनमुर्गे चलने लगे थे। आगे चलकर और लोग भी उनसे मिले। मानो वे पदयात्रा में शामिल हुए लोग हों। शेटे उन्हें शिवाजी ईरवाडकर के क़िस्से बता रहा था। सूर्यास्त हो गया था। पंछियों की आवाज़ें गूँज रही थीं।

□□□

रमेश वाकडे को जहाँगीर हॉस्पिटल में एडमिट किया गया था। वह वेंटिलेटर पर था। उसे सिविअर हार्ट अटैक आया था। इसके पहले उसकी बाईपास

हुई थी। बी.पी. बीस था। वह बढ़ नहीं रहा था। डॉक्टर किसी को मिलने न देते थे। वाकडे बेहोश था। शिरगुपे ने डॉक्टर से बात की थी। वाकडे के बारे में पूछा था। डॉ. जोशी ने तटस्थता से स्थिति विशद की थी। 'कुछ मिरैकल हुआ तो ही...वरना एक-दो दिन के मेहमान हैं...अभी स्थिर है...अभी उन्हें मृत घोषित नहीं किया जा सकता...उपचार जारी है...ठीक भी हो सकते हैं...ईश्वर की कृपा से।'

शिरगुपे श्रीमती वाकडे से, गुरु से बोला था। पूछताछ की थी। शिरगुपे जाने को निकला। गुरु उसे गेट तक पहुँचाने चला। शिरगुपे ने मौक़े का फ़ायदा उठाते हुए गुरु से बड़ी आत्मीयता से बात छोड़ी। उसमें अपने प्रति विश्वास जगाया।...

'कल दोपहर में हमने एक साथ भोजन किया था। शिवाजीराव ईरवाडकर के कार्यक्रम में। बाद में हम पक्ष कार्यालय में बैठे थे। उनका स्वास्थ्य एकदम अच्छा था। ग्राम पंचायत चुनाव पर चर्चा हुई। तुम्हारे विवाह पर चर्चा हुई। उन्होंने देवयानी को तुम्हारे लिए माँगा। मैंने 'हाँ' कहा। और सहसा यह सब कैसे हुआ? मेरे लिए यह हादसा है।'—शिरगुपे।

गुरु का चेहरा खिल गया। उसका शरीर रोमांचित हुआ। देवयानी से शादी की कल्पना से ही वह बाग-बाग हुआ। शिरगुपे ने उसकी पीठ थपथपाई। गुरु भावना में बह गया।

'मैं घर में नहीं था। सोसायटी के ऑफ़िस में था। पिताजी घर आये और दरवाज़े में ही गिर गये। हम तुरन्त हॉस्पिटल ले आये। वे होश में आये ही नहीं। कल सदबा महार को बुलाया था। उसे अपने पैनल का उम्मीदवार घोषित करना है। उसने 'हाँ' कहा है।'—गुरु।

'गुड! तुम सरपंच हो जाओगे। मैं हूँ न साथ तुम्हारे! मैंने हमेशा तुम्हें मेरे जमाई राजा के रूप में ही देखा है। शिवाजी ईरवाडकर मन्त्री हुआ है। दरअसल यह पद तुम्हारे पिताजी का था। चुनाव क्षेत्र की पुनर्रचना न होती तो शिवाजी ईरवाडकर मन्त्री कभी न होता।'—शिरगुपे।

'माँ ने कहा अपने घर की लक्ष्मी चमार के घर गयी है।'—गुरु।

'तुम्हारे पिताजी पर इसका ही दबाव आया होगा। वे इमोशनल है। मैं पहचानता हूँ न उन्हें।'—शिरगुपे।

'मुझे देवयानी पसन्द है। उसके साथ शादी करना मेरा सपना रहा है। माँ भी अक्सर यही कहती है। मैं बता देता हूँ, उसे।'—गुरु।

'हम भी यही सोचते हैं। ज़िले के दो उच्च ख़ानदान एक हो जायें, लेकिन

देवयानी ने इनकार किया। हम उसे समझाकर थक गये। वह मानती नहीं। हम मजबूर हो गये हैं।'—शिरगुपे।

'मैं तैयार हूँ। क्या करूँ?'—गुरु।

'उसका किसी महार लड़के से...' शिरगुपे।

'मुझे पता बताइए'...गुरु।

'उससे मिलकर कोई फ़ायदा नहीं। उसकी मेरी सम्पत्ति पर नज़र है। वह हमारे ख़ानदान से खिलवाड़ कर रहा है। मैंने उसे हमेशा के लिए रास्ते से हटाने की सोची थी पर वैसा करना महँगा पड़ेगा। किरण कांबळे प्रकरण अभी ताज़ा है। फिर मुसीबत न हो। घर का ही नहीं सुनता, बाहरवाले से क्या कहना? जो कुछ होना है वह घर में ही दबा रहना चाहिए।'—शिरगुपे।

'देवयानी को समझाते हैं। मैं अभी भी उससे शादी करने तैयार हूँ। आप इनकार मत करना।'—गुरु।

'गुरु, तुम घर के हो। तुमसे क्या छिपाना। वह बहक गयी है। ग़लत काम किया उसने। अब वह पेट से है। वह तुझसे शादी करने के लिए राज़ी नहीं है, और मैं तुम्हारे सिवा किसी और से उसकी शादी होने नहीं दूँगा। उस महार से तो बिल्कुल नहीं। तुम हमारी मदद करो। वह बालिग है। क़ानूनन हम उसे रोक नहीं सकते। उसके कुछ और करने के पहले हमें कुछ करना होगा। चार दीवारी में।'—शिरगुपे।

'मैं किसी से कुछ नहीं कहूँगा। आपने इतने विश्वास से कहा है। होने दीजिए, उसके बच्चा। मैं तब भी उसे अपनाऊँगा।'—गुरु।

'गुरु, मैं तुम्हारी भावना समझता हूँ, लेकिन वह किसी भी क्षण घर छोड़कर जा सकती है। फिर हम कुछ नहीं कर पायेंगे। तुम ऐसा करो किरण कांबळे प्रकरण के अपने दोस्तों को लो। मैं उसे फार्म हाउस ले आता हूँ। तुम बात करो। वह मान गयी तो अच्छा ही है ले जाओ उसे। मेरी इजाज़त है तुम्हें। नहीं मानी तो ख़त्म करो विषय हमेशा के लिए। मेरी इज़्ज़त बचाओ। मैं उसका मुँह नहीं देखना चाहता और न ही उस महार को घर में प्रवेश दे सकता हूँ।'—शिरगुपे।

'आपने मुझे बचाया है। मैं भूल नहीं सकता।'—गुरु।

'सँभालो! मैं चलता हूँ। फ़ोन करो मुझे।'—शिरगुपे।

शिरगुपे ने गाड़ी स्टार्ट की। वह ख़ुद ड्राइविंग कर रहा था। शिरगुपे के जाने के बाद गुरु पिताजी के पास आया। अब वह पिताजी के बजाय देवयानी की चिन्ता करने लगा था। देवयानी उसके रोम-रोम में तितली-सी मँडरा रही

थी। वह उसे याद कर रहा था। आई.सी.यू. की नर्स ने 'वाकडे' कर पुकारा और गुरु वर्तमान में लौट आया। वह भीतर दौड़ा। श्रीमती वाकडे हतबल थी। रिश्तेदारों की भीड़ उमड़ पड़ी थी। पळसदेव के लोग भी आये थे। गुरु आँखें पोंछते हुए आई.सी.यू. के बाहर आया।

रमेश वाकडे ने दुनिया छोड़ी थी।

❑❑❑

धर्म्या का हाथ कन्धे पर आते ही बापू चौंक गया। 'तू कहीं भी जा हम तुझे ढूँढ़ लेंगे ही।' श्रीरंग ने हँसते हुए कहा। वे उसे चाय की टपरी पर ले गये। धर्म्या बेहद ख़ुश था।

'गुरु ने भेजा है। ख़ास आमन्त्रण है विधायक शिरगुपे के फार्म हाउस पर। गुरु चुनाव लड़ रहा है। प्रचार करना होगा। गुरु सरपंच होगा। विधायक उसके साथ है। गुरु अब डायरेक्ट शिरगुपे के साथ बात करता है।' धर्म्या बके जा रहा था और बापू ध्यान देकर सुन रहा था। 'मुझे कॉर्पोरेशन में परमानेंट करवा दो। विधायक के कहने पर यह हो सकता है। कॉर्पोरेशन में उन्हीं के पक्ष का राज है। तुम लोगों की वजह से मेरा काम होगा।' बापू बड़ी आस लिए बोल रहा था। 'अरे हम विधायक के फार्म हाउस पर जा रहे हैं। तू सोच। कुछ ख़ास बात ही होगी न। तुझे आना पड़ेगा। वरना हम तुझे घसीटकर ले जायेंगे। मोबाइल बन्द मत रखना। हम फ़ोन करेंगे। तू तैयारी में रहना।' श्रीरंग समझा रहा था। 'हमसे उसे क्या काम होगा?' बापू की उत्सुकता बढ़ रही थी। 'जब बुलाया है तो कुछ ख़ास ही होगा काम। उसी के कारण तो हम आज बाहर हैं। मैं तो उसे मानता हूँ। उसने कहा 'उसे उड़ा' तो मैं वह भी करूँगा।' धर्म्या जोश में बोल रहा था। श्रीरंग ने बापू से ही सवाल किया, 'हम गुरु के साथ जायेंगे। बहस क्यों करने की?'

आज महासभा थी इसलिए सभी पार्षद आये थे। कॉर्पोरेशन में भीड़ थी। धर्म्या ने चाय का बिल दिया। बापू ख़ुश हुआ था। उसे सागर बनसोडे दिखा। चाय की टपरी पर लोग राजनीति पर बहस कर रहे थे। कोई कह रहा था, 'ईरवाडकर को मन्त्री बनाकर कुछ फ़ायदा नहीं हुआ। शिरगुपे साहब को मन्त्री पद मिलना चाहिए था। ज़िले का विकास हो जाता। उन्हें अनुभव है। उनका वज़न है। वे विकास योजनाएँ अपने जिले के लिए लाते हैं। बनाते हैं।

ईरवाडकर को क्या आयेगा यह सब?' धर्म्या उन लोगों की चर्चा में शामिल हुआ। 'सच कहते हैं आप। शिरगुपे जी को मन्त्री बनाना चाहिए था। सी.एम. ने ग़लत काम किया। ईरवाडकर की सभा में कलेक्टर गया भी नहीं। शिरगुपे साहब सब को जानते हैं। अधिकारी उन्हें मानते हैं। काम कैसे करवा लेना यह वे अच्छी तरह से जानते हैं।' धर्म्या बोले जा रहा था। श्रीरंग भी उससे जा मिला। धर्म्या का अति उत्साह देखकर एक ने कहा, 'चार पीढ़ियों से सत्ता है शिरगुपे ख़ानदान में। क्या किया उन्होंने? खुद का घर भर लिया। हो गये खुद मालामाल। शहर में न ढंग के रास्ते न टॉयलेट। आठ-आठ दिन पीने का पानी नहीं आता। आठ-आठ घण्टे बिजली खण्डित। यह विकास है क्या? ईरवाडकर अभी मन्त्री हुआ है। तुरन्त उसका लेखा-जोखा? उसे समय नहीं देना चाहिए?' धर्म्या के उत्साह पर पानी फिर गया। श्रीरंग खिसक गया।

धर्म्या ने बात समेट ली। 'मैं चलता हूँ। मुझे काम है। पन्द्रह तारीख़ को फ़ोन करो। मैं आता हूँ।' कहकर बापू खिसक गया। धर्म्या-श्रीरंग कॉर्पोरेशन के बाहर आ गये।

बापू सोचने लगा गुरु के ज़रिये कॉर्पोरेशन में परमानेंट होने का काम कराया जा सकता है। इतना काम भी होगा तो काफ़ी कुछ होगा। वह खुश हो गया। उसने आलस झटक दिया। उसे लगा यह खुशख़बरी घर फ़ोन कर सुनानी चाहिए। उसने मोबाइल पर फ़ोन किया। सगुणा बोल रही थी, 'स्वेटर बुनना सीख रही हूँ। वैशाली बनसोडे सिखा रही हैं। माँ सोयी है।'

'विधायक ने पन्द्रह तारीख़ को फार्म हाउस बुलाया है। मीटिंग है।' बापू।

'विधायक ने आपको क्यों बुलाया?'—सगुणा।

'धर्म्या, श्रीरंग बताने के लिए आये थे।'—बापू।

'अच्छा-अच्छा।'—सगुणा।

'कॉर्पोरेशन में नौकरी पक्की करवा लूँगा। उसके एक फ़ोन से काम होगा।'—बापू।

'बच्चे का पैर अच्छा है। जल्दी घर आइए।'—सगुणा।

इसी खुशी में झूमता बापू ऑफ़िस में पहुँचा और साहब की डाँट पड़ी। 'कहाँ जाता है रे तू? यहाँ बैठता क्यों नहीं?' साहब चिल्लाया। 'चाय पीने गया था। मेहमान आये थे।'—बापू ने आराम से कहा।

'बताकर जा नहीं सकते क्या? यहाँ काम कौन करेगा? एक काग़ज़ ठीक से मिल नहीं रहा है। ग़लत फ़ाइलिंग किया है। आयुक्त कार्यालय से फ़ाइल

आयी है। कॉर्पोरेशन स्कूल नम्बर दो के सन्दर्भ में। ईरवाडकर साहब के पी. ए. का फ़ोन था। ढूँढ़ो फ़ाईल!' बापू फ़ाइल ढूँढ़ने लगा और फ़ाइल थी साहब के टेबल के ड्रावर में। बापू खीझ गया।

शाम को बापू घर आया तो उसे अचरज हुआ। सागर बनसोडे के यहाँ आठ दिन से फ़्लैट को रंगाने का काम चल रहा था। जैसे कि घर में कोई मंगल कार्य हो। उसके पिता कल्याणराव बनसोडे एक महीने की छुट्टी पर आ रहे थे। सागर बनसोडे के घर में चहल-पहल थी। बचा हुआ रंग उसने बापू के हॉल और दरवाज़े को लगा दिया था। बापू को घर बढ़िया लगा। सगुणा फ़र्श पोंछ रही थी। सुनीता मौसी सामान रख रही थी। बापू आज होश में घर आया था।

'ऐसा ही जल्दी आया कर। वरना फ़िक्र लगी रहती है।'—सुनीता मौसी।

'तुम यूँ ही फ़िक्र करती हो।'—बापू।

'मेरा है ही कौन दूसरा तेरे सिवा।'—सुनीता मौसी।

'सब्ज़ी क्या बनाओगी?'—बापू।

'अभी सोचा नहीं। घर ठीक करने में ही समय गया। भूख लगी है क्या? कुछ बना दूँ?'—सुनीता मौसी।

'नहीं, तुम निबटा लो काम।'—बापू।

'सगुणा चाय बना।'—सुनीता मौसी।

बापू ने कपड़े बदले। वह फ्रेश हुआ। सुनीता मौसी घर सजा रही थी। सगुणा चाय बना रही थी। घर चमक रहा था। बापू देख रहा था। सुनीता मौसी अथक काम कर रही थी। घर घर के जैसा दिख रहा था।

'घर बढ़िया लग रहा है।'—बापू।

'बढ़िया रखने से बढ़िया लगता है। तब तक फैन साफ़ कर दो।'—सुनीता मौसी।

'चाय पीने के बाद करता हूँ।'—बापू।

'कैसी मीटिंग है विधायक के साथ?'—सुनीता मौसी।

'ग्राम पंचायत चुनाव है न! उसके बारे में। गुरु वाकडे आने वाला है पळसदेव गाँव से। उसके साथ जाना है।' बापू।

'तुम्हारी दोस्ती धर्म्या-श्रीरंग से कब से हुई? पहले तो कभी दिखे नहीं वे तुम्हारे साथ?' सुनीता मौसी।

'कॉर्पोरेशन में आते हैं काम लेकर।'—बापू।

'वे अच्छे लोग नहीं हैं। उनसे दूर ही रहो।'—सुनीता मौसी।

'अपनी नौकरी का काम करवा लेता हूँ उनसे।'—बापू।

'दो जून की रोटी के लिए कितना लगता है? मैं काम-धाम कर तुझे पालूँगी। तू चिन्ता मत कर।'—सुनीता मौसी।

बापू माँ की ओर देखता रह गया। उसे माँ की बात जँच रही थी। वह माँ की बातों तले दब गया था। सगुणा चाय लेकर आयी थी।

सुनीता मौसी बापू के किये गुनाह से अनभिज्ञ थी। उसे लगता था कि बापू किरण कांबळे की लाश देखने से खेत में जाने से डरता है। वह ख़ुद भी डरती थी। भोली-भाली औरत थी वह। इसीलिए उसने तुरन्त खेत बेच दिया और भुदरगड में रहने आयी थी। वह ख़ुद इसी शहर में पली-बढ़ी थी। घरबार बेचकर अब वह इस शहर में नौकरी धन्धा कर बसने आयी थी।

रात के ग्यारह बज गये थे। बनसोडे परिवार जाग रहा था। आज उनके यहाँ दौड़धूप थी। सागर बनसोडे सुबह से ही कामकाज में लगा था। दरवाज़े की साँकल बजी। सुनीता मौसी ने दरवाज़ा खोला। वैशाली बनसोडे मिठाई का बक्सा लेकर आयी थी। 'ये पंजाब से आये हैं। मिठाई लाये हैं। सगुणा को दीजिए। खायेगी वह।' कहकर वह चली गयी।

'महार के साथ तुम लोगों की ख़ूब बनती है।'—बापू ने कहा।

'ताना मत मारो। वे पड़ोसी हैं। पहले मैं भी तेरी तरह उनसे नफ़रत करती थी। बोलती नहीं थी। धीरे-धीरे पता चला। और अब हमारे बीच जाति आती नहीं। लोग प्यार से जोड़े जाते हैं। जाति से नहीं। यह बात मैंने उस परिवार से सीखी है।' सुनीता मौसी ने सबको मिठाई दी। बापू भी मिठाई खाने लगा।

□□□

देवयानी फार्म हाउस में बन्दी बनाई गयी थी। देवयानी की सहेलियाँ-दोस्त सब की यह मनचाही जगह थी। शान्त, भीड़ से दूर, एकान्त। शहर की चहल-पहल से दूर। प्रकृति का सुन्दर नज़ारा, पहाड़ों के बीच, झरने के किनारे बसा यह शानदार फार्म हाउस! शिरगुपे काम के बोझ से राहत पाने के लिए यहाँ आते थे, लेकिन आज-कल ज़िम्मेदारियाँ, उलझनें इतनी बढ़ गयी थीं कि वे यहाँ आने के लिए फ़ुरसत निकाल नहीं पाये थे। वे डाकबँगले में ही रहा करते थे। लोगों से वहीं मिलते थे। यह उनके लिए और लोगों के लिए आसान था। राजनीति में वे सधे हुए वरिष्ठ नेता थे। पक्ष संगठन और

शक्ति बढ़ाने की ज़िम्मेदारी उन पर थी। उनके फलस्वरूप इस ज़िले में कभी विरोधी पक्ष चुनकर नहीं आया था।

मुख्यमन्त्री त्र्यम्बकराव डोलारे दलित थे। उन्होंने शिरगुपे को मन्त्रिमण्डल में नहीं लिया। उनकी जगह शिवाजीराव ईरवाडकर को लिया था। ईरवाडकर दलित थे। उनके कारण शिरगुपे को शह मिला था। इधर देवयानी ने सागर बनसोडे नामक दलित युवक से प्रेम किया था। दलितों ने शिरगुपे को अजगर की तरह घेर रखा था। बेटी के कारण वह पूरा हार गया था। वह बदनामी से डर रहा था।

शिरगुपे सुबह साढ़े ग्यारह बजे देवयानी को लेकर फार्म हाउस आया था। उसने बेटी को समझाने की लाख कोशिशें कीं पर बेटी थी कि अपने इरादे पर अटल। 'मैं शादी करूँगी तो उसी से वरना किसी से नहीं। और बच्चा भी नहीं गिराऊँगी।' देवयानी ने सोचा था कि घरवाले गुस्सा होंगे। समझायेंगे। बाद में स्वीकारेंगे। उसने उनकी गालियाँ खाने की मानसिक तैयारी कर रखी थी। नहीं स्वीकारा तो घर छोड़ने की तैयारी भी थी, उसकी। भविष्य में घर बुलाया तो ठीक वरना न ही सही। उसे माँ-बाप के प्यार पर भरोसा था क्योंकि आज तक उन्होंने उसे लाड़-प्यार से पाला था।

शिरगुपे ने देवयानी को घर की परम्परा, इज़्ज़त, लोगों के बीच की प्रतिष्ठा आदि-आदि का चित्र दिखाया था। माँ कुछ भला-बुरा कर बैठेगी की धमकी दी थी। महारों की गन्दी भाषा, रहन-सहन, खान-पान, संस्कार, समाज में की अप्रतिष्ठा आदि के आधार पर उसे डराने के प्रयत्न किये। देवयानी ख़ामोशी से सब सुन लेती थी और अपने निर्णय में कोई परिवर्तन नहीं करती थी। इससे शिरगुपे चिढ़ गया था। वह माँ-बाप की प्रतिष्ठा, अमीरी आदि को कोई क़ीमत नहीं दे रही थी, इसीलिए शिरगुपे बौखलाया था। उसकी समझ में नहीं आ रहा था कि उस महार ने ऐसा क्या जादू किया है कि वह पागल बन गयी है उसके पीछे। आख़िर शिरगुपे ने उसे कह दिया, 'तुम शान्ति से सोचो कि तुम्हें क्या करना है। उसी से शादी करनी है तो समझ लो कि हम तुम्हारे लिए मर गये और तुम हमारे लिए।' शिरगुपे शान्ति से लेकिन ठोस रूप में बता रहा था और देवयानी उतनी ही शान्ति और स्थिरता से सुन रही थी। 'मैंने पूरा विचार किया है और निर्णय लिया है।' देवयानी ने कहा और शिरगुपे चिल्लाया 'महार औरत!' शिरगुपे को यातनाएँ हो रही थीं। पिछले कई दिनों से अथर्व बँगला पीसा जा रहा था। यशस्विनी भी समझाकर हार गयी थी। शिरगुपे अन्तर्बाह्य

टूट गया था। उसने देवयानी का मोबाइल लिया। देवयानी ने दे दिया। 'मैं बाद में लेने आता हूँ तुम्हें। तब तक सोचो!' कहते हुए शिरगुपे ने उसे जलती नज़र से देखा। देवयानी टस से मस नहीं हुई। शिरगुपे ने उसे बेडरूम में ढकेला और दरवाज़ा बाहर से बन्द किया। ताला लगाया। देवयानी खिड़की तक भी नहीं गयी। वह क्लोज सर्किट टी.वी. स्क्रिन पर पिता को देख रही थी। शिरगुपे ने वॉचमैन जामगे काका को बुलाकर उसे गेट में ताला लगाने की सूचनाएँ दीं। कार गेट से बाहर निकाली। वह जामगे काका को भी साथ ले गया। देवयानी फार्म हाउस में पूरी तरह क़ैद कर दी गयी थी। उसे पिता का यह बर्ताव कुछ अजीब-सा लगा। पिता कब लौट आयेंगे के बारे में वह सोचने लगी। उसे माँ की याद आयी। उसे समझाने वाली बेबस माँ बहुत याद आयी। गुस्सैल बाप याद आया। अपना अटल मन-निर्णय याद आया।

मोबाइल छीन लिये जाने से वह असहाय हो गयी थी। मोबाइल होता तो उसने सागर से बात की होती। सुबह घर से निकलने के पहले उसने सागर से जल्दी में बात की थी और 'बाबूजी के साथ फार्म हाउस जा रही हूँ, शादी की बात करने—शाम को विस्तार से बताऊँगी' कहकर फ़ोन काटने ही वाली थी कि उधर से सागर चिल्लाया था, 'इतनी जल्दी क्या है?' फिर भी यह कहकर कि 'शाम को बात करूँगी' उसने फ़ोन काट दिया था। उसे पता था कि सागर के पिता छुट्टी पर आये हैं। फिर भी वह उनसे मिलने जा नहीं पा रही थी। नज़र क़ैद में जो थी। अब वह सागर के बारे में सोचने लगी। खिड़की से दूर तक देखती रही। यह एकान्त उसने कई बार चाहा था पर आज जान पे पड़ा था। साँय-साँय बहने वाली हवा, घास का झूमना, झरने की कलकल में वह सागर की बनी थी। जंगल की नीरवता और पंछियों की आवाज़ उनके मिलन के साक्षी थे। जंगल में गूँजने वाले संगीत के साथ उन्होंने शरीर का उत्सव मनाया था। जामगे काका को उनकी दोस्ती पता थी पर उन्होंने यह राज़ किसी पर खुलने न दिया था।

देवयानी खिड़की से चारों ओर नज़र दौड़ा रही थी। हर पल उस पर भारी पड़ रहा था। बीच-बीच में मयूर बोल उठता था। साँय-साँय बहने वाली हवा और रीछ की तरह दिखने वाली पेड़ों की टहनियाँ। कहीं एकाध गड़रिया भी दिख नहीं रहा था। रास्ते से जाने वाली गाड़ियों के हॉर्न की आवाज़ें सिल्वर ओक के पहरेदार की तरह खड़े पेड़ और स्क्रीन पर दिखने वाला सूना बन्द गेट। वह थक गयी थी।

उसे सागर याद आता रहा। उसकी यादें! देशपाण्डे स्पोकन इंग्लिश क्लास में सागर बनसोडे ट्यूशन पढ़ा रहा था। उसने ट्यूशन लगाई थी। सागर की आवाज़ की मृदुता, अंग्रेज़ी भाषा पर का प्रभुत्व, सिखाने की कला उसे प्रभावित कर गयी थी। वह सभी को ध्यान लगाकर पढ़ाता था, आत्मविश्वास जगाता था। सैनिक का बेटा, विद्यापीठ में जूनियर रिसर्च फेलो, सागर आई.ए.एस. की प्रिलीमिनरी परीक्षा उत्तीर्ण हुआ था। वह ट्यूशन पढ़ाकर अपना ख़र्चा खुद उठाता था। उसने कभी भी देवयानी की ओर चोर नज़र से नहीं देखा, न ही उसे रिझाने के लिए कुछ किया। उसके स्वभाव और आकर्षक व्यक्तित्व से देवयानी प्रभावित हुई थी। उनमें दोस्ती हुई। और दोस्ती प्यार में बदल गयी। वह अपनी रही ही न थी। यह कैसे हुआ वह नहीं जानती थी लेकिन जो हुआ उससे बेहद ख़ुश थी। वह ऐसा ही जीवन चाहती थी।

पिताजी से मोबाइल वापस मिलेगा कि नहीं इसकी चिन्ता उसे सताने लगी। वह माँ से मिले बग़ैर ही आयी थी। उसे माँ तीव्रता से याद आयी। पिता कब लौटेंगे की चिन्ता होने लगी। पिता जामगे काका को क्यों ले गये इसकी आशंका से वह अस्वस्थ हुई। उसके मन में आशंकाएँ उभरने लगीं। वह बेचैन हुई। उसे बबूल के पेड़ पर बैठे बगुले दिखे। केले के बाग में दौड़ता नेवला दिखा। झरने के पानी पर उछलकूद करने वाला कौड़िल्ला दिखा। चोंच में चारा लिये जाने वाली बया दिखा। सफ़ेद बादलों के मँडराते झुंड दिखे। सियार की आवाज़ उसने सुनी थी। फार्म हाउस की खिड़की पर मधुमक्खियों का लटकता छत्ता दिखा। उसने सागर के कन्धे पर सिर रखकर तितलियाँ देखी थीं। अब वह ऊब गयी। उसे हवाओं से डर लगने लगा। उसने कलियों से, फूलों से, तितलियों से बातें कीं। उसका आक्रोश किसी ने नहीं सुना। अशोक के पेड़ आदिमानव जैसे लगने लगे। वह जाति के फ़ौलादी क़िले में बन्दी बन गयी थी। और बेचैन थी।

उसे गेट के खुलने की आवाज़ सुनाई दी। उसने स्क्रीन पर देखा गेट खोला जा रहा है। वह ख़ुश हुई। घर लौटने की इच्छा से वह पगला गयी। अजनबी युवक गेट खोलकर भीतर आया। फिर एक कार आयी। कार भी किसी और की थी। गेट बन्द कर दिया गया। गेट में भीतर से ताला भी लगाया गया। 'पिता नहीं दिख रहे और ये अजनबी जवान लड़के कौन हैं? और उनके पास चाभियाँ कहाँ से आयीं?' वह सोचने लगी। जामगे काका भी दिखाई नहीं दे रहे थे। देवयानी का दिमाग़ चकरा गया। यह क्या माजरा है? कार में से सिर

मुँडा हुआ युवक उतरा। और दो लड़के उतरे! वे चार लड़के थे। उनके साथ जामगे काका नहीं थे। क्या इन्हें धमकाने हेतु भेजा गया है? उन चारों को देखकर लगता था कि वे गुनहगार जैसी हरकतों में फँसे हैं। अब देवयानी डर गयी। चौंक गयी। आशंकित हुई। वह काँपने लगी। उनकी हलचल को देखने लगी। वे सीढ़ियाँ चढ़कर उसी की ओर आ रहे थे। उनके चेहरे फाँसी के तख़्ते की तरह दिख रहे थे। उन्होंने उसके रूम का ताला खोला। देवयानी ने दरवाज़ा भीतर से बन्द किया। वह संकट का मुक़ाबला करने को तैयार हो गयी। उन्होंने दरवाज़े पर लात मारी। उसके दिल की धड़कन बढ़ गयी। उनके चेहरे भयावह दिख रहे थे। वे दरवाज़ा ठोंकते रहे। वह चुपचाप थी। 'दरवाज़ा तोड़ो।' वे चीख़े थे। अब दरवाज़ा प्रहार झेलता रहा। चरमराने लगा। वातावरण डरावना बना। उन्होंने वहाँ की नीरवता पर ही प्रहार किया था।

'कौन हो तुम लोग?'—वह चीख़ी थी।

'दरवाज़ा खोल। अन्दर आकर बताते हैं।'—एक ने ऊँची आवाज़ में डाँटकर कहा।

'चुपचाप लौट जाओ वरना मैं आत्महत्या करूँगी।' वह रुआँसी बोली। वह नासमझी में, डरी हुई थी और वे हमलावर आक्रमणकारी थे।

'दरवाज़ा खोल'—सभी चिल्लाये।

वह बाथरूम में गयी और उसने दरवाज़ा बन्द किया। वे दरवाज़ा तोड़कर अन्दर आने का भरसक प्रयास कर रहे थे। चारों तरफ़ डर छाया था। वह रो रही थी। दीवारें हिल रही थीं।

आख़िर दरवाज़ा टूट गया। धड़ाम से गिरा। गुरु, धर्म्या, श्रीरंग भीतर घुसे। बापू डर गया था। वह डरा-सा भीतर आया। 'वह बाथरूम में होगी। वह भी दरवाज़ा तोड़ो। जल्दी करो।' गुरु तानाशाह की तरह आदेश दे रहा था। धर्म्या ने बाथरूम के दरवाज़े पर लात मारी। वह चीख़ी। श्रीरंग हँसा। उसे शिकार मिलने जैसी ख़ुशी हुई। उन्होंने बाथरूम का दरवाज़ा तोड़ा। धर्म्या ने उसे घसीटा। उसने भागने की कोशिश की। श्रीरंग ने उसे रोका। उसे उठाया और बेड पर रखा। 'पहले किसके साथ सोओगी?' श्रीरंग ने प्यार से पूछा। उसे सहलाया। उसने बापू को पहचाना था। 'आप सागर के सामने वाले घर में रहते हैं न? मुझे सागर से बात करने दीजिए।' उसने व्यथित होकर कहा। बापू चुपचाप खड़ा था। वह बेबस याचना कर रही थी। बापू शान्त खड़ा था। श्रीरंग ने उसे जकड़ा था। वह चीख़ी थी। नाग की तरह फन फैलाकर खड़ी

थी। उसने श्रीरंग की ओर नफ़रत से देखा। धर्म्या ने शर्ट पैंट निकाला। हैंगर पर टँगाया। बनियान उतारकर बेड पर फेंका। श्रीरंग ने भी वैसा ही किया। बापू डर गया। गुरु अपेक्षा भंग के दुःख से ज़हरीला बना था। 'तूने शादी के बारे में क्या सोचा है?' गुरु ने पूछा। 'मेरी शादी के बारे में पूछने वाले तुम कौन हो? किसने यह अधिकार दिया तुम्हें? मैं सागर बनसोडे के बच्चे की माँ बनने वाली हूँ। उसी से शादी करने वाली हूँ। समझे?' उसने क्रोध और नफ़रत से उन्हें फटकारा। 'हमसे निचली जातिवाला इसे श्रेष्ठ लगता है' की भावना से वे प्रक्षुब्ध हुए थे। अपमानित हुए थे।

'गुरु कपड़े उतार।' धर्म्या ने कहा। गुरु ने नफ़रत से जवाब दिया, 'महार के साथ सोयी हुई के साथ मैं सोने वाला नहीं हूँ।' वह देवयानी का अपमान करने के उद्देश्य से बोला था। धर्म्या देवयानी के सामने जाकर खड़ा हुआ। देवयानी ने उसे थप्पड़ जड़ दिया। धर्म्या ने उसका हाथ पकड़ा। 'हाथ छोड़' वह चीख़ी थी। धर्म्या मुस्कुराया। श्रीरंग भी नज़दीक आया। देवयानी ख़तरे का सामना करने को तैयार हुई थी। उसे ख़तरे की भयावहता समझ में आयी थी।

'तुम हट जाओ रे' गुरु धर्म्या-श्रीरंग पर बरस पड़ा। अब गुरु ने देवयानी के बाल पकड़े और उसे घसीटता रहा। वह चीख़ने लगी। उसे ज़मीन पर पटककर गुरु उसके गर्भ पर नाचने लगा। बूटों के साथ। वह वेदना से कराह रही थी। काँप रही थी। धर्म्या उसके सीने पर बैठा था और उसका गला दबा रहा था।

'यह क्या कर रहे हो तुम? पहले सोने दो उसके साथ फिर उसे मारो।' श्रीरंग धर्म्या-गुरु से कहने लगा। 'तू चुप रह' गुरु ने श्रीरंग को डाँटा। बापू देवयानी के थरथराते पैरों पर बैठा था।

श्रीरंग ने कपड़े पहने। गुरु उसके गर्भ पर नाचकर नीचे उतरा था। बापू उसके पैरों पर से उठा था। धर्म्या वैसे ही बैठा रहा। अभी भी उसके पैर थरथरा रहे थे। श्रीरंग गुस्सा हुआ था। 'इतनी जल्दी क्या थी?' श्रीरंग ने गुरु को ताना दिया। गुरु ने उसकी बात नज़रअन्दाज़ की थी। धर्म्या उसके बदन पर से उठा। बनियान से मुँह पोंछा और बनियान पहन लिया। गुरु का मोबाइल बजा। विधायक शिरगुपे बोल रहा था, 'कोई सबूत मत छोड़ना।' इतना कहकर उसने फ़ोन काटा। धर्म्या ने कपड़े पहने। बाथरूम का दरवाज़ा धड़ाम से गिरा। बापू चीख़ा। श्रीरंग ने डाँटा, 'चीख़ता क्यों है रे?' गुरु ने सभी को डाँटते हुए कहा, 'चलो, उठाओ उसे। डिक्की में रख दो।' गुरु चाभियाँ लेकर बाहर निकला। बापू ने उसके दोनों पैर पकड़े। श्रीरंग ने कन्धे से पकड़ा। धर्म्या ने

कमर से पकड़ा। तीनों ने मिलकर उसे कार की डिक्की में ठूँसा। गुरु ने धर्म्या को चाभी दी। धर्म्या ने गेट का ताला खोला। गुरु ने कार स्टार्ट की। धर्म्या ने गेट बन्द किया। गेट को बाहर से ताला लगाया। सभी कार में बैठे। कार खामगाँव रोड पर मुड़ी।

❑❑❑

सुबह होने को थी। सीता महारीन रास्ता बुहार रही थी। धूल उड़ रही थी। उसके बाल मैले थे। पल्लू खोंसा था। कचरे के ढेर जमा हो रहे थे। गाँव जाग रहा था। चूल्हे जल रहे थे। सूरज उगा था। सीता महारीन अपना काम कर रही थी। गुरु, धर्म्या, श्रीरंग, शिवानन्द चलते आ रहे थे। वे गाँव की सफ़ाई की ओर ध्यान दे रहे थे। इसीलिए सीता महारीन हमेशा से कुछ अच्छा काम कर रही थी। शेटे रास्ते पर आया था। ताटे भी आया। शिवानन्द सीता महारीन को सूचनाएँ देने लगा। घर से औरतें देख रही थीं। सीता महारीन उनके कहने पर झाड़ू लगा रही थी। मोहन गुजर भी आया। सभी सीता का काम देखने लगे।

गुरु सीता महारीन के पास गया। उसने झाड़ू लगाना रोका। वह हड़बड़ा गयी। गुरु ने उसके हाथ से झाड़ू लिया और वह रास्ता साफ़ करने लगा। सीता चिल्लायी और उससे विनती करने लगी, 'आप यह क्या कर रहे हैं? ये हम महारों का काम है। आप झाड़ू मुझे दीजिए। बताइए क्या करना है। मैं सफ़ाई करूँगी।' गुरु ने उसकी एक न सुनी और झाड़ू लगाता रहा। सीता महारीन कमर पर हाथ रखे खड़ी रही। शेटे भी आया और कचरा बोरे में भरने लगा। ताटे मोबाइल से गुरु के फ़ोटो खींचने लगा। औरतें कौतूहल से देखने लगीं। शिवानन्द शेटे की मदद करने लगा।

गाँव में समाचार फैल गया कि गुरुनाथ वाकडे सफ़ाई कर रहा है। लोग अपनी-अपनी झाड़ू लेकर आये। सामूहिक श्रमदान अभियान शुरू हो गया। शेटे भजन गाने लगा 'पतित पावन सीताराम। रघुपति राघव राजाराम...?' सभी में उत्साह जागा था। मोहन गुजर ने गुरु के हाथों का झाड़ू लिया था। अब गुरु भीड़ को उद्देश्य कर बोल रहा था, 'हम सबने गाँव साफ़ रखना चाहिए। हम सबकी ज़िम्मेदारी है। हमें गन्दा करने की आदत लगी है। अब हम रास्ते पर कचरा नहीं फेंकेंगे और थूकेंगे नहीं। गाँव में की सभी जातियाँ कचरा करें और एक जाति सफ़ाई करे? तब गाँव साफ़-सुथरा कैसे होगा?' गुरु उत्स्फूर्त रूप से

बोले जा रहा था और लोग उसकी तारीफ़ करने लगे थे। सीता महारीन रास्ते के किनारे खड़ी भीड़ को देख रही थी।

सहसा गुरु को झाड़ू लगाने की कैसी सूझी क्या पता। लेकिन वह अपनी इस अदा पर बेहद खुश था। उत्साही था। 'लोकनेता ऐसा ही बनता होगा' वह बुदबुदाया। भीड़ भैरवनाथ मन्दिर की ओर बढ़ गयी। लक्ष्मण बेताल, सीताराम पाटील, श्रीराम ह्वनमुर्गे, कल्लूबर्मे भी आये थे। गाँव दिल जमाई से कचरा उठा रहा था, सफ़ाई कर रहा था। सीता महारीन अपनी झाड़ू पाने के लिए भीड़ के पीछे जा रही थी। उसे गाँव के सफ़ाई अभियान से ज़्यादा चिन्ता अपनी झाड़ू की थी।

धर्म्या की बहन कस्तूरी भी इसमें शामिल हुई थी। लक्ष्मण बेताल ने उसकी ओर चोर आँखों से देखा। धर्म्या की बहन सुन्दर थी। उसने कइयों को घायल किया था। वह किसी से डरती न थी। वह भीड़ में चलने लगी। बच्चे, औरतें सभी सफ़ाई में जुटे थे। कुछ लोग मोबाइल में फ़ोटो ले रहे थे। गाँव को नया काम करने के लिए मिला था। काम आसान था पर हर एक की भावना से जुड़ा था। अतः सबको पसन्द आया।

सीता महारीन चिन्ता में पड़ गयी थी। उसकी झाड़ू पुरानी हो गयी थी। नयी झाड़ू लेने के लिए उसके पास पैसे नहीं थे। वह जैसे-तैसे पुरानी झाड़ू से काम चला रही थी। उसकी झाड़ू लोगों के हाथ लग गयी थी। गाँव चमक रहा था पर झाड़ू झड़ जाने के ख़तरे से वह बेचैन हुई थी, 'वह दूर खड़ी सफ़ाई करने वाले गाँववालों को देख रही थी और सोच रही थी—मैंने सालों से रास्ते साफ़ किये हैं मगर मुझे गालियाँ ही मिलीं। तारीफ़ के शब्द तो कभी नसीब नहीं हुए। सरपंच ने झाड़ू लगायी तो उसके फ़ोटो खींचे जा रहे हैं। कब तक सरपंच झाड़ू लगाता रहेगा? वह अपना काम करें और हम महारों को अपना काम करने दें। ऐसे सभी झाड़ू लगाने का काम करेंगे तो हम महारों के काम का क्या होगा? हम तो भूखे मर जायेंगे। हमसे यह काम कोई न छीन ले। सरपंच भूल गया क्या कि महारों ने उसे वोट दिये हैं, और अब हमारे पेट पर लात मार रहा है?...' सोचते-सोचते सीता महारीन गम्भीर हुई। अब विचारों का कचरा उसके सिर में जमा होने लगा था। लोगों का उत्साह और आनन्द देखकर वह भयभीत हुई थी कि अब अपने काम का क्या होगा? मन में धूल उड़ रही थी। उधर काले का कुत्ता भौंक रहा था और शेटे के साथ और दो-तीन लोग भजन गा रहे थे। गाँव सुन्दर दिखने लगा था।

❑❑❑

सागर बनसोडे आई.ए.एस. परीक्षा में उत्तीर्ण हुआ था। इसलिए आपटे कोचिंग क्लास वाला बौखला गया था। शहर के किसी भी कोंचिग क्लास करने वाले विद्यार्थी ने आज तक आई.ए.एस. उत्तीर्ण नहीं किया था। मीडिया ने उसकी प्रशंसा की थी। इससे कोचिंग क्लास वाले और बौखला गये थे। उन्होंने अपनी कमी-हार ढकने के लिए आरक्षण के विरोध में हवा गर्म की थी। विद्यार्थी आपे से बाहर हो गये थे। आरक्षण के कारण सागर बनसोडे उत्तीर्ण हुआ की चर्चा ज़ोर पकड़ रही थी। 'अब वे लोग ही पढ़ें। उन्हें आयु में छूट। अंकों में छूट। छात्रवृत्ति भी उन्हीं को!' ऐसी प्रतिक्रियाएँ आपटे कोचिंग क्लास के छात्रों ने दी थीं। शहर के युवकों ने कॉलेजों में जाकर भगदड़ मचायी थी।

समाचार-पत्रों में सागर बनसोडे की फ़ोटो छपी थी। सभी ने उसकी प्रशंसा की थी। सागर के माँ-बाप बेहद ख़ुश थे। कई लोग उनसे मिलने आये थे। बधाइयाँ दे रहे थे। कई मित्रों के फ़ोन आ चुके थे। घर लोगों-मेहमानों से भर गया था। सिर्फ़ न देवयानी आयी थी न उसका फ़ोन। सागर चिन्ता में था। ऐसे कैसे हुआ? उसे पता चलता तो वह दौड़ती हुई आती। फ़ोन करती। कम-से-कम किसी के ज़रिये सन्देश भेजती। यह कैसे हुआ कि वह अभिनन्दन करने से चूक गयी! पन्द्रह तारीख़ से उसका फ़ोन बन्द है। अब क्या करें?

देवयानी को कहीं बन्द कर रखा है क्या? कहीं और भेजा है क्या कि उसे मेरे बारे में कुछ ख़बर न मिले? वह ऐसी निर्दय कैसे बनी? कहाँ गयी होगी? उसने गर्भपात किया होगा क्या? वह मुझे कैसे भूल सकती है? वह फ़ोन क्यों नहीं करती? उसके पास कैसे पहुँचा जाये? सागर अब रात-दिन यही सोचता रहता था। उसके माँ-बाप भी चिन्ता करने लगे थे। इतने दिन बिना आये वह रह नहीं सकती। उसके साथ कुछ धोखा हुआ है क्या? क्या किया जाये? सोच-सोचकर सागर परेशान हुआ। कुछ भी करने पर उसे तकलीफ़ होने वाली थी। थी तो बड़े घर की बेटी! 'अब सबुरी से ही लेना चाहिए' बनसोडे परिवार ने सोचा। सागर लेकिन दिन-ब-दिन अधिक बेचैन होता जा रहा था। उसका धीरज जवाब दे चुका था। उसे लगा सीधे अथर्व बँगले में घुसे और उसे आवाज़ दे। कब तक राह देखी जाये? वह निराश होने लगा था। उसे आभास होता कि वह आयी है और उसे पुकार रही है। उसे जीना दूभर लगने लगा। उसने खाना-पीना छोड़ दिया था। रात-रात जागता था वह। वह तनाव में जीने लगा था। वेदना पचाना अब उसके लिए सम्भव न था।

क्या उसके घरवालों ने नकार दिया है? फिर उसके घर जाना बेकार है।

उसको कैसे छुड़ाया जाये? उसे कैसे ढूँढ़ूँ? सागर सोच रहा था। बनसोडे परिवार ने सोचा किसी ग़लत अवैध राह न अपनाते हुए उस तक पहुँचना चाहिए। उसने ख़ुद इनकार किया तो बात अलग है लेकिन यदि उसे ज़बरदस्ती कहीं बन्द कर रखा है तो उसकी मदद करनी चाहिए। उसके पेट में अपने ख़ानदान की निशानी है। अब हमें चुप बैठना नहीं चाहिए सोचकर बनसोडे परिवार ने पुलिस में शिकायत दर्ज करने का निर्णय लिया।

सागर बनसोडे ने शिकायती अर्ज़ी के साथ प्रेग्नेंसी रिपोर्ट, सोनोग्राफ़ी रिपोर्ट, अपने घर में उसके खींचे गये फ़ोटो, उसकी चिट्ठियाँ आदि सब जोड़ा। 'देवयानी ग़ायब है, उसको तलाश किया जाये' की अर्ज़ी जेल रोड पुलिस चौकी में दी। पी.आई. सरदेशमुख ने अर्ज़ी ली। कल्याणराव बनसोडे को पुलिस चौकी में देखकर वह डर गया था। उसे याद आया कि उसने सागर की पिटाई की थी। कल्याणराव बनसोडे इस बारे में कुछ भी नहीं बोला था।

पी.आई. सरदेशमुख ने उनके लिए चाय का ऑर्डर दिया। उनकी अपनत्व से पूछताछ की। सागर को परीक्षा में उत्तीर्ण होने की बधाई दी। देवयानी के दोस्तों के फ़ोन नम्बर लिए। सागर ने एफ़.आई.आर. दर्ज करने पर बल दिया लेकिन 'यह नाज़ुक मामला है। हम पूछताछ करेंगे। थोड़ा समय दीजिए' की विनती कर सरदेशमुख बोलने लगा, 'शिरगुपे बड़ा आदमी है। वह नहीं चाहता तो बात छोड़ दीजिए। आपके लड़के को कई अच्छी लड़कियाँ मिल सकती हैं। बात बढ़ाने से क्या फ़ायदा? शहर में तनाव है। आप चाहते हैं तो शिकायत दर्ज करा लेते हैं। मैं आपकी सौ टका मदद करूँगा। पर क्या है। लड़की का मामला है।' चाय पीते-पीते सरदेशमुख अनौपचारिक रूप से समझा रहा था। कल्याणराव बनसोडे ने अपनी मिलिटरी आवाज़ में कहा, 'शादी हो या न हो हमें देवयानी को तलाशना है। हम मामले की जड़ तक जायेंगे। हम चुप बैठने वालों में से नहीं हैं। इससे ज़्यादा मैं आपसे क्या कहूँगा?' सरदेशमुख डर गया। 'जी-जी' कहता रहा। 'मैं पता लगाते ही आपको ख़बर करूँगा। अपना फ़ोन नम्बर दीजिए। मैं तुरन्त काम में लग जाता हूँ कहते हुए उन्हें छोड़ने पुलिस चौकी के बाहर तक आया। 'हमें अपने तरीक़े से काम करने दीजिए' कहने के लिए वह न चूका।

❑❑❑

बनसोडे पिता-पुत्र घर पहुँचे भी न थे कि उनके यहाँ पुलिस आयी थी सागर बनसोडे को पकड़ने के लिए। शिरगुपे ने पुलिस में शिकायत दर्ज की थी, 'देवयानी ने मुझे सब बताया था। हम भी जात-पाँत नहीं मानते। मैंने नकारा न था बल्कि दोनों से कहा था कि शिक्षा पूरी होने तक रुक जाओ। उन्हें न तो मिलने से मना किया था न बात करने से। सागर बनसोडे ने उसके साथ धोखा किया होगा और उल्टी शिकायत की है। इसकी छानबीन की जाये।' एडवोकेट गोपाल पुरोहित और शिरगुपे का पी. ए. बोंगीरवार शिकायती अर्ज़ देने आये थे।

शिरगुपे समर्थकों ने शहर में ऊधम मचाया। 'दलित युवा ऊँची जाति की लड़कियों को फँसाने हेतु प्यार का नाटक रचते हैं। वे सांस्कृतिक प्रतिशोध लेते हैं। ऊँची जातिवाली लड़कियाँ इसमें न फँसें।' ऐसी प्रतिक्रिया हिन्दुत्ववादी संगठनों के नेताओं ने दी थी।

आपटे कोचिंग क्लास के विद्यार्थियों ने सिटी बस पर पत्थर फेंके थे। बसें जलाई थीं। पुलिस आयी थी। सगुणा देसाई के कान पर पत्थर लगा था। वह चीख़ी थी, और कोमा में चली गयी। सुनीता मौसी उसके साथ थी। वे दोनों सिटी बस से सरकारी दवाख़ाने में गयी थीं। लोगों ने सगुणा को एम्बुलेंस से अस्पताल पहुँचाया। सुनीता मौसी ने बापू को, वैशाली बनसोडे को फ़ोन पर दुर्घटना की ख़बर दी थी।

ज़िलाधिकारी ने सजगता बरतते हुए एक सौ चवालिस धारा लागू की थी। सागर बनसोडे को क़ैद कर लेने पर सवर्णों ने हंगामा किया था और दलित मुहल्लों में तनाव फैला था।

❑❑❑

सुबह की धूप खिली थी। सीता महारीन गाँव की सफ़ाई कर महार बस्ती जाने के लिए निकली ही थी कि सहसा धड़ाम से आवाज़ आयी। धूल के गुब्बारे हवा में उठने लगे। लोग घर-घर से बाहर निकलकर देखने लगे। किसी की समझ में नहीं आ रहा था कि क्या हुआ है! लोग आवाज़ की दिशा में दौड़ने लगे। वाकडे हवेली की उत्तर की ओर की दीवार ढह गयी थी। अब वहाँ भीड़ इकट्ठा होने लगी।

शिवानन्द ने फ़ोन कर गुरुनाथ वाकडे को ख़बर पहुँचायी। सारा गाँव, स्कूल जाते हुए बच्चे गिरी हुई दीवार को देखने हेतु जमा हो गये थे। जीवित

हानि नहीं हुई थी। दीवार गिरने से सारा मलबा रास्ते पर आया था। रास्ता बन्द हो गया था। अब वहाँ कोई नहीं रहता था तो किसी की जान को नुक़सान न हुआ।

गुरुनाथ वाकडे ने भुदरगड में फ़्लैट ख़रीदा था। वह माँ के साथ वहीं रहता था। वाकडे हवेली में भारी-सा ताला पड़ गया था। शिवानन्द देखभाल करता था। गुरु हफ़्ते में एक-दो बार पळसदेव गाँव आता था और मंगल विविध कार्यकारी सोसायटी के कार्यालय में बैठकर ही कामकाज देखता था। वह ग्राम पंचायत के कार्यालय में कभी-कभार ही जाया करता था। गुरु के आते ही ग्रामसेवक नरोटे उसे मिलने आता था। सोसायटी के ऑफ़िस में ही उनकी भेंट होती थी और गाँव का कारोबार भी वहीं से चलता था। दीवार गिरने पर गुरु फ़ौरन आयेगा ऐसा सभी को लग रहा था लेकिन वह नहीं आया। धीरे-धीरे भीड़ छँटने लगी। अब वहाँ सिर्फ़ शिवानन्द और श्रीरंग ही रहे। दीवार गिरने से अब वाकडे हवेली की दहशत ख़त्म होने वाली थी। वैसे भी जब तक रमेश वाकडे था तब तक ही इस हवेली का रोब था।

अब तो वाकडे हवेली से लोगों को डर भी नहीं लगता था। इससे गाँव में चोरियाँ होने लगी थीं। कल्लूबर्मे के घर चोरी हुई थी। शेटे के घर के पीछे से चोर मुआयना कर गये थे। गाँववालों को असुरक्षित लगने लगा था। चोरों का ख़ौफ़ बढ़ गयी थी।

वाकडे हवेली की गिरती दीवार को देखने आये लोग उलट-पुलट चर्चा करने लगे थे।

'गुरु भुदरगड में रहकर गाँव का कारोबार करेगा। शहर में रहकर गाँव का नेतृत्व? अब उसका देहात के लोगों से सम्पर्क क्या रहेगा?'

'शिरगुपे का लड़का भी कहाँ भुदरगड में रहता है? दिल्ली में रहकर चुनाव लड़ता है। उसने कभी भुदरगड की समस्याएँ पार्लियामेंट में रखी हैं?'

'उत्तर भुदरगड चुनाव क्षेत्र आरक्षित हुआ है। अब गुरुनाथ वाकडे दूसरा कोई चुनाव क्षेत्र ढूँढ़ रहा है। यहाँ से अब चमार हिलेगा नहीं।'

हवेली के पास अब शिवानन्द और श्रीरंग दोनों ही रहे। धर्म्या घर से निकला न था। हवेली अब खँडहर लगने लगी थी। दोनों बच्चों को नज़दीक आने से रोक रहे थे। 'गुरु के आने पर ही मलबे का क्या करना है सोचो! तब देखेंगे।' गाँव के बूढ़े सलाह दे रहे थे। सीता महारीन दीवार गिरने से काफ़ी डर गयी थी। सुबह वह यहाँ झाड़ू लगा रही थी।

धर्म्या का बायाँ हाथ फ्रैक्चर हुआ था। महारों ने उसे नंगा कर पीटा था। उसका शरीर इससे काला-नीला हुआ था। महारों की मार पड़ने से वह अपमानित महसूस कर रहा था। वह मुँह छिपाकर बैठा था। महारों ने पहली बार गाँव के किसी आदमी को पीटा था। लोग कहने लगे थे, 'रमेश वाकडे ज़िन्दा होता तो महार ऐसी हरकत कभी न करते।'

धर्म्या की बहन कस्तूरी महार कोंड्या के पोते से बीच रास्ते खड़ी होकर बात कर रही थी। अशोक कांबळे को बैंक में नौकरी मिली थी। वह एक तारीख़ को जाने वाला था। महार के पोते को नौकरी मिली इस पर गाँव में बहस होने लगी। 'अब हमारे लड़कों को पढ़कर क्या फ़ायदा? उन्हें घर पर बिठाओ। ख़र्चा बचाओ।' लोग कहे जा रहे थे। अशोक कांबळे गाँव में से गुज़र रहा था। कस्तूरी ने देखा तो उससे बात करने लगी।

'तुझे नौकरी मिली?'

'हाँ।'

'कितनी तनख़्वाह?'

'तनख़्वाह मिलने पर ही पता चलेगा।'

'किस गाँव में?'

'पुणे में।'

'मुझे पुणे देखना है।'

'आओ, दिखा दूँगा।'

कस्तूरी और अशोक कांबळे कॉलेज में साथ पढ़ते थे। किरण कांबळे ख़ून प्रकरण से इन लड़कियों का कॉलेज जाना बन्द किया गया था। इसके साथ पढ़ने वाली लड़कियों की शादी हो गयी थी। सिर्फ़ यह और सारंगी दोनों ही बिना शादी के थीं। धर्म्या का परिवार झगड़ालू था इसलिए धर्म्या की शादी नहीं हो पा रही थी। कस्तूरी के लिए विवाह के प्रस्ताव नहीं आ रहे थे। कस्तूरी को छेड़ा कहकर धर्म्या ने लक्ष्मण बेताल को पीटा था। वह बेचारा चुप बैठ गया था। अब वह अशोक कांबळे की पिटाई करने गया था। 'अशोक कांबळे ने कस्तूरी को पुणे बुलाया है' की चर्चा गाँव में थी। धर्म्या उसे खरी-खोटी सुनाने गया। अशोक कांबळे को लातों से मारने लगा। बीच में आये लोगों को भी उसने मारा। अम्बेडकर के बारे में भी उल्टा-सीधा बोला। महारों को गालियाँ दीं। अब महार बौखला गये। एक हुए। उन्होंने धर्म्या को पकड़-पकड़कर मारा। धर्म्या चीख़ा-चिल्लाया पर वे मारते गये। धर्म्या का हाथ फ्रैक्चर हुआ।

'धर्म्या को महारों ने मारा। अच्छा ही किया। वैसे भी उसकी दादागिरी बढ़ गयी थी।'

'महारों ने सबक सिखाया। अच्छा हुआ।'

'पर महारों की मस्ती बढ़ेगी। उसका क्या?'

गाँव में इसी की चर्चा रंग लायी थी।

धर्म्या ने यह बात गुरु को फ़ोन कर बताई थी, पर गुरु ने इसे नज़रअन्दाज़ किया था। श्रीरंग उसे लेकर दवाख़ाने गया था। प्लास्टर वाला हाथ गले में लटकाकर वह घर आया था। लोग हँसे थे। फ़ब्तियाँ कस रहे थे। कुछ लोग गुस्सा हो गये थे।

दोपहर के तीन बजे गुरु अपनी नयी कार से आया। उसके साथ माँ थी। गुरु ने हवेली का निरीक्षण किया। शिवानन्द को रुपयों का बण्डल देते हुए कुछ सूचनाएँ दीं। 'मलबा हटाओ। अन्दर कोई न जा पाये ऐसा कुछ लगा लो। कम्पाउण्ड कर लो।' श्रीरंग पीछे-पीछे जा रहा था। ग्राम सेवक नरोटे उससे मिलने आया था।

गुरु ने गाड़ी स्टार्ट की। माँ आगे बैठी। शिवानन्द, ग्रामसेवक नरोटे, श्रीरंग पीछे बैठे। गाड़ी सहकारी सोसायटी के ऑफ़िस गयी।

गुरु और ग्रामसेवक नरोटे कार्यालय में बातें करने लगे। मंगला वाकडे पेपर पढ़ने बैठी। शिवानन्द, श्रीरंग दरवाज़े में बैठ गये। गुरु नरोटे से कह रहा था, 'दलित बस्ती के लिए मिला हुआ बीस प्रतिशत अनुदान गाँव के लिए लगाओ। महार बस्ती, मातंग बस्ती में क्या रास्ते बनायेंगे? वहाँ गटर, रास्तों की कोई ज़रूरत नहीं। वह पैसा गाँव के कामों में लगा दो!' नरोटे 'हाँ जी' करता रहा!

□□□

सुबह-शाम काले का कुत्ता भौंकता रहता था। न रुकते हुए भौंकता रहता। उस गली का नाम ही हुआ था 'कुत्ता भौंकने वाली गली'। वह हमेशा गुर्राता रहता। लोगों को उसके भौंकने की इतनी आदत हो गयी थी कि उसके न भौंकने से लोगों को लगता कि कुछ ग़लत हुआ है।

काले के आँगन में कुत्ता बँधा रहता। उसके पास खाना-पानी रखा जाता। कुत्ता जब सोता था तो गली शान्त हो जाती थी। काले की बीवी आँगन बुहार रही थी। कुत्ता भौंकने लगा। 'मोती चुप' कहते हुए वह प्यार से उसे चुप करा

रही थी और कुत्ता था कि भौंके जा रहा था। काले की बीवी ने परेशान होकर कुत्ते को लाठी से मारा। कुत्ता गुर्राने लगा। भौंकने लगा। सीता महारीन वहाँ रास्ता बुहार रही थी। उसे भी कुत्ते के भौंकने की आदत हो गयी थी। कुत्ता काले बाघ-सा ख़तरनाक था। भौंके जा रहा था। काले की बीवी ने कुत्ते को गाली दी, 'महार खा गया तेरा मटन!' सीता महारीन ने गाली सुनी। उसे गुस्सा आया। रास्ता झाड़ना रोककर वह काले की बीवी के पास गयी और बोली, 'हम हज़ारों सालों से मटन खा रहे हैं अब तुम कुत्ते का मटन खाके देखो कैसा लगता है!' वह गुस्से में हाथ नचा-नचाकर बोल रही थी और उसने रास्ता झाड़ना वैसा ही छोड़ दिया, निकल गयी वहाँ से। काले के आँगन के सामने कचरे का ढेर जमा हो गया।

काले की बीवी एक बार कचरे को और एक बार कुत्ते को देखती रह गयी। वह गुस्सा हुई थी और कुत्ता भौंक रहा था। सीता महारीन ने कुत्ता भौंकने वाली गली के रास्तों की आज सफ़ाई ही नहीं की थी।

❒❒❒

डॉक्टर ने सगुणा देसाई को मृत घोषित कर दिया था। पोस्टमार्टम के लिए उसकी डेड बॉडी शवागार में रखी गयी थी। सुनीता मौसी ने बनसोडे फैमिली को फ़ोन किया। तब वे सब पुलिस चौकी में थे। पी.आई. सरदेशमुख ने सागर बनसोडे को काला घोड़ा पुलिस चौकी भेजा था। जेल रोड पुलिस चौकी काला घोड़ा पुलिस चौकी के अधीन थी। वहाँ का पी.आई. अनिल सूर्यवंशी दलित था और सूबेदार कल्याणराव बनसोडे को जानता था। सागर को न्यायालयीन कस्टडी मिली थी। बापू रिश्तेदारों को फ़ोन कर रहा था। सगुणा के रिश्तेदार आये थे। उनकी कोई सुन नहीं रहा था। लाश कब मिलेगी इसके बारे में कोई उनसे कुछ बता नहीं रहा था। सुनीता मौसी रोये जा रही थी। बापू की मदद करने वाला कोई न था।

सूबेदार कल्याणराव बनसोडे और वैशाली बनसोडे पुलिस जीप से दवाख़ाना आये थे। पी.आई. अनिल सूर्यवंशी ने उन्हें जीप दी थी। सुनीता मौसी वैशाली बनसोडे के गले पड़ रोये जा रही थी। बापू की आँखें भर आयी थीं। सूबेदार बनसोडे पूछताछ के लिए दवाख़ाने में गये। बापू भी उनके साथ गया। दवाख़ाने में के दलित कर्मचारियों ने सूबेदार को पहचाना था और 'जय भीम' किया था।

कर्मचारियों ने सूबेदार को डॉक्टर का मोबाइल नम्बर दिया। बात हो गयी। 'लाश एक घण्टे में मिलेगी' कहा गया। बापू ने सगुणा की लाश देखी। वह फफककर रोने लगा।

वे बाहर आये। सूबेदार ने सभी से कहा। 'बॉडी एक घण्टे में मिलेगी। आप लोग घर जाकर तैयारी कीजिए। फिर वैकुण्ठधाम जायेंगे। यहाँ रुककर क्या होगा? हम हैं यहाँ। हम बॉडी लेकर आयेंगे।' सभी को यह बात जँच गयी। सूबेदार, बापू, उनके दो-चार रिश्तेदार, सगुणा के पिता, भाई वहाँ रुके। बाक़ी सब अपनी-अपनी गाड़ियों से, रिक्शा से हरिहर अपार्टमेंट गये। वैशाली बनसोडे, सगुणा की माँ, सुनीता मौसी एक रिक्शा में बैठ घर गयीं। बापू को सूबेदार बनसोडे का सहारा मिला था। वह सोचने लगा सागर बनसोडे जेल में न होता तो यहाँ होता। वह हमारे किये की सज़ा भुगत रहा है। उसे बुरा लगा।

एम्बुलेंस में से सगुणा की डेड बॉडी लायी गयी। बापू के घर में रखी गयी। लोग आकर देखकर जाने लगे। भीड़ बढ़ गयी थी। लोग लाश लिए जाने की राह देख रहे थे। कुछ लोग अगली तैयारी के लिए वैकुण्ठधाम गये थे। कॉलोनी के लड़कों ने अन्त्यविधि का सब सामान लाकर रखा था। सूबेदार बनसोडे अपार्टमेंट के गेट के पास खड़े थे। उन्हें अपनी जाति याद आयी थी। वे ख़ुद ही दूर खड़े हो गये थे। पोस्टमैन ने उन्हें एक लिफ़ाफ़ा दिया। उन्होंने लिफ़ाफ़ा खोलकर देखा। उनकी छुट्टी रद्द कर दी गयी थी। अब उन्हें सागर को जेल में अकेले छोड़कर ड्यूटी पर जाना था। वे ख़ुद पर खीझ गये थे।

सगुणा की लाश को नहलाया जा रहा था। पानी गर्म हुआ था। औरतें लोटा-लोटा पानी लाश पर डाले जा रही थीं। उसकी लाश को हरी साड़ी पहनायी गयी। हरी चूड़ियाँ, सिन्दूर और गोद भर दी गयी थी। सगुणा की माँ को रोना आया था।

अनुभवी लोगों ने अरथी की तैयारी की थी। अब लाश अरथी पर रखी गयी। हार पहनाये गये। सगुणा के पिता, भाई, बापू ने अरथी उठायी। सौ क़दम चलकर लाश एम्बुलेंस में रखी गयी। नज़दीकी रिश्तेदार लाश के साथ बैठे। बाक़ी अपनी-अपनी सवारियों से वैकुण्ठधाम पहुँचे।

वैकुण्ठधाम में एक चिता जल रही थी। सगुणा की चिता रची जाने लगी। जवान लड़के-लकड़ी देने का काम करने लगे। आधी चिता रची जाने पर लाश लाने के लिए कहा गया। लाश रखी गयी। लाश पर के हार निकाले गये। लाश पर लकड़ियाँ रची जाने लगीं। उपले, घी, नमक डाला जाने लगा। बापू

गीले बदन खड़ा था। लाश को पानी पिलाया गया। सगुणा की माँ को सहारा देकर लाया गया। उसने अन्तिम दर्शन किये। वह आक्रोश करने लगी। बापू ने लाश को हार पहनाया। कन्धे पर मटका लेकर पानी उँड़ेलते हुए उसने लाश की प्रदक्षिणा पूरी की। मटका पीछे फेंक दिया और अग्नि दी। अन्य लोगों ने चारों तरफ़ से अग्नि सुलगायी।

पुलिस जीप आयी। पुलिसवाले उतर गये। बापू डर गया। सागर बनसोडे आया था। उसने चिता के दर्शन किये।

चिता के सामने सागर खड़ा था। उसके सामने बापू खड़ा था। गले में हाथ बाँधे धर्म्या, श्रीरंग, गुरु खड़े थे। वे चारों गुरु की ओर चुपके से देखते थे। चिता पूरी जल उठी। लपटें ऊपर उठने लगीं।

❒❒❒

बापू का स्वास्थ्य दिन-ब-दिन बिगड़ता जा रहा था। उसे आभास होने लगे थे। पत्नी की मृत्यु ने उसे झकझोर दिया था। जाति भेद के पागलपन का वह शिकार हो गयी थी। उसका बच्चा भी जनमने से पहले मर गया था। उसकी लाश बापू के मन से हट नहीं रही थी। यह सब मेरे साथ ही क्यों? वह सोचने लगता। उसे देवयानी का पूछा प्रश्न सता रहा था। 'आप सागर के घर के सामने रहते हैं न?' देवयानी ने उसे अपना माना था। उसकी भयावह हत्या उसने देखी थी। गुरु बूट पहनकर उसके गर्भ पर नाचा था। उसका शरीर वेदना से कराह रहा था। देवयानी की लाश उसका पीछा कर रही थी। किरण कांबळे की लटकती लाश भी वह भूल नहीं पाया था। उसे अपनी ज़िन्दगी शवागार लगने लगी। तीनों लाशें उसे घेरे हुए। उसे घर में डर लगने लगा था। वह निराशा की गति में डूब रहा था। अँधेरे में जकड़ गया था। बापू बेचैनी से विचार करने लगा मेरे कारण बनसोडे फैमिली दुख भुगत रही है। सगुणा सागर को भाई मानती थी। उसने एक बार कहा भी था कि 'सागर हमारे बच्चे को अंग्रेज़ी सिखाने वाला है।' उसे पत्नी की याद सता रही थी। पत्नी की आत्मा को शान्ति मिले इसीलिए सागर की मदद करने का विचार उसके मन में प्रबल होता जा रहा था। उसे श्मशान में आया सागर याद आता था। उसे लगा अभी पुलिस स्टेशन जाकर कह दूँ कि सागर निर्दोष है। बापू को अपने क्रूर गुनाहों पर पछतावा होने लगा था। उसने ख़ून किये थे और हाथ में ख़ून भी

नहीं लगा था।...जो हुआ सो हुआ लेकिन अब सागर को बचाना चाहिए...वह सोच रहा था। इतना पुण्य कर्म तो करना ही चाहिए। वह पाप की कल्पना से डर गया था। पता नहीं किस ताक़त से वह उठ गया। उसकी माँ ने उसे डाँटा था। 'कहाँ जा रहे हो? शराब पीकर आओगे...' वह कुछ बोला नहीं। उसके सिर में तूफ़ान मँडरा रहा था।

आज बनसोडे के फ़्लैट का दरवाज़ा बन्द था। वह सीढ़ियाँ उतरने लगा। लाश के साथ चलने जैसा चल रहा था। पुलिस स्टेशन जाकर वह गुनाह क़बूल करने वाला था। इस क़दर घुट-घुट, छुप-छुपकर जीने से गुनाह क़बूल करना उसे आसान लग रहा था। पुलिस का डर, सज़ा का डर इससे भी अधिक उसे घुटन परेशान कर रही थी। निरपराध को मिलने वाली सज़ा उस पर बोझ बन गयी थी। वह तय कर पुलिस स्टेशन निकला था। पुलिस स्टेशन के पास पहुँचा भी। पुलिस की गाड़ियाँ, यूनिफॉर्म की पुलिस, उनकी लाठियाँ, बन्दूकें देखकर डर गया। अब वह सोचने लगा जेल में क़ैद। न मन मुताबिक़ घूम सकते न बाहर जा सकते। जेल जाना नीचता का काम है। जेल ख़त्म कर दिये जाने चाहिए। जेल से जितनी दूर जा सकता है जाना चाहिए। और वहाँ से वह सीधा चला गया कॉर्पोरेशन बगीचे की ओर। उसे माँ तीव्रता से याद आयी। मेरे जेल जाने पर माँ को कौन सँभालेगा? पुलिस सच जानने के लिए थर्ड डिग्री लगायेंगी। वह बर्दाश्त होगा क्या? गुनाह क़बूल करने पर गुरु, धर्म्या, श्रीरंग, शिरगुपे क़ैद होंगे। उनसे विश्वासघात क्यों करूँ? इससे तो ठीक रहेगा सागर अकेला जेल जाये। गुनाह क़बूल करने पर पुलिस शिरगुपे को फ़ोन कर बतायेगी? पुलिस सत्ताधारियों की दासी है। वे मुझे ही तंग करेंगे। पुलिस मेरा जीवन बर्बाद करेगी। बार क्या रणदिवे जैसी मेरी हत्या कर दी जायेगी। बापू डर गया।

बापू कॉर्पोरेशन बगीचे में घूमते-घूमते फव्वारे के पास गया। फव्वारे से उड़ता पानी देखकर सोचने लगा जेल में ऐसे फव्वारे थोड़े ही देखने को मिलेंगे? गुलमोहर के पेड़ तले जा बैठा। वहाँ दो प्रेमी बैठे थे। उसने चोर नज़र से उन्हें देखा। सोचने लगा। गुनाह छुपाने की ताक़त हो तभी गुनाह करना चाहिए। इसके लिए चाहे जो क़ीमत देनी पड़े। एक गुनाह करने पर दूसरा गुनाह करने का साहस दिखाना चाहिए। गुनाह करना व्यवस्था का अंग है। बापू अपने गुनाह का दर्शन गढ़ रहा था।

बापू ने कॉर्पोरेशन बगीचे में भेल खायी। सिगरेट फूँकी। इसके पहले उसने कभी सिगरेट नहीं पी थी। अभी वह आराम से सिगरेट पी रहा था। फिर वह

रेलवे स्टेशन की ओर चल पड़ा। रास्ते में उसे ताटे मिला। बापू उसे टाल रहा था पर ताटे ने उसे रोका। कहने लगा, 'तू कितना दुबला हुआ है? अख़बार में तेरी बीवी के बारे में पढ़ा था। दुख हुआ। चल चाय पी ले।' ताटे ने उसे चाय पिलायी। जाते समय कहा, 'अरे मेरी पहचान की एक लड़की है। तेरी जातिवाली विधवा है। उसका पति दुर्घटना में मर गया। उसके कोई औलाद नहीं है। गोरी है। सुन्दर है। तू हाँ कहेगा तो पूछूँगा उसे। शादी कर ले।' बापू ने न नहीं कहा। बल्कि यह कहा, 'कुछ दिन जाने दो। माँ से बात करूँगा। फिर लड़की देखेंगे। बात करके रखो। हाथ से न जाने पाये। अच्छी लड़कियाँ कहाँ मिलती हैं?'

ताटे के कारण बापू में बदलाव आया। उसके लिए एक राह खुल गयी थी। सगुणा के दुख का अँधेरा हिल गया था। वह घर वापस लौटने लगा। महात्मा गाँधी जी के पुतले का चक्कर काटकर कॉर्पोरेशन की ओर निकला। रास्ते में 'ओरिजिनल वाइन शॉप' दिखी। दुकान में भीड़ थी। उसे शराब पीने की प्यास लगी। वह वैसे ही आगे बढ़ा। वह दूसरी शादी की सोचने लगा। अच्छा हुआ मैं घर से घूमने निकला। वरना ताटे कहाँ मिलता? घर में बैठना यानी सड़ना! घर के बाहर हर रास्ते पर पाँवडा होती है। वह सोचता रहा। अच्छा हुआ मैं पुलिस स्टेशन नहीं गया। क़ानून आदमी की प्रकृति को मार देता है। सोचते-सोचते वह हरिहर अपार्टमेंट की दिशा में मुड़ा।

बापू अशोक चौक से हमेशा की तरह निकला। 'सम्राट वाइन शॉप' से उसने देशी शराब ख़रीदी। वहीं खड़े रहकर शराब पी। अब उसमें उत्साह जागा। उसका भेजा काम करने लगा। उसके दिमाग़ में विस्फोट होने लगे। कल्याणराव बनसोडे सेना में भर्ती कैसे हुआ? महार को सेना में जाने का अधिकार किसने दिया? लड़ना क्षत्रिय का धर्म है। उसने धर्माज्ञा भंग की है। ऐसे गुनहगारों पर दया क्या करनी? सागर बनसोडे आई.ए.एस. कैसे हुआ? उसे शिक्षा ग्रहण करने का अधिकार किसने दिया? उसके मन में प्रकाश छाया। उसने और शराब पी। देवयानी महार के साथ शादी करने निकली थी। ऐसे विवाह को न समाज की मान्यता न धर्म की मान्यता। हमने उसे रोका। यानी धर्म रक्षण किया। मैं सच्चा हिन्दू हूँ। उसे खुद पर नाज़ हुआ। किरण कांबळे को पढ़ने का अधिकार न था। महारों का पढ़ना-लिखना हमारी महान संस्कृति पर आक्रमण है। महारों पर अन्याय करने की अनुमति धर्म ने हमें दी है। मैं इस परम्परा का आदर करता हूँ। उसने शराब की आख़िरी बूँद पी और वह युद्ध पर निकले सैनिक

की तरह घर चल पड़ा। आज उसने कुछ ज़्यादा ही पी ली थी। वह हवा में उड़ रहा था। ऊटपटाँग हरकतें करता चल रहा था। लोग उसे देखकर अजीब से मुस्कुराते थे। उसे अपने अपराध का समर्थन मिला था। निर्दोष होने का भाव उसमें जागा था। इसीलिए वह 'नैतिकता' के बल को महसूस कर रहा था और जोश में चिल्ला रहा था।

हरिहर अपार्टमेंट के गेट से वह भीतर आया। गेट में शैला बर्वे खड़ी थी। 'कल से इस पर लाइन मारने की। अच्छी दिख रही है। कभी इसे ध्यान से देखा ही नहीं।' उसने मुड़कर उसकी ओर देखा। सीढ़ियाँ चढ़ने लगा-लुढ़कते हुए। बनसोडे के फ़्लैट का दरवाज़ा खुला था। सूबेदार अख़बार पढ़ रहे थे। बापू ने अपने घर का दरवाज़ा खटखटाया। सुनीता मौसी ने दरवाज़ा खोला। उसे नशे में देखकर वह गुस्सा हुई। बापू दरवाज़े में खड़ा सूबेदार बनसोडे की ओर घृणा से देख रहा था और ज़ोर से चीख़ा, 'महारऽऽऽ।' बनसोडे उठे और उन्होंने दरवाज़ा बन्द कर लिया। बापू भीतर आया मस्ती में। सुनीता मौसी ने उसे जूते से मारा। वह बेशर्मी से हँसा। सुनीता मौसी ने दरवाज़ा बन्द किया। बापू उसे कुछ अलग-सा दिख रहा था। उसे बुरा लगा था कि बापू ने सूबेदार को महार कहा था। बापू ओढ़ना ओढ़कर सो गया। वह उदास बैठ गयी। दरवाज़े पर दस्तक हुई। सुनीता मौसी ने दरवाज़ा खोला। दरवाज़े में पुलिस खड़ी थी।

'बापू देसाई कहाँ है?'—पी.एस.आई.।

'कॉट पर कौन सोया है?'—पुलिस हवलदार।

'क्यों? क्या किया इसने?'—सुनीता मौसी।

पुलिस वाले घर में घुसे। उन्होंने बापू को घसीटा और बाहर ले गये। सुनीता मौसी चिल्लायी। पुलिस वाले उसे पीटते हुए ले गये। सुनीता मौसी ने बनसोडे के घर की बेल बजायी। वैशाली बनसोडे ने दरवाज़ा खोला। वह आटा गूँध रही थी। वैसा ही हाथ लेकर आयी थी।

'क्यों क्या हुआ?'—

'बापू को पुलिस पकड़कर ले गयी है। आपने शिकायत की क्या?'

'हम क्यों शिकायत करेंगे? वह हमारे बेटे जैसा है। नीचे जाकर पूछिए। शायद पता चले।'

सुनीता मौसी रोते-रोते नीचे गयी। नीचे भीड़ जमा हुई थी। लोग चर्चा कर रहे थे। सुनीता मौसी को देखकर चुप हो गये।

'क्यों हमारे लड़के ने किसी से झगड़ा किया क्या? किसने शिकायत की?'

'हमें नहीं पता।' भीड़ में से एक ने कहा।

'पुलिस कैसे आयी?'—सुनीता मौसी।

'पुलिस जीप आयी थी। उन्होंने हमसे पता पूछा। हमने दिया। पुलिस को वॉकी-टॉकी से सूचनाएँ मिल रही थीं। वे हेडक्वार्टर के सम्पर्क में थे। पी.एस.आई. की रिवॉल्वर तनी थी। 'भीड़ मत करो' कह रहे थे। आपके बेटे को घसीटकर लाये। वह ठीक से चल नहीं सकता था। उन्होंने डण्डे से उसे मारा। दो-तीन पुलिसवालों ने पकड़कर उसे जीप में डाला। पुलिस ने हम पर भी लाठी तानी थी। वे बड़ी सजगता से काम कर रहे थे। कुछ गम्भीर मामला जान पड़ता है।'—लोग बोल रहे थे।

'वह शराब पीकर आया था। बनसोडे को जातिवाचक बोला। मैंने उसे पीटा भी। वह खाना न खाते हुए सो गया। मैंने भी खाना नहीं खाया। पुलिस आयी और उसे ले गयी।'—सुनीता मौसी।

'बनसोडे ने ही फ़ोन किया होगा। तभी तो पुलिस फ़ौरन आयी। हमने फ़ोन किया होता तो कुत्ता तक नहीं आता।'—कौतिकराव पवार।

'यह बनसोडे का ही काम है। महार को महार कहने पर ग़ुस्सा आता है। कास्ट सर्टिफ़िकेट दिखाकर सहूलियतें लेते समय शर्म नहीं आती।'—दीनानाथ बर्वे।

'हमारी कॉलोनी में कोई महार को किराये पर घर नहीं देता। बनसोडे ने फ़्लैट ही ख़रीदा। बनसोडे का फ़्लैट यानी महार बस्ती ही है।'—कौतिकराव पवार।

'ये लोग शिकायतें करते रहते हैं।'—भीड़ में से कोई बोला।

'मैं अकेली हूँ। आप में से कोई आयेगा क्या मेरे साथ?'—सुनीता मौसी।

'चलिए'—कौतिक राव पवार।

कौतिकर.व पवार और दीनानाथ बर्वे सुनीता मौसी के साथ चलने को तैयार हुए। पवार ने कार स्टार्ट की।

❑❑❑

लक्ष्मण बेताल पोस्ट ऑफ़िस गया था। कई दिनों से सोच रहा था पर जा नहीं पाया था। आज सोचकर आया था। पोस्ट ऑफ़िस में भीड़ नहीं थी। कल्लूबर्मे अख़बार पढ़ने बैठा था। लक्ष्मण बेताल सीधा भीतर आया और कल्लूबर्मे के सामने बैठ गया। उसे सूझ नहीं रहा था कैसे बात छेड़े। डरते-डरते उसने पूछा, 'एक बात करनी है।'

'बोलो।'

'यहीं पर?'

'तो क्या हुआ? बोल।'

'चलेगा?'

'अरे बोल। चलेगा।'

'अशोक कांबळे को नौकरी का कॉल आया है?'

'शायद। स्टेट बैंक ऑफ़ इंडिया का रजिस्टर पैकेट था। हम पत्र फाड़कर थोड़े ही देखते हैं? क्यों?'

'यूँ ही! सहज ही!'

'फिर अशोक कांबळे से ही पूछना।'

'महारों के पत्र हमें उन्हें देने नहीं चाहिए। उन्हें नौकरियाँ मिलने पर हमारे लड़कों पर लोग हँसते हैं। घर में लोग उन्हें ताने देते हैं। महारों के नौकरी के कॉल उन तक पहुँचने ही नहीं चाहिए।'

'ऐसे कैसे किया जा सकता है?'

'मेरी विनती है।'

'ऐसा नहीं हो सकता। मैं ऐसा करूँगा नहीं।'

कल्लूबर्मे सख़्त आवाज़ में बोला। रोज़ किनगाँव रोड पर घूमने आने वाला कल्लूबर्मे, हँसी-मज़ाक़ करने वाला कल्लूबर्मे पोस्ट ऑफ़िस में सख़्त और कर्तव्यनिष्ठ बर्ताव कर रहा था। कल्लूबर्मे ने कहा, 'आये हो तो चाय पीकर जाओ।' उसने चाय का ऑर्डर दिया। लक्ष्मण बेताल का चेहरा उतर गया था। सवर्ण आदमी दलित विरोधी हो ही ऐसा ज़रूरी नहीं। उसे हादसा लगा था।

'और एक बात कहूँ?'

'कहो।'

'महारों के मनीऑर्डर ग़ायब करने चाहिए। उनको थोड़ी पता चलेगा?'

'मुझे लगा तुम नेक इरादे से मिलने आये हो।'

'सहज सूझा सो बोल दिया।'

'फिर ऐसे मत कहो और मुझसे मिलने मत आओ।'

'मज़ाक़ किया।'

'सॉरी। मेरे लिए यह मज़ाक़ नहीं है। मैं ऐसा कुछ बर्दाश्त नहीं करूँगा। निकल जाओ यहाँ से।' कल्लूबर्मे ने सख़्त आवाज़ में उसे सुनाया था। लक्ष्मण

बेताल गर्दन झुकाये उठा। वह अपमानित हुआ था। उसे लगा कल्लूबर्मे से यह बात कहकर उसने ग़लती की है। उसका अन्दाज़ ग़लत निकला। अब वह तनाव में आ गया। यदि यह बात अशोक कांबळे को पता चलेगी तो धर्म्या की तरह इसकी भी पिटाई होगी। इसी विचार से वह डर गया और तरकीब सोचने लगा। उसे लगा अशोक कांबळे से मिलकर उसे बधाई देनी चाहिए ताकि वह मेरे बारे में ग़लत नहीं सोचेगा। ग़लती सुधारने हेतु वह महार बस्ती निकला।

लक्ष्मण बेताल महार बस्ती आया। अशोक कांबळे की पूछताछ करने लगा। अशोक कांबळे कपड़े धोने नदी गया था। बेताल उससे मिलने नदी के रास्ते गया। धर्म्या ने अशोक कांबळे और लक्ष्मण बेताल दोनों को मारा था। लक्ष्मण बेताल ने अशोक कांबळे को देखते ही कहा, 'तुम्हें बधाई देने आया हूँ ख़ास। कब से ढूँढ़ रहा था, तुम्हें। पता चला है कि तुम्हें नौकरी मिली। बधाई हो।'

'थैंक्यू-थैंक्यू!'—अशोक कांबळे।

'तुम लोगों ने धर्म्या को अच्छा सबक सिखाया। उसने मुझे भी बेवजह मारा था।'

'उसने बाबासाहब के बारे में ग़लत कहा था तो हमारे लोग गुस्सा हुए थे।'

'उसे मत छोड़ना। अच्छा सबक सिखाओ उसे। उस पर ऑट्रोसिटी दाख़िल करो। ताकि वह कभी किसी को न छेड़े।'

'जो हुआ सो हुआ। मैं भूल भी गया बात को।'

'वह अपनी बहन को क़ाबू में रखें।'

'मुझे उस बारे में कुछ नहीं कहना! प्लीज़!'

लक्ष्मण बेताल ने फिर मुँह की खायी। उसे लगा था अशोक कांबळे धर्म्या के ख़िलाफ़ बहुत कुछ कहेगा। लेकिन ऐसा कुछ हुआ न था। बेताल वहाँ से खिसक गया और नदी किनारे से होते हुए गाँव में पहुँचा। उसे लगा कि एक ग़लती ढँकने के लिए उसने दूसरी ग़लती की है। अब यह बात धर्म्या को पता चलेगी तो वह फिर से झगड़े पर उतारू हो सकता है। अफ़सोस करते हुए वह घर जाने लगा। वाकडे हवेली के खँडहर में सूअर लेटे थे। हवेली सुनसान थी।

❑❑❑

चाँद उगा नहीं था। सितारे टिमटिमा रहे थे। झींगुरों की आवाज़ों से अँधेरा हिल रहा था। किनगाँव रोड सुनसान था। सारंगी की हँसी गूँज रही थी। दूर-दूर तक कोई न था। गण्या और रव्या पहरा दे रहे थे। संगम पुल के पास

टू-व्हीलर खड़ा किया था। उस पर रघु के कपड़े और सारंगी की निकर बिखरी पड़ी थी। रघु के साथ सारंगी मदहोशी में झूम रही थी। सम्भोग की आवाज़ और सारंगी के शरीर की महक। अँधेरा भी रूमानी हो गया था। गण्या के मन में उथल-पुथल थी। रघु के बाद रव्या और बाद में गण्या का नम्बर था। रव्या बोल रहा था, 'जल्दी कर' और रघु मदहोशी में बोल रहा था 'रुक थोड़ा, हो रहा है!' गण्या की ख़ामोशी दिमाग़ से टकरा रही थी। उसके लिए यह पहला ही अनुभव होने वाला था इसीलिए वह व्याकुल हो रहा था। उसका बदन तप रहा था। वह रघु-सारंगी की जुगलबन्दी देख रहा था। अँधेरे के कारण कुछ ठीक से दिख नहीं रहा था, लेकिन उसे उनके शरीर के स्पर्श की आग महसूस हो रही थी। उसकी देह कल्पना से ही मृगजल बनी थी।

रघु उठा। सारंगी वहीं बैठी रही। वह रव्या की राह देख रही थी। रघु ने कपड़े पहने और रव्या ने अपने कपड़े उतारे। वह सारंगी के पास गया। गण्या के पास आकर रघु बैठा। वह पसीना-पसीना हो गया था। मुँह पोंछते हुए बोला, 'मुझे नहीं आ रहा था तो उसी ने पकड़कर डाल लिया।' गण्या को इस बात से सुखद आश्चर्य हुआ। रास्ते पर पेड़ों की काली परछाइयाँ थीं और उनमें से आकाश के टुकड़े झाँक रहे थे। चाँद उगा था। उसके ऊपर उठी दो टाँगें दिख रही थीं। रव्या उन टाँगों में खो गया था। उसके पैर की पायल चमक रही थी। गण्या सपने देखने लगा।

रव्या उठा, गण्या उठा और सारंगी भी उठी। रव्या ने कपड़े पहने। सारंगी ने निकर पहनी। गण्या उसके पास गया। उसका हाथ पकड़ा। उसने हाथ झटक दिया। गण्या ने फिर हाथ पकड़ा। उसने ग़ुस्से में कहा, 'हाथ छोड़। मुझे महार के साथ सोना नहीं है।' ज़ोर से उसने रघु से कहा, 'चलो रे। मुझे देर हो रही है। घर में राह देख रहे होंगे।'

रघु ने मोटरसाइकिल स्टार्ट की। सारंगी उसके पीछे बैठी, और उसके पीछे रव्या बैठा। 'तू इधर ही रुक। हम इसे छोड़कर आते हैं।' कहते हुए रघु ने गाड़ी दौड़ायी। गण्या ख़ुद को कोसने लगा। निराश और अपमानित हुआ था। तेज़ जाती मोटरसाइकिल की ओर देखता रहा। और सोचता रहा—उसे छोड़ना नहीं चाहिए था। ऐसा मौक़ा कब आने वाला था। वह मन-ही-मन सटपटा रहा था। ग़ुस्सा हुआ था। सारंगी की टाँगें उसकी नज़र के सामने से हटती नहीं थीं। उसे अपनी जाति से लज्जा आयी।

❑❑❑

पुलिस की पत्रकार परिषद् चल रही थी। चार युवकों के चेहरों पर कपड़े की थैलियाँ डाली गयी थीं। उन्हें कैमरे के सामने खड़ा किया था। पुलिस अधिकारी मीडिया को बता रहे थे। गुरुनाथ वाकडे, धर्म्या भोसले, श्रीरंग व्यवहारे और बापू देसाई को पकड़ा गया था। वे बारीक़ी से जानकारी दे रहे थे और मीडिया के प्रतिनिधियों ने काफ़ी भीड़ की हुई थी। 'इन चारों ने न केवल देवयानी शिरगुपे का ख़ून किया है बल्कि और भी गुनाह किये होंगे। अतः इनकी गहराई में छानबीन की जा रही है।' ब्रेकिंग न्यूज़ आ रहा था। वैशाली बनसोडे अपने आपको रोने से रोक नहीं सकी। उसने मोबाइल पर अपने पति को यह ख़बर दी।

पुलिस अफ़सर पत्रकारों को जानकारी दे रहे थे। 'इस छानबीन में सागर बनसोडे से मदद ली गयी है। देवयानी ने पन्द्रह तारीख़ को सुबह ग्यारह बजकर चार मिनट पर सागर बनसोडे से फ़ोन पर बात की थी। इसी फ़ोन के कारण जाँच की दिशा तय हो सकी। पुलिस ने वह रिकॉर्डेड फ़ोन मीडिया के सामने बजाकर दिखाया। बापू देसाई मुजरिम सागर बनसोडे के घर के सामने ही रहता है। उसकी माँ ने सागर बनसोडे की माँ से कहा था कि बापू देसाई को पन्द्रह तारीख़ को फार्म हाउस जाना है। इसी से पुलिस ने बापू देसाई के पन्द्रह तारीख़ की कॉल लिस्ट को देखा। उसे गुरुनाथ वाकडे ने दो बार फ़ोन किया था। ग्यारह पैंतीस और बारह तेईस पर। गुरुनाथ वाकडे का उसी दिन विधायक शिरगुपे को फ़ोन गया था। आठ बजकर चालीस मिनट पर उसने नौ मिनट बात की थी और नौ बजकर तैंतीस मिनट पर तेरह मिनट दोनों में बातचीत हुई थी। उसी दिन गुरुनाथ वाकडे ने धर्म्या भोसले, श्रीरंग व्यवहारे को फ़ोन किया था। धर्म्या भोसले के साथ तीन बार, श्रीरंग व्यवहारे के साथ पाँच बार उसकी बातचीत हुई है। ये सारे फ़ोन कॉल्स दोपहर के बारह बजने के पहले के हैं और देवयानी का फ़ोन सुबह साढ़े ग्यारह बजे से बन्द हुआ था। देवयानी का ख़ून दोपहर बारह से तीन बजे के बीच हुआ है। दोपहर तीन बजकर सत्रह मिनट पर सिर्फ़ तीन सेकण्ड शिरगुपे साहब ने गुरुनाथ वाकडे के साथ बात की है। ऊपर-ऊपर देखने पर देवयानी शिरगुपे का ख़ून ऑनर किलिंग लगता है लेकिन सूत्र कुछ और है। पुलिस ने बापू देसाई को बेनाम फ़ोन कर पूछा था, 'पन्द्रह तारीख़ को तुमने विधायक के फार्म हाउस पर क्या किया था?' प्रश्न पूछकर फ़ोन कट कर दिया गया था। उसके फ़ोन के स्क्रीन पर पुलिस का नम्बर नहीं गया। उसने तुरन्त गुरुनाथ वाकडे को फ़ोन कर इस सम्बन्ध में जानकारी दी। इसके बाद गुरुनाथ वाकडे, धर्म्या भोसले, श्रीरंग

व्यवहारे, बापू देसाई में जो-जो बातें हुईं वे सब रिकॉर्डेड रूप में पुलिस के पास हैं। इसी के आधार पर इन्हें क़ब्जे में लिया गया है। उनकी आवाज़ के नमूने जाँच हेतु भेज दिये गये हैं। कल इन चारों को न्यायालय में खड़ा किया जायेगा। एक महीने की पुलिस कस्टडी माँगी जायेगी।

पुलिस अफ़सरों ने पत्रकार परिषद् समाप्ति की घोषणा की। प्रेस प्रतिनिधियों ने ज़ोर-ज़ोर से पूछा, 'विधायक शिरगुपे को कब क़ैद किया जायेगा?' पुलिस ने इस प्रश्न का उत्तर नहीं दिया।

न्यूज़ चैनल पर ब्रेकिंग न्यूज़ शुरू हो गयी।

विधायक शिरगुपे का प्रवक्ता एडवोकेट गोपाल पुरोहित मीडिया से कह रहा था, 'राजनीतिज्ञों पर ऐसे आरोप लगते रहते हैं। उन्हें अदालत में साबित भी करना होता है। हमारा न्याय व्यवस्था में विश्वास है। हम तो सुप्रीम कोर्ट तक जायेंगे। हम अपना निर्दोषत्व सिद्ध करके रहेंगे। इन आरोपों में कोई बल नहीं है। प्रकरण न्याय प्रविष्ट है।' कहकर वह चुप हो गया।

राज्य के गृहमन्त्री घाडगे ने खुले तौर पर नाराज़गी ज़ाहिर करते हुए कहा, 'पुलिस अफ़सरों ने पत्रकार परिषद् लेकर निष्कर्ष निकालने में जल्दबाज़ी की है।'

❑❑❑

रात का भोजन कर लोग सोने की तैयारी कर रहे थे और भैरवनाथ मन्दिर में नगाड़ा बजने लगा। लोग अपने-अपने घरों से निकलकर मन्दिर में आने लगे। किसी को पता न था कि क्या हुआ है। मोहन गुजर सबके सामने खड़ा होकर सम्बोधित कर रहा था–

'वाकडे और शिरगुपे दोनों के सम्बन्ध हम सब जानते हैं। वे दोनों जानी दोस्त हैं। विधायक शिरगुपे ने गाँव को सभा में बुलाकर गुरुनाथ वाकडे का नाम ग्राम पंचायत चुनाव के लिए घोषित किया था। क्या गुरुनाथ वाकडे शिरगुपे की लड़की का ख़ून कर सकता है? उसे ख़ूनी करार कर देने की यह साज़िश है। राजनीतिक षड्यन्त्र! शिरगुपे जी ने दलित मुख्यमन्त्री नहीं हो की बात साफ़-साफ़ कही थी और वैसे प्रयत्न भी किये थे। दलित मुख्यमन्त्री डोलारे, दलित पालकमन्त्री ईरवाडकर, दलित युवक सागर बनसोडे इन सबने मिलकर यह साज़िश की है। ज़िले के सवर्ण समाज के नेतृत्व को बदनाम कर ख़त्म करने का यह षड्यन्त्र है। किरण कांबळे ख़ून प्रकरण भी जान-बूझकर

उछाला जा रहा है। हम यह सब चुपचाप बैठे देखते रहने वाले हैं क्या? हमारे गाँव के सरपंच को झूठे इल्ज़ाम में क़ैद कर लिया गया है। यह हमारे गाँव का अपमान है। इसके पीछे हमारे गाँव के महार लोग भी हैं। हमें उन्हें सबक सिखाना चाहिए। चलो उनकी बस्ती में। गाँव की ताक़त उन्हें दिखा दो। उन्हें गाँव में रहने का कोई अधिकार नहीं है। उन्हें गाँव से खदेड़ दो। उनके झोंपड़े जला दो...उन पर हमला करो...' मोहन गुजर जोश में बोल रहा था और भीड़ उसे और बढ़ावा दे रही थी।

शेटे सर सामने आया और कहने लगा, 'तुम सब महार बस्ती ज़रूर जाओ। उनकी झोंपड़ियाँ जलाओ। उन पर हमला करो लेकिन मैं तुम सबको पहचानता हूँ। मैं पुलिस को तुम सबके नाम बताऊँगा। महारों को मारने के पहले मुझे मारो। मेरी इजाज़त है।'

'आप बीच में मत आना। वरना आपको भी देख लेंगे।' भीड़ कह रही थी। शेटे डगमगाया नहीं। शेटे के छात्र सामने आये। 'शेटे सर का कोई बाल भी बाँका नहीं कर सकता। वे हमारे टीचर हैं। उन्होंने हमें पढ़ा-लिखाकर क़ाबिल बनाया है।' छात्र कह रहे थे। भीड़ दो गुटों में बँट गयी थी। शेटे अधिकारवाणी में बोलने लगा, 'भैरवनाथ मन्दिर का इस्तेमाल हिंसा फैलाने के लिए मत कीजिए। हज़ारों वर्षों से दलितों ने अन्याय सहा है। प्रतिकार नहीं किया कभी। लेकिन अब समय बदल रहा है। अम्बेडकर जी के कारण उनमें जागृति हो रही है। अतः आप लोग भ्रम में मत रहिए। शस्त्र वे लोग भी उठा सकते हैं। हमें उनके साथ बन्धुभाव से रहना चाहिए। उनसे क्षमा माँगनी चाहिए। शत्रुता ख़त्म कीजिए। उससे किसी का भला नहीं होता। बल्कि समाज का नुक़सान ही होता है। शान्ति से घर जाइये। अदालत में फ़ैसला होगा। क़ानून हाथ में मत लीजिए।' शेटे सर की बात लोग मान गये और अपने-अपने घर चले गये।

मन्दिर के सामने बीस-पच्चीस लोग रुक गये थे। धर्म्या की बहन कस्तूरी सामने आयी। भीड़ को उद्देश्य कर बोली, 'सुनो रे सुनो। मैं महार बस्ती जा रही हूँ। महार कोंड्या के पोते अशोक कांबळे का हाथ हाथ में लेकर उसके घर में प्रवेश करने वाली हूँ।' और वह तेज़ चाल से चली गयी।

भीड़ दाँतों तले उँगली दबाकर उसकी ओर देखती रह गयी। भैरवनाथ मन्दिर का नगाड़ा गूँगा हो गया। गाँव की आँखों से नींद भाग गयी।

❑❑❑

सागर बनसोडे और उसकी माँ वैशाली बनसोडे देर तक बहस कर रहे थे। दोनों की राय एक नहीं हो रही थी। वैशाली बनसोडे तनावग्रस्त नासमझी में दिख रही थी। वह कह रही थी, 'हम अपने लोगों में रहने चलेंगे। पुराने घर में रहेंगे। यह फ़्लैट किराये पर देंगे। यहाँ मुझे अकेलापन, डर लगा रहता है। नींद तक नहीं आती। लगता रहता है कोई हम पर हमला करेगा।' और सागर बनसोडे माँ को समझा रहा था, 'हमारे देश में प्रगतिशील विचारों के लोग हैं। चिन्तक, दार्शनिक हैं। सभी जाति को लेकर क्रूर नहीं हैं। देवयानी सवर्ण थी न? हमें मनुष्यता में विश्वास होना चाहिए। हम उनकी बस्ती में रहते हैं। बात सही है लेकिन हम अपने घर में रहते हैं। डरने की क्या बात है? हम पर कोई भी प्रहार कर सकता है। कहीं भी! ज़रूरी नहीं कि यहीं पर हो। दुर्घटना कहीं भी हो सकती है। हमलावर हमें ढूँढ़ते हुए हमारी बस्ती में भी आ सकते हैं।'

'मैंने काफ़ी कोशिशें कीं। मैं ही हँसकर सभी से बात करती हूँ। हमेशा एक क़दम उनसे पीछे ही रहती हूँ। मैं बात न करूँ तो वे बात नहीं करते। मुझे घिन्न आने लगी है ऐसे जीने से। परसों हमने बाथरूम के टाइल्स बदले तो सभी चिल्लाने लगे कि उनके फ़्लैट में दरारें आयीं। इमारत को हानि पहुँची। वे कुछ भी करते हैं। सारा टेरेस, पार्किंग उन्हीं के क़ब्जे में। हमारी सीढ़ियों पर उनका सामान पड़ा रहता है। हम शिकायत नहीं कर सकते। पड़ोसी होने का धर्म सिर्फ़ हम ही निभाएँ? उनको पत्र लेकर रखें। सन्देश लेकर रखें। वे हमें नीचा दिखाने का एक भी मौक़ा नहीं छोड़ते। वे हमारा पानी बन्द करेंगे। गन्दा फेंकेंगे, हम बर्दाश्त करें? गणेशोत्सव का हफ़्ता-हफ़्ता ध्वनि प्रदूषण सहें और अम्बेडकर जयन्ती के एक दिन पटाखे छोड़े, तो उन्हें तकलीफ़ हो? वे अपने ही घेरे में रहने वाले लोग हैं। मेरी उनसे नहीं बन पायेगी। मैं अपनी बस्ती में रहूँगी। भले वहाँ यहाँ जैसी सुविधाएँ न हों।' वैशाली बनसोडे अपनी पीड़ा कहे जा रही थी।

'हमें यहीं पर पैर ज़माने होंगे। बर्दाश्त करना होगा। हम भाग नहीं सकते। हम जो सह रहे हैं उन्हीं में से नया समाज बनेगा। तुम निराश मत होओ माँ।'—सागर कहता गया।

दरवाज़े पर चार-पाँच हाथों की दस्तक हुई। वैशाली बनसोडे डर गयी। सागर ने दरवाज़ा खोला। दरवाज़े में दस वर्ष से कम आयु वाले आठ-दस बच्चे थे। वे तिल-गुड़ देने आये थे। उन्होंने इन दोनों को तिल-गुड़ दिया और 'मीठा बोला' कहकर परम्परा निभायी। उनकी मासूमियत देखकर वैशाली बनसोडे की

आँखें भर आयीं। वे बच्चे इसी इमारत में रहने वाले बच्चे थे। तिल-गुड़ देकर बच्चे चले जाने लगे। वैशाली उनकी ओर देखती रह गयी और सागर माँ के चेहरे पर उमड़ आया वात्सल्य देखते रह गया।

❑❑❑

काफ़ी दिनों बाद आज चबूतरे पर चर्चा छिड़ गयी थी। 'धर्म्या की बहन ने गाँव की नाक काट दी।' हर कोई बौखलाया था। 'धर्म्या की बहन कस्तूरी ने ग़लत ही किया. ..धर्म्या जेल गया है तो इसकी शादी नहीं हो सकती...इसीलिए...आख़िर उसें महार बस्ती जाना पड़ा।' लक्ष्मण बेताल उसाँस छोड़े बोल रहा था...'तू तैयार है क्या? ...तब हम उसे वापस लायेंगे...अभी उसकी शादी नहीं हुई है...सुना है कि कोर्ट मैरिज करने वाले हैं...उसके पहले उसे वहाँ से लेकर आते हैं।' सीताराम पाटील ने मुद्दे की बात छेड़ी। अब चर्चा ने रुख़ बदल दिया था। 'उसे समझाना चाहिए. ..उसे वहाँ से लेकर आना चाहिए'—सीताराम पाटील जोश में बोल रहा था।

'महारों के साथ चर्चा करेंगे...वे गाँव के विरोध में नहीं जायेंगे।'

'कोशिश करनी चाहिए'...

'अपनी औरत महार के साथ सोये? यह गाँव का अपमान है।'

'हमारी स्त्री जितनी सनातन रहेगी उतनी व्यवस्था मज़बूत रहेगी। हमारी स्त्री सिर्फ़ हमारे बच्चों की परवरिश नहीं करती बल्कि वह हमारी महान संस्कृति का निर्वाह करती है। संस्कार करती है। इसीलिए संस्कृति टिकी है। स्त्री ही जाति-व्यवस्था नकारेगी तो हिन्दू समाज नष्ट होगा। हिन्दू स्त्रियों को धर्म शिक्षा देनी चाहिए। जाति-व्यवस्था की महती समझानी चाहिए। कोई स्त्री आधुनिक विचार करती है तो उसे सबक सिखाना चाहिए। यह व्यवस्था ही योनि सूचिता पर टिकी है।' मोहन गुजर चिन्तक होने का नाटक कर रहा था।

'व्यभिचार और प्रेम सनातन व्यवस्था विरोधी हथियार हैं। इससे जाति-व्यवस्था ख़तरे में पड़ सकती है। इन पर पाबन्दी रखनी चाहिए।'

सभी वीरता प्रदर्शन करते हुए बहस कर रहे थे। उनमें जोश उफ़न पड़ा था। वे धर्म्या की बहन को छुड़ाना चाहते थे। यह उनकी इज़्ज़त का सवाल बन गया था।

'महार बस्ती जाना हो तो सीता महारीन के लड़के गण्या को साथ लेना होगा। गण्या रघु के साथ घूमता है। उसकी सुनेगा। वह साथ रहेगा तो बुजुर्ग

महारों से बात करने में आसानी होगी और धर्म्या की बहन का ठिकाना भी मिलेगा।' लक्ष्मण बेताल का आइडिया सबको पसन्द आया।

'करो रघु को फ़ोन। देखो कहाँ है।'—सीताराम पाटिल।

'रघु हमारी सुनेगा क्या?'—श्रीराम ह्नमुर्गे।

'लक्ष्मण का चचेरा भाई है। लक्ष्मण की सुनेगा।'—सीताराम पाटील।

'रघु मेरी सुनता है। मुझ पर छोड़िए।'—लक्ष्मण बेताल।

'कब चलें महार बस्ती?'—मोहन गुजर।

'आज ही। समय क्यों बर्बाद करें।'—सीताराम पाटील।

लक्ष्मण बेताल ने फ़ोन किया। बड़े प्यार से बोलने लगा, 'रघु कहाँ हो? काम है। आओगे क्या? आओ यहाँ चबूतरे पर...!' सभी आशा से उसकी ओर देख रहे थे। उसके चेहरे पर ख़ुशी की लहर दौड़ी थी।

'क्या हुआ?'—श्रीराम ह्नमुर्गे।

'आ रहा है पाँच मिनट में। यहीं लंगड़े मारुती के घर के पास है।'—लक्ष्मण बेताल।

'तय करो। हो जाने दो!'—मोहन गुजर।

'रघु का पॉलीटेकनिक में मैंने ही एडमिशन किया था। तब से मेरी बड़ी इ़ज़्ज़त करता है। होशियार है। रघु, रव्या, गण्या की दोस्ती कोई नहीं भंग कर सकता। गण्या महार है पर रघु उसे हमेशा साथ रखता है।' लक्ष्मण रघु का गुनगान कर रहा था। दोनों के घर एक ही गली में थे।

'धर्म्या की बहन आनी चाहिए।'—श्रीराम ह्नमुर्गे।

'आयेगी।'—सीताराम पाटील।

'तेरे मुँह में घी-शक्कर।'—लक्ष्मण बेताल।

'रघु की गाड़ी की आवाज़ है क्या?'—श्रीराम ह्नमुर्गे।

'रघु और रव्या दोनों आये हैं।'—मोहन गुजर।

'बातचीत करो। विस्तार से समझाओ।'—सीताराम पाटील।

'आने तो दो।'—लक्ष्मण बेताल।

रघु ने मोटरसाइकिल पार्क की। दोनों शान से उतरे। रव्या ने बाल ठीक किये। रघु जुल्फें उड़ाता आया। लक्ष्मण बेताल उसे ध्यान से देख रहा था। दोनों आकर चबूतरे पर बैठ गये।

'रघुनाथ बेताल और रवीन्द्र विचारे हमारे गाँव के दो इंजीनियर होंगे।'—श्रीराम ह्नमुर्गे।

'गणपति कांबळे भी है न! वह भी इंजीनियर होगा'—रघु।

'गण्या तुम्हारी सुनता है क्या?'—लक्ष्मण बेताल।

'जिगरबाज़ फ्रेंड है। मेरे लिए जान भी देगा।'—रघु।

'हमें महार बस्ती जाना है। धर्म्या की बहन को छुड़ाकर लाना है।'—लक्ष्मण बेताल।

'धर्म्या की बहन किस झोंपड़ी में है, गण्या बता देगा।'—रघु।

'हो सके तो महारों के नेता लोगों से बात करनी है।'—लक्ष्मण बेताल।

'हाँ, वह मिला देगा।'—रघु।

'वह पीता है क्या?'—लक्ष्मण बेताल।

'पीता है। हम पार्टी करते हैं।'—रघु।

'उसे पिलायेंगे।'—लक्ष्मण बेताल।

'पीने पर वह किसी की नहीं सुनेगा। गालियाँ देगा। झगड़ा करेगा।'—रघु।

'हम यही चाहते हैं और उसे पिलाएँगे।'—लक्ष्मण बेताल।

'वह हंगामा खड़ा कर देगा।'—रघु।

'करने दो। हमें यही चाहिए। महारों पर बरसने दो उसे।'—लक्ष्मण बेताल।

'मैं उसे लेकर आता हूँ। आगे का आप देखिये।'—रघु।

'वह ज़रूर मदद करेगा। धर्म्या की बहन का महार बस्ती में आना उसे भी अच्छा नहीं लगा। अशोक कांबळे की शादी गण्या की मौसेरी बहन से तय हुई थी। पर धर्म्या की बहन बीच में आयी। गण्या को यह बात अच्छी नहीं लगी। गण्या गुस्सा है ही उस पर।'—रव्या।

'एक घण्टे बाद उसे सोसायटी के ऑफ़िस पर लाओ। उसे मत बताना। बात छुपाकर ही रखो वरना धर्म्या की बहन भाग जायेगी।'—लक्ष्मण बेताल।

रघु-रव्या चले गये। लक्ष्मण बेताल ख़ुश था कि उसका सोचा सही निकला। उन सभी ने जीत जाने की अदा से तालियाँ बजायीं। ताली दी। वे चबूतरे से उठे। उनके मन में तूफ़ान था। हर कोई कुछ-न-कुछ सोचने लगा।

'सब ठीक हो रहा है। अब ऐन समय पर पीछे मत हटो।' सीताराम पाटील सभी का साहस बँधा रहा था। उनके पैरों में बल आया था, लेकिन दिमाग़ में काले बादल मँडरा रहे थे।

□□□

सभी उठे। 'लास्ट ड्रॉप गण्या को दो।' सीताराम पाटील ने ह्विस्की की बोतल गण्या को दी। सभी सोसायटी के ऑफ़िस से निकले। शिवानन्द ने ऑफ़िस बन्द किया। बत्तियाँ जल उठी थीं। सभी महार बस्ती की ओर निकल पड़े। गण्या रघु के गले में गला डाले बड़बड़ा रहा था, 'धर्म्या की बहन को हटाना चाहिए...उसके आने से महार बस्ती की नींद उचट गयी है। महारों पर मुसीबत आन पड़ी है। सभी डर रहे हैं कि कब गाँव वाले उनकी बस्तियाँ जलायेंगे। कब किसी का हाथ-पाँव काटेंगे। महार धर्म्या के घर भी गये थे पर उसके माँ-बाप ने 'वह हमारे लिए मर गयी' कहकर दरवाज़ा ही बन्द कर लिया।' गण्या को नशा चढ़ा था। वह बके जा रहा था। रघु उसे कह रहा था 'ठीक से चलो।'

गण्या लुढ़क रहा था। काले के घर के सामने से वे जा रहे थे। काले का कुत्ता बेवजह भौंक रहा था और गली दहल गयी थी। कुत्ता कुछ ज़्यादा ही भौंक रहा था। गण्या चिल्लाया 'हड हड' और कुत्ता एकदम चुप हो गया। उसकी आवाज़ बन्द होने से श्रीमती काले रसोई छोड़कर बाहर देखने आयी। कुत्ता साँसें ठीक कर रहा था। कुत्ते की लार टपक रही थी। गण्या कुत्ते से बात करने लगा, 'भौंकना नहीं। याद रख।' कुत्ता चुपचाप बैठा रहा। श्रीमती काले को अचरज लगा। वह गण्या की ओर, कुत्ते की ओर देखने लगी। 'गण्या जल्दी चल'—रव्या ने उसे पुकारा था। गण्या फिर से रघु के गले में गला डाले चलने लगा।

कसार गली से सीता महारीन आटा पीसकर आ रही थी। उसके मुँह पर, बालों पर आटा उड़ा था। घर की राह पर उसे गण्या दिखा। रघु के गले में गला डाले गण्या पर उसे नाज़ हुआ। लड़का बड़े-बड़ों के साथ घूम रहा है। उसे गर्व हुआ। गण्या शराब पिया था। वह बाग-बाग हो गयी। गण्या बड़ा बना है। सोचकर उसने प्यार से गण्या को देखा। अपने बच्चे को इस क़दर देखकर वह ख़ुशी से चुपचाप घर गयी।

वे सभी भी महार बस्ती की राह पर निकल पड़े।

'हम सीधे धर्म्या की बहन के पास जायेंगे। वरना वह भाग जायेगी।' लक्ष्मण बेताल चहक रहा था। उसी उत्साह से उसने गण्या से पूछा, 'गण्या तू जानता है न वह कहाँ है?' गण्या गुस्सा हुआ। 'यही भड़आ मुझसे क्या पूछता है? मैं सिर्फ़ रघु की सुनूँगा? श्याने समझे क्या?' लक्ष्मण बेताल अपमानित हुआ था। वह भी गुस्सा हुआ, 'ऐ महार ठीक से बात कर।' गण्या आपे से बाहर हुआ।, 'ऐ महार किसे कहता है रे? जातिवाचक गाली देता है? जेल भेजूँगा।

शराब पिलाता है तो क्या ख़रीद लिया क्या रे? मैं तेरी शराब मूत दूँगा। बोल! पूरी मूत दूँ क्या? मादरचोद...' और गण्या ने लक्ष्मण बेताल का गला पकड़ा। रव्या ने गण्या को दूर किया। लक्ष्मण बेताल भी ताव में आ गया, 'ऐ किसे गालियाँ देता है?' अब रघु बीच में समझौता करने लगा। 'यह महार है। इसकी भाषा ही यह है। नशे में है। इससे झगड़ने का कोई मतलब ही नहीं है।' रव्या भी गण्या का समर्थन कर रहा था। बोला, 'प्रैक्टिस कर रहा है। महार बस्ती जाकर महारों को गालियाँ देगा। पीने के बाद गालियाँ नहीं बकेगा तो क्या भजन गायेगा? महार गालियों में ही बात करेगा।' मोहन गुजर तुनक कर बोला, 'पाँच मिनट क्या इसके साथ बैठकर शराब पी यह इतनी गालियाँ बक रहा है। इन्हें समानता से साथ रखेंगे तो ये तो थाली में मूतेंगे।' सीताराम पाटील बौखलाया था। बोला, 'महार बस्ती में वह चाहे जो करें लेकिन गाँव में, ऊँची जातिवालों से उसने ठीक से ही बात करनी चाहिए। इसकी माँ ने इसे सिखाया नहीं क्या?'

अब गण्या ने जेब से चक्कू निकाला। चक्कू दिखाते बोला, 'कुत्ते मेरी माँ के बारे में कुछ बोला तो चक्कू पीछे से डाल दूँगा।' वह सीताराम पाटील को पकड़ने दौड़ा। रघु ने उसे जकड़ा और उसके हाथ से चक्कू निकाल लिया। श्रीराम ह्नमुर्गे उसे समझाने के स्वर में बोला, 'गणू हम तुझे आजमा रहे थे कि तू हंगामा करता है कि नहीं। तू ग्रेट है। हमें यहाँ नहीं महार बस्ती में हंगामा करना है।' वह उसके गले पड़ा और सभी महार बस्ती निकले।

गण्या के इस बर्ताव से लक्ष्मण बेताल का दिल दुखी था। मोहन गुजर डर गया था। सीताराम पाटील चौंक गया था। रघु ने चक्कू गण्या की जेब में रख दिया था। सभी महार बस्ती पहुँचे। यह ख़बर आग की तरह गाँव में पहुँची। सारा गाँव महार बस्ती में जमा हो गया। महार बस्ती चौकन्नी होकर कोंडिबा महार की झोपड़ी के पास इकट्ठा हो गये थे। 'ज़्यादा कुछ ऊँच-नीच न हो इसलिए धर्म्या की बहन को गाँव के हवाले कर दो' वाला विचार उभर रहा था।

'धर्म्या की बहन को लेने आये हैं। उसे हमारे हवाले कर दो' लक्ष्मण बेताल दहाड़ा। उसकी आवाज़ सुनकर धर्म्या की बहन दरवाज़े तक आ गयी। लेकिन दूसरी महार औरतों ने उसे रोका, 'तू भीतर जा। हम देखते हैं।' उन औरतों ने धर्म्या की बहन की रक्षा करनी चाही थी। सीता महारीन आँगन में खड़ी रहकर चिल्ला रही थी, 'इस रण्डी को हटा दो। दो गाँव के क़ब्जे में। गाँव से बैर मत लो।' लेकिन उसकी ओर कोई ध्यान नहीं दे रहा था। गण्या

रास्ते के किनारे बैठा उलटी कर रहा था। महार बस्ती का कुत्ता भौंकने लगा था। तनाव छाया था।

अशोक कांबळे का दादा कोंडिबा महार शान्ति से, गम्भीरता से फ़ैसला सुनाने की अदा में बोल पड़ा, 'हमसे इतना बैर क्यों? हमने तुम्हारा क्या बिगाड़ा है? तुम्हारी जूठन पर हम ज़िन्दा रहते हैं। न तुम्हारे घर में आते हैं, न मन्दिर, न श्मशान में। तुम लोगों से चार क़दम दूर रहते हैं। तुम लोगों का हमारी परछाईं से परहेज है। हमारी परछाईं से, स्पर्श से तुम भ्रष्ट होते हों। हम गाँव के बाहर रहते हैं। तुम्हारे गाँव की सफ़ाई करते हैं। मरे जानवर ढोते हैं। तुमसे आँख उठाकर बात तक नहीं करते। न कभी उल्टा जवाब देते हैं। तुम लोगों का थूक झेलते हैं। तुम्हारी दी हुई भीख पर जीते हैं फिर भी तुम हमें क्यों सताते हो?' उसका एक-एक शब्द अंगार की तरह दीप्त हो रहा था।

"हम न अच्छे घरों में रहते हैं, न ढंग का खाना खाते हैं, न ही अच्छा पहनते हैं। पानी तक साफ़ नहीं पीते। हमारा अच्छा रहना तुम लोगों को खटकता है। तुम लोगों ने हमारे खेत, हमारा सुख-चैन छीन लिया। हमें नंगा किया। हमें जान से मारते रहे। हमारे पास है ही क्या? गधे, कुत्ते, सूअर, झाड़! वह भी तुमसे देखा नहीं जाता? हम अछूत हैं लेकिन हैं तो इन्सान! हमारी वेदना आप लोगों की समझ में नहीं आयी? कभी भी तुम लोगों ने हमारी पुकार को सुना है? हम कभी तुम लोगों के विरोध में गये नहीं। तुम लोगों ने तरह-तरह से हमारा जीना मुश्किल किया। फिर भी हमने गाँव छोड़ा नहीं। गाँव के साथ रहे। आज आख़िरी बार कहता हूँ, 'लड़की को तुम्हारे हवाले नहीं करूँगा। भीख माँगकर सँभालूँगा उसे। कोंडिबा शान्त स्वर में बोल रहा था लेकिन उसकी आवाज़ दहला रही थी। सीताराम पाटील, लक्ष्मण बेताल, श्रीराम हनमुर्गे यम की तरह खड़े थे। मोहन गुजर जैसे बेज़ुबान हुआ था। सीता महारीन बौखलाकर बोली, 'अरे गाँव के लोग उसे घसीटकर ले जायेंगे। तू गाँव के ख़िलाफ़ मत जा। हमें यहीं पर रहना है।'

धर्म्या के माँ-बाप चिन्ता में चूर-चूर हुए थे। धर्म्या की माँ रो रही थी। कह रही थी, 'बेटा जेल में गया। अब छूटेगा भी नहीं। लोग बेटी को मार देंगे। हम तो बेऔलाद हो जायेंगे।' धर्म्या की माँ मथुरा और बाप तुकाराम बहस कर रहे थे। तुकाराम बोला, 'हमने बच्चों को जन्म दिया। कैसे-कैसे पाला-पोसा, बड़ा किया हमीं जानते हैं। सपने में भी नहीं सोचा था कि बच्चे ऐसा कुछ करेंगे। बेटे ने महार लड़की का ख़ून किया और बेटी महार लड़के के घर जा बैठी।

मैंने कौन-सा गुनाह किया जिसकी यह सज़ा भुगत रहा हूँ।'

'चलो हम लड़की को ले आते हैं।' धर्म्या की माँ मथुरा दीनता से विनती कर रही थी लेकिन धर्म्या के बाप का दिल पसीजा नहीं।

गाँव में आतंक फैला था। चीख़-चिल्लाहट, नारेबाज़ी और दौड़ा-दौड़ी। औरतें घर के बाहर आकर बहस में रंग गयी थीं। लोग महार बस्ती दौड़े जा रहे थे। औरतें बच्चों को डरा-धमकाकर घर में बैठने के लिए मजबूर कर रही थीं।

महार बस्ती में पैर रखने की जगह न बची। इतनी भीड़। एक तरफ़ा महार औरतें और दूसरी तरफ़ा समूचा गाँव। 'धर्म्या की बहन को हवाले करो गाँव के। तुम अपनी औक़ात में रहो। हम जान देंगे पर खाली हाथ जायेंगे नहीं।' सीताराम पाटील ग़रज़कर बोला और परिस्थिति अधिक ही विस्फोटक बनी।

सहसा भीड़ में हलचल हुई। लोग गड़बड़ा गये। बिजली कौंधने जैसी चीख़ सुनाई दी। तमाशबीन भाग गये। धर्म्या की माँ मथुरा भागी चली आ रही थी। उसके बाल बिखरे थे। पल्लू कन्धे पर से खिसका था। वह साक्षात् दुर्गा दिख रही थी। वह सीताराम पाटील के सामने खड़ी रही और चीख़ी, 'तू कौन मेरी बेटी का फ़ैसला करने वाला? तुझे किसने यह अधिकार दिया? शराब पीकर बक रहा है! मेरी बेटी का बाल भी बाँका हुआ तो देख यहीं पर सिर पटककर जान दूँगी। ख़ून बहाऊँगी। मेरी बेटी जो चाहे करेगी। तू कौन होता है दख़लअन्दाज़ी करने वाला?' और उसकी आवाज़ से अँधेरा काँप गया। भीड़ डर गयी। महार औरतें कमर कसकर धर्म्या की माँ मथुरा के साथ खड़ी रहीं। महार लोग भी उठ गये।

भीड़ ग़ायब हुई। एक-एक कर सभी खिसक गये। सन्नाटा छा गया। लक्ष्मण बेताल, मोहन गुजर, सीताराम पाटील, श्रीराम हनमुर्गे, रघुनाथ बेताल, रवीन्द्र विचारे, शिवानन्द उल्टे पाँव लौट गये। दरवाज़े बन्द हुए। रास्ते सुनसान हो गये। 'कुछ नहीं हुआ। सब ठीक है' का सन्देश घर-घर गया।

गाँव सोने को चला था। काले का कुत्ता चुप था। रात शान्त थी। चाँद उगा था। सितारे टिमटिमा रहे थे। शीतल पवन बह रही थी। महार बस्ती को चैन की राहत मिली थी। झोंपड़ी-झोंपड़ी में खुशियाँ छायी थीं। धर्म्या की माँ मथुरा आँगन में खड़ी थी। उसने बेटी को पुकारा। कस्तूरी आयी। माँ-बेटी चाँदनी रात में चाँदनी में नहा रही थीं। महार बस्ती उन दोनों की ओर प्यार-अभिलाषा भरी नज़रों से देख रही थी।

'चलो घर।'—मथुरा बोली।

'माँ, मैं यहीं रहूँगी।'–कस्तूरी बोली।

मथुरा धीमे क़दमों से घर जाने को निकली। कस्तूरी अपनी माँ की जाती हुई छवि को आँखों में समा रही थी। अँधेरे की पलकें भीग गयीं। घना अँधेरा भी सिहर गया। रात भावविभोर हो गयी थी।

❑❑❑

विधायक शिरगुपे को मन्त्री पद दिया गया था। उसके समर्थक पटाख़े छुड़ा रहे थे। पेड़े बाँट रहे थे। पक्ष कार्यालय में ख़ुशियाँ मनायी जा रही थीं। शहर में जगह-जगह उसके स्वागत हेतु मण्डप सजाये गये थे। मेहराबें खड़ी की गयी थीं। गाँव दुल्हन की तरह सज गया था। टू-व्हीलर पर कार्यकर्ताओं की टोलियाँ चीख़ती-चिल्लाती घूम रही थीं। सब तरफ़ उत्साह का वातावरण था। लोग चर्चाएँ कर रहे थे!

'शहर का विकास होना चाहिए।'

'बिजली-पानी, रास्ते सबकी सुविधाएँ मिलनी चाहिए!'

'शहर में उद्योग धन्धे शुरू होने चाहिए।'

'गाँव-शहर के लोगों को काम मिलना चाहिए...'

युवा लोग जत्थे में खड़े चर्चा कर रहे थे। अथर्व बँगला चमक रहा था। उत्साही कार्यकर्ता लोग बैंड की धुन पर नाच रहे थे। महिलाएँ नाच-गा रही थीं। न्यूज़ चैनल के कैमरा यह तमाशा क़ैद कर रहे थे। 'ज़िले को नेतृत्व मिला' की भावना से लोग सन्तुष्ट थे। दलित मन्त्री शिवाजीराव ईरवाडकर का महत्त्व घट गया था। किसी भी स्वागत मेहराब पर या कटआउट पर उसका नाम या फ़ोटो न था।

शिरगुपे को मन्त्री पद मिलने पर चारों ओर से आरोप-प्रत्यारोप होने लगे। मीडिया और बढ़ावा दे रही थी। पक्ष प्रवक्ता समर्थन कर रहा था, 'शिरगुपे पर आरोप है लेकिन वह सिद्ध नहीं हुआ है। प्रकरण न्याय प्रविष्ट है इसीलिए इस पर बात नहीं की जा सकती...'। प्रतिक्रिया थी कि, 'यहाँ कौन दूध का धुला है? राजनीति गुण्डों से भरी है...राजनीति में यह चलता रहता है...आरोप महत्त्वपूर्ण नहीं... विकास महत्त्वपूर्ण है...लोगों के काम करने वाला विधायक. ..विकास!' लोग चमड़ी बचाव प्रतिक्रियाएँ दे रहे थे।...बोंगीरवार का फ़ोन लगातार बजता जा रहा था...पी.आई.सरदेशमुख 'अथर्व' बँगले की सुरक्षा कर

रहा था...'देर से क्यों न हो साहब को न्याय मिला'–एडवोकेट गोपाल पुरोहित सन्तोष ज़ाहिर कर रहा था।...

हरिहर अपार्टमेंट के लोगों ने शिरगुपे के स्वागत हेतु बड़ा-सा पोस्टर इमारत पर लगाया था और इसमें दीनःनाथ बर्वे, कौतिकराव पवार का नेतृत्व था। कॉलोनी के युवक दौड़धूप कर रहे थे। डी.जे. पर गाना बज रहा था और लोग नाच रहे थे। सागर बनसोडे के फ़्लैट के बन्द दरवाज़े पर शिरगुपे की जीत की नारेबाज़ी पत्थर की मार समान पड़ रही थी। उसका चेहरा बुझा-सा था। 'आम आदमी की पुकार न सुनने वाले लोकतन्त्र में अर्थ ही क्या बचा है? न्याय लोकतन्त्र की आत्मा है। और उसका ही गला घोंटा जाने पर आम आदमी न्याय की अपेक्षा किससे करे?' सागर बनसोडे अपनी माँ के सामने बैठकर बात कर रहा था। वैशाली बनसोडे के चेहरे पर उदासी छायी थी। उसकी नज़र में दबाई गयी आवाज़ की सिसकी उभरी थी। उसका न्याय प्रक्रिया पर का विश्वास चरमराया था।

सागर बनसोडे की आँखें तप गयी थीं। दीवारें व्याकुल थीं। वैशाली की आँखों में आँसू थे। प्रस्थापित व्यवस्था के कठघरे कितने सख़्त हैं इसका उसे अहसास हुआ था। दाँत निकाले हुए नाग जैसा वह ख़ुद को महसूस कर रहा था। महा पाशवी शक्ति से टकराने का उसे अफ़सोस होने लगा था। उसे अपनी सामर्थ्य की असमर्थता कचोट रही थी। वह टूट चुका था। देवयानी से प्रेम करने की क़ीमत देवयानी को चुकानी पड़ी थी इसे लेकर वह अपने आपको कोस रहा था। उसी वक़्त उससे सम्बन्ध विच्छेद करना चाहिए था। कम-से-कम उसका अस्तित्व तो शेष रहता। वह पछतावा कर रहा था। मौत के क्षण छटपटाने वाले शरीर-सा वह छटपटा रहा था। वैशाली गम्भीर और ख़ामोश थी।

दरवाज़े पर पड़ी दस्तक से वैशाली डर गयी। सागर बनसोडे ने दरवाज़ा खोला। एडवोकेट गोपाल पुरोहित हाथ जोड़कर खड़ा था। दोनों को नमस्कार कर बैठ गया। नक़ली विनम्रता से कहने लगा, 'मैं शिरगुपे साहब के कहने पर उनकी बात आप तक पहुँचाने आया हूँ। आपने देवयानी से प्रेम किया। नियति से देखा नहीं गया। उसकी हत्या हुई। आपको दुख हुआ। स्वाभाविक है। शिरगुपे साहब की भी वह इकलौती बेटी थी। उन्हें काफ़ी सदमा पहुँचा है। अब दोनों परिवार दुख भूलकर नयी शुरुआत करें। शिरगुपे साहब आपसे मदद

माँगते हैं कि आप मीडिया पर चली चर्चा में भाग न लें। अपनी प्रिय स्मृतियों को आम मत बनाइए। उन्होंने आपको सदिच्छाएँ दी हैं। मेरी उनकी ओर से आपसे विनती है।' एडवोकेट पुरोहित की बात समाप्त होते ही बाहर पटाखों की धमाकेदार आवाज़ हुई।

सागर बनसोडे शान्त स्वर में बोल रहा था, 'मेरी लड़ाई न्याय के लिए है। वह किसी के विरोध में नहीं है। मेरा साथ कोई दे, न दे, मैं आख़िरी तक लड़ूँगा। न मैं किसी से डरता हूँ, न हाथ पर हाथ धरे बैठूँगा। किरण कांबळे, देवयानी शिरगुपे, सगुणा देसाई के हत्यारों को सज़ा होने तक मैं लड़ता रहूँगा।'

'आप लड़िये। वरना कोर्ट-कचहरियाँ कैसी चलेंगी? हम जैसे वकीलों को काम कैसे मिलेंगे? लेकिन ध्यान में रखिये जाति भेद ख़त्म होने पर देश ख़त्म होगा!'—एडवोकेट पुरोहित।

'यह तो अन्धी मानसिकता है। देश ने जातिव्यवस्था के विरोध में क़ानून बनाया है। आप वकील हैं आपको क्या समझायें? क़ानून बनाने वाले मूर्ख थे क्या? फुले-अम्बेडकर जी जैसे कई समाज सुधारकों ने जाति प्रथा समाप्ति के लिए अपना जीवन समर्पित किया। वे अज्ञानी थे क्या? जातिव्यवस्था का समर्थन करना यानी प्रगतिशील परम्परा को कठघरे में खड़ा करना है। मानवाधिकार के ख़िलाफ़ है। जातियाँ इतनी भाती हैं तो आइए! हमारी बस्तियों में रहिए। दलितों का अपमानित जीवन जीकर दिखाइये। फिर पता चलेगा जाति का दुख। जातिव्यवस्था बनाये रखने में आपका क्या बिगड़ता है? बल्कि फ़ायदा ही है। आपके लाभ की बात हमारे हित में कैसे हो सकती है?'—सागर बनसोडे।

'जाति के कारण समाज टिका है।'—एडवोकेट पुराहित।

'समाज टिका नहीं बँट गया है। भेदभाव की ये खाइयाँ ऊँची जाति वालों के भले के लिए ही है न? जातिव्यवस्था के कारण जिनका शोषण हुआ है ऐसा व्यापक समाज इस देश में है। उसे नज़रअन्दाज़ मत कीजिए। वह समाज जातिव्यवस्था ध्वस्त करके ही रहेगा। जातिव्यवस्था का समर्थन करने वाला या तो पूरा पागल होगा या कट्टर जातिवादी छिछोरा होगा। ऐसा करना यानी लोकतन्त्र—जिसमें हम साँस ले रहे हैं—उसे भूलना है। हमारे संविधान में के मानवीय मूल्यों का अपमान करना है।'—सागर बनसोडे।

'आप कुछ भी कहिए। जातियाँ नष्ट नहीं होंगी।'—एडवोकेट पुरोहित।

‘इसीलिए तो देवयानी ने दलित व्यक्ति से प्रेम किया। उसने जाति देखकर प्रेम नहीं किया। इस देश में जातिव्यवस्था के ख़िलाफ़ लड़ने वाले कई लोग हैं। जाति-व्यवस्था टूटने की स्थिति में है। लोग अन्तरजातीय विवाह कर रहे हैं। अलग-अलग जातियों के लोग मिल-जुलकर काम कर रहे हैं। जातिव्यवस्था आख़िरी साँसें गिन रही है। जातिव्यवस्था बनाये रखने वाले अन्धों की यह आख़िरी छटपटाहट है।’—सागर बनसोडे।

‘हम एक-दूसरे से सहमत नहीं हो सकते।’—एडवोकेट पुरोहित।

‘आप देश तोड़ने निकले हैं। जातिव्यवस्था के कारण ही तो देश दुर्बल हुआ है। इतिहास चिल्लाकर कहे जा रहा है पर सुनता कौन है? जाति का विचार स्वार्थी विचार है। भारत माता पर लगा हुआ यह जातियों का काला दाग पोंछने का हमारा जन्मसिद्ध हक़ है। हम वह निभा रहे हैं। भले ही इसके लिए हमें ख़ून बहाना पड़े।’—सागर बनसोडे।

‘मैं भी आपकी तरह बोल सकता हूँ सागर बनसोडे साहब! पर मुझे मन्त्री महोदय के स्वागत-सत्कार कार्यक्रम की तैयारी करनी है। चलता हूँ।’—एडवोकेट पुरोहित।

‘माननीय मन्त्री महोदय को हमारा यह सन्देश दीजिए और सदिच्छा भी।’ एडवोकेट पुरोहित जाने लगा तो सागर बनसोडे ने बुलन्द आवाज़ में कहा। एडवोकेट चला गया पर उसका मनहूस साया सागर को वहाँ दिखा। लगा वह पैर जमाकर बैठ गया है। भूत की तरह। घर में मनहूस कालिमा छायी-सी लगी। वैशाली तनावग्रस्त थी और सागर राख के ढेर-सा दिख रहा था।

शिरगुपे की जय-जयकार से कॉलोनी गूँज रही थी। एडवोकेट पुरोहित भी उन लड़कों के साथ नाचने लगा। डी.जे. पर आइटम सांग बज रहा था। भीड़ पगलायी-सी चहक रही थी। एडवोकेट पुरोहित ने हवा में नोट उछाले। लोग नोट लेने को उछलकूद करने लगे और पुरोहित अकेला ही डी.जे. के सामने वीभत्स नाच रहा था। लोग उसे देखकर हँस रहे थे।

वैशाली ने बाबासाहब की तस्वीर के सामने मोमबत्ती जलायी। सागर का चेहरा मोमबत्ती की रोशनी में चमक उठा। वह उठा। उसने बाबासाहब की तस्वीर को प्रणाम किया। सिर झुकाया। उसके होंठ कुछ कहने को हुए और हाथों में कुछ कर दिखाने की ललक जागी।

...बाबासाहब

मुझे अन्याय के विरोध में लड़ने की सामर्थ्य दीजिए। ग़रीबों के पक्ष में बोलने का हौसला दीजिए।

उधर कार्यकर्ता लोकतन्त्र का स्वाँग रचकर नाच रही थी। अबीर उड़ा रही थी। पटाखे छोड़ रही थी और तमाशबीनों की भीड़ बढ़ती जा रही थी।

❑❑